मन्नत

और अन्य कहानियाँ

दामोदर मावज़ो

अनुवाद

रमिता गुरव

भारतीय ज्ञानपीठ

वाणी प्रकाशन : भारतीय ज्ञानपीठ की पुस्तकों के एकमात्र प्रकाशक एवं वितरक

पेपरबैक पहला संस्करण : 2023

प्रकाशक
वाणी प्रकाशन ग्रुप
4695, 21-ए, दरियागंज, नयी दिल्ली-110 002
फ़ोन : 011-23273167, 23275710
ईमेल : sales@vaniprakashan.in

ISBN : 978-93-5775-104-9

मन्नत और अन्य कहानियाँ
(कहानी-संग्रह)
दामोदर मावज़ो
अनुवाद : रमिता गुरव

MANNAT AUR ANYA KAHANIYAN
(Collection of Stories)
by Damodar Mauzo
Translated by Ramita Gurav

मुद्रक : आर. टेक ऑफ़सेट प्रिंटर्स, दिल्ली-110 032

Price : INR. 299

'ज्ञानपीठ पुरस्कार' से सम्मानित कोंकणी कथाकार दामोदर मावज़ो पिछले साठ वर्षों से अपने रचनात्मक योगदान से कोंकणी साहित्य-जगत् को समृद्ध कर रहे हैं। पुर्तगाली शासन से मुक्त होने के पश्चात् अब तक गोवा के सामाजिक, सांस्कृतिक, राजनीतिक, आर्थिक जीवन में जो उतार-चढ़ाव आये हैं, उन्हें हम इन कहानियों को पढ़ते हुए महसूस कर सकते हैं।

गोवा की मिट्टी की ख़ुशबू लेकर आने वाली ये कहानियाँ गोवा की साझी संस्कृति से पाठक का परिचय कराती हैं। कहानीकार की मानवीय एवं प्रगतिशील दृष्टि इन कहानियों का प्राण-तत्त्व है। विषय की आवश्यकता के अनुसार इनका कहानी-शिल्प आकार ग्रहण करता है। अपने और आस-पास के जीवन से प्रेरणा लेते हुए दामोदर मावज़ो गोवा के आम आदमी के जीवन-संघर्ष एवं सपनों को बड़ी संवेदनशीलता के साथ यहाँ प्रस्तुत करते हैं।

मनुष्य-मन की गहराई से जाँच-पड़ताल करती हुई इन कहानियों में कभी कहानीकार पाप और पुण्य की सीमा पर खड़े होकर लिये गये निर्णय का, प्रकृति और मनुष्य के बीच के सम्बन्ध का मार्मिक चित्रण करता है तो कभी स्त्री-पुरुष सम्बन्ध की बारीकियों को, आर्थिक समस्याओं से जूझ रहे आम आदमी की जद्दोजहद को बड़े प्रभावी ढंग से हमारे समक्ष रखता है। किसान, पादरी, चपरासी, ड्राइवर, बेकार, चोर, लेखक, डॉक्टर, अमीर, ग़रीब, कामकाजी स्त्री, माँ, पिता, पति, पत्नी आदि ही नहीं बल्कि पेड़, पशु, पक्षी, साँप, कुत्ता भी उनके कहानी-संसार का विश्वसनीय हिस्सा बनकर आते हैं।

एक ओर विदारक यथार्थ को दिखाते हुए दूसरी ओर उनकी कहानियाँ असहिष्णु एवं उपभोक्तावादी समय में मानवीय मूल्यों में गहरी आस्था एवं सकारात्मक दृष्टि को रेखांकित करती हैं।

अनुक्रम

तेरेझा का मरद

आँखों से नींद कब की ग़ायब हो चुकी है लेकिन शरीर का आलस करवट तक बदलने नहीं दे रहा। सुबह की ठंडी हवा पीटर के शरीर में सिहरन पैदा कर रही है पर पैरों के पास पड़ी चादर तक उठाने में वह आलस कर रहा है।

लगता है तेरेझा ग़ुसलखाने में है। पानी बहाने की आवाज़ आ रही है। मन ही मन पीटर को ग़ुस्सा आता है। हंडे में पानी मैं भरूँ और बहाने का काम ये करेगी? पर खुलकर कुछ कहने की गुंजाइश नहीं है। तेरेझा फटाक् से तीखे स्वर में बोल देगी, "कमाऊँगी मैं और ख़र्चोगे तुम?"

तेरेझा हाथ-मुँह धोकर कमरे में आती है। पीटर उनींदी आँखों से देख रहा है। तेरेझा के शरीर पर सिर्फ़ कैमिसौल है। ब्रश करते और मुँह धोते समय शरीर पर यहाँ-वहाँ पानी छिड़कने के कारण कैमिसोल शरीर से चिपक गया है। तेरेझा पैरों के पंजों के बल खड़ी होकर रस्सी पर टँगे तौलिए को खींचती है। हाथ ऊपर उठाते ही काँखें दिख जाती हैं। और...! पीटर पलभर के लिए आँखें बन्द कर लेता है। फिर से खोलता है। एड़ियाँ ऊपर उठाते समय हाथ ऊपर करने के कारण कैमिसोल भी ऊपर उठ गया है। यौवन से भरपूर केले के पेड़ के तने के भीतरी भाग-सी उसकी चिकनी, चमकदार जाँघें पीटर की आँखों में धँस जाती हैं। अपने-आप उसकी आँखें पूरी-की-पूरी खुल जाती हैं।

तौलिया निकालकर तेरेझा चेहरा पोंछती है। खुरदुरा तौलिया गर्दन पर से गले तक लाते हुए नीचे तक पोंछती है। साफ़ गोरी त्वचा पर लालिमा झलक उठती है।

रसोईघर में तेरेझा की सास चाय बना रही है। उसका कहना था कि उँगली भी लगाये तो एल्यूमिनियम के बर्तन पिचक जाते हैं। इसलिए अगर वह बर्तन

ज़ोर से पटक भी देती तो 'बर्तन पिचक जायेंगे' कहकर कोई भी उसे फटकारने नहीं जाता। तेरेझा अच्छी तरह जानती है कि घर में स्टील के बर्तन लाना उसके लिए इस जन्म में तो सम्भव नहीं है। अगर वह ख़ुद कुछ कमाता नहीं है तो फिर जो तोड़-फोड़ कर रहा है उसे कुछ कहने का अधिकार भी उसके पास नहीं है, यह बात पीटर अच्छी तरह समझता है। इस बीच सास का बर्तनों को पिचकाना, पटकाना बड़े आराम से जारी है।

"पेद्रू ऽ" तेरेझा चिल्ला उठती है।

किसी भी पति की पत्नी अपने पति को 'आन्तोनी' से 'टॉनी' करती है। 'वितोर' से 'विक्टर' करती है। लेकिन ये तेरेझा तो बेचारे पीटर को सूली पर उल्टा ही लटका देती है। पीटर को यह सब अच्छा नहीं लगता। पर यहाँ सुनता कौन है?

"आठ बजने को आ गये, पेद्रू ऽ!" पीटर समझ जाता है। ये जल्दी क्यों नहीं उठती? अब यह रोज़ का क़िस्सा हो गया है।

"उठो, उठो पेद्रू, गाड़ी का समय हो गया। स्टेशन तक पहुँचा दो मुझे, उठो!" तेरेझा चिल्लाती है। पैर पटकते हुए आती है और पीटर का हाथ खींचती है, "जल्दी उठो! आलसी कहीं के! गाड़ी चूक गयी तो बॉस की डाँट क्या तुम सुनोगे?"

पीटर ग़ुस्से में तिलमिलाकार उठता है। तेज़ डग भरता हुआ ग़ुसलखाने में चला जाता है। दिमाग़ के चढ़े हुए पारे को कम करने के लिए ठंडा पानी आँखों पर मारता है। सिर की नसें ठंडी पड़ जाती हैं। मुँह धोकर पीटर अन्दर आता है। भुनभुनाते हुए पतलून चढ़ाता है। शर्ट पहनते हुए एक ओर बड़बड़ाता है, "रोज़ का हो गया है यह क़िस्सा। एक दिन चैन से सोने तक नहीं देती। ज़रा जल्दी उठने में तकलीफ होती है इसे। आलसी कहीं की! ख़ुद चलकर..."

लगता है तेरेझा ने सुन लिया। पैर पटकते हुए तेरेझा आ धमकती है। "ऊपर से मुँह कैसे चला रहा है देखो! बेशर्म कहीं का, आलसी! बिना कुछ किये घर बैठे निगलना चाहेगा। एक दिन देर हुई तो साइकिल से पहुँचा आने में क्या कमर टूटती है? दिनभर तुम सबके लिए मैं मरती-खपती हूँ और ऊपर से तुम लोगों के ताने! उकता गयी हूँ मैं तुम सबसे! अच्छी-भली थी मैं। नर्क में डाल दिया मैंने अपने आपको तुमसे शादी करके।"

"प्यार करके शादी की है न तुम लोगों ने? भुगतो अब।" अन्दर से सास ठंडी आवाज़ में आग में पेट्रोल छिड़क देती है।

सास के इस ताने से इतनी देर तक ग़ुस्से से थरथराने वाली तेरेझा के मुँह से सिसकी निकल जाती है और आँखों के रास्ते आँसू बहने लगते हैं।

अब पीटर का ग़ुस्सा ठंडा हो चुका है। वह चुपचाप पैरों में जूते पहनता है। रसोई में जाकर ख़ुद ही अपने लिए चाय लेता है और हलक के नीचे उतार देता है।

तेरेझा के नाक का सिरा, उसने अपने बदन पर जो चटक लाल ब्लाउज़ चढ़ाया है उसके साथ मानो स्पर्धा करना चाहता है। कान की बालियों पर भी लालिमा फैली है। कमर के इर्द-गिर्द स्कर्ट फिट बैठी है। तेरेझा का यह भेस देखकर पीटर के माथे पर शिकन पड़ जाती है। वह साइकिल बाहर निकालता है।

साइकिल पर बैठकर, एक पैर दहलीज़ पर टिकाते हुए पीटर राह देख रहा है। दो साल पहले भी वह इसी तरह स्टेशन के बाहर खड़ा तेरेझा की राह देखता...पर तब वह तेरेझा से प्यार करता था।

"अब देर क्यों कर रही हो तुम? जल्दी आओ।" पीटर झल्लाता है।

तेरेझा बाहर आती है। ऊँची एड़ी की सैंडल को टकटक बजाते हुए साइकिल की डंडी पर आ बैठती है। बैठे-बैठे उसे यादें घेर लेती हैं। वे बीते हुए दिन! पीटर साइकिल लिए सुबह-सुबह ही उसके घर के पास पहुँच जाता था। उसे 'lift' देने के लिए... बिना नागा किये... हर दिन आ जाता। मना करने पर भी नहीं सुनता। एक दिन तो कमाल ही हो गया। रोज़ की तरह सुबह-सुबह साइकिल लिए यह उसके घर के आस-पास चक्कर लगा रहा था। साढ़े सात बजे आया था। साढ़े आठ बजे तक इन्तज़ार करता रहा। चिन्ता में उसका दिल ऊपर-नीचे हो रहा था और इतने में मैं मास सुनकर चर्च से वापस आ गयी थी। मुझे देखते ही मेरे पास आकर उसने मुझसे पूछा था, "आज ऑफ़िस नहीं गयी तेरेझा?" उसका सवाल सुनते ही मैं अपनी हँसी रोक नहीं पायी थी। जब मैंने कहा था, "अरे, आज इतवार है न!" तब क्या चेहरा बनाया था उसने!

...और इन यादों में खोयी हुई तेरेझा हँसने लगती है। पीटर को और ग़ुस्सा आता है। कुछ समय पहले रोने वाली यही है न? और अब देखो कैसे मन-ही-मन खिलखिला रही है। किसी ऑफ़िस वाले के बारे में सोच रही होगी! मतलब अभी जो रो रही थी वह नाटक ही था सब!

लो, स्टेशन पर गाड़ी खड़ी है। फिर भागमभाग! पीटर फास्ट पैडल चलाते हुए साइकिल स्टेशन के प्लेटफ़ॉर्म के पास लाता है।

"फिर्र ऽऽ!"

गार्ड झंडी दिखाता है। हाथ का पर्स सँभालते हुए तेरेझा दौड़ पड़ती है। दरवाज़े का हैंडल पकड़ते समय ही गाड़ी छूटती है। तंग स्कर्ट की वजह से पाँव जल्दी-जल्दी ऊपर नहीं उठ रहे हैं। पीटर देखता है। हैंडल पकड़ने के लिए हाथ ऊपर उठाने के कारण काँखें दिख रही हैं। गाड़ी आगे बढ़ रही है और गाड़ी के साथ तेरेझा भी गाड़ी के हैंडल को पकड़े हुए ऊपर चढ़ने का असफल प्रयास करते हुए आगे बढ़ रही है। तेरेझा का दिल बैठा जा रहा है...और इतने में डिब्बे में से एक जवान लड़का आगे बढ़ता है। तेरेझा के दोनों हाथ पकड़ते हुए उसे अन्दर खींच लेता है। तेरेझा ऊपर चढ़ती है...गर्दन घुमाकर पीटर की तरफ़ देखती तक नहीं। लेकिन उस जवान को 'थैंक्यू' या शायद ऐसा ही कुछ कहकर हँस देती है।

"हिम्मत वाला है ! कैसे उठा लिया उसने?"

"अच्छा चान्स मिला उसे..."

"लड़कियाँ भी यही चाहती हैं। नहीं तो नौकरी क्यों करतीं वे..."

"बिल्कुल सही! नौकरी पर जाने के बाद जितने चाहे उतने गुलछर्रे उड़ाओ! पूछने वाला कौन है?"

लोगों की बातें सुन-सुनकर पीटर का ग़ुस्सा धधकने लगता है। जाकर एक-एक की अच्छी पिटाई करने का मन करता है। लेकिन छोड़ो! वे चार जन हैं !

पीटर साइकिल लेकर आगे बढ़ता है। उसे तेरेझा पर और ज़्यादा ग़ुस्सा आता है। ज़रा जल्दी बाहर निकलने में इसका क्या जाता है? अच्छा, उस तंग ड्रेस को पहनने की भला क्या ज़रूरत है? मना करने पर भी अपनी मनमानी करती है और फिर अपनी इज़्ज़त मिट्टी में मिलाने का कारण बनती है।

...उस लौंडे ने तेरेझा को दोनों हाथों से कसकर पकड़ते हुए ऊपर उठा लिया था। लोगों ने कहा था, "अच्छा चान्स मिला उसे।" सच बड़ा फुदक रहा होगा उस लौंडे का दिल। और तेरेझा! लड़कियाँ भी यही चाहती हैं। नहीं तो नौकरी क्यों करतीं वे? लोग कहते थे। कुछ भी हो, इसके आगे तेरेझा को बताना होगा। "नौकरी बन्द। तंग ड्रेस बन्द।"

शादी के बाद पीटर ने कई बार तेरेझा से कहा था कि तंग ड्रेस पहनना बन्द करो। लेकिन वह कहती थी कि जहाँ 'रिसेप्शनिस्ट' के रूप में काम करती है वहाँ इस तरह के कपड़े पहनने ही पड़ते हैं। लेकिन तेरेझा एक काम ज़रूर करती है। जब घर पर होती है तब भूल से भी तंग ड्रेस और बाँह-कटे ब्लाउज़ नहीं पहनती। पीटर की नज़र में यही उसकी ग़लती है। उसे लगता है कि तेरेझा को उसके सामने सब तरह के फ़ैशन करने चाहिए। लेकिन लोगों के सामने इस तरह की बेशर्मी? सच्चाई यह थी कि पीटर चाहता था कि तेरेझा छोटी, तंग स्कर्ट पहने और बाँह-कटे, चौड़े-खुले गले वाले ब्लाउज़ पहने। लेकिन ऑफ़िस जाते समय नहीं... पर अब कुछ नहीं किया जा सकता। पीटर को पसन्द नहीं है इसलिए तेरेझा घर में या किसी और जगह 'वैसे' कपड़े नहीं पहनती है। और "तुम घर में पहनो, बाहर नहीं" ऐसा कहने की हिम्मत पीटर में नहीं है।

"पीऽटर" गिलेर्म आवाज़ देता है। कोई और दिन होता तो पीटर बिना रुके वहाँ से चल देता। लेकिन सुना है कि कल ही गिलेर्म का पिता अफ्रीका से आया है। वहाँ से जो लाया है उसे देखने की उत्सुकता से पीटर साइकिल को घुमाता है और गिलेर्म के दरवाज़े के सामने लाता है।

गिलेर्म का पिता बैठक के कमरे में आरामकुर्सी पर बैठा हुआ है।

"अरे, टू पीटर है ना? कैसा है रे टू?" विदेशी भाषा के लहजे में पिता पूछता है, "क्या काम करटां है?"

"बिज़नेस।" यह जवाब पीटर की ज़बान पर आता है लेकिन पीटर उसे निगल लेता है। आम तौर पर अगर कोई पूछता तो पीटर छाती ऊँची करके बता देता था, "बिज़नेस।"

... "कैसा बिज़नेस?" अगर ये भी पूछने वाला कोई मिल जाता तो जवाब की कमी नहीं होती। "जिसे बिज़नेस कहते हैं, क्या उसका कोई लिमिट होता है? किसी भी तरह का बिज़नेस! जब नारियल का अच्छा दाम मिलने लगता है तब नारियल का; तरबूज़ के अच्छे दाम मिले तो तरबूज़ का; और कुछ नहीं तो मछली का!"

दरअसल इनमें से कोई भी व्यापार पीटर ने अभी तक नहीं किया है। दो सौ सत्तासी मार्क लेकर एस.एस.सी. पास होने के बाद उसने दो नौकरियाँ कीं। पहली नौकरी की थी एक फार्मेसी में। सुबह उठना, साइकिल से मड़गाँव

जाना, दोपहर की नींद लेने का मौक़ा न मिलना और रात आठ बजे घर वापस आना, पीटर की सेहत को रास नहीं आया। मालिक की बराबर सौ गालियाँ सहने के बाद पीटर ने वहाँ से कलटी मारी। वहाँ से जो भाग निकला फिर तेरह दिनों की पगार तक लेने मालिक के सामने नहीं गया। माँ ने या अगर किसी और ने कुछ पूछा तो बता देता कि 'बिज़नेस करेगा'। शादी से पहले तेरेझा को भी उसने यही बताया था और प्रेम में डूबी तेरेझा को तब उसकी यह बात बड़ी अच्छी लगी थी।

फिर शादी होने के बाद उसने जो दूसरी नौकरी पकड़ी थी वह तेरेझा के कारण ही। वह बहुत पीछे पड़ गयी थी। बॉस की मदद से अपने ऑफ़िस के एक दूसरे डिपार्टमेंट में उसे चिपका दिया था— पीटर की इच्छा के विरुद्ध! सुबह उठना, गाड़ी पकड़ना, हाथ में पेन लेना और दिन भर लिखते जाना। दोपहर में पाँच मिनट के लिए भी आँख लगाने का मौक़ा न मिल पाना। ऊपर से 'फ्रेट', 'डॅमरेज', 'फाइलिंग', 'चेकिंग स्लीप', 'स्टेटमेंट', 'कन्साइनमेंट', इन भारी विदेशी शब्दों ने पीटर को एक दिन तेज़ बुखार ला दिया। और उसी बुख़ार का बहाना बनाकर पीटर ने ऑफ़िस को अलविदा कह डाला। इसके बाद वह वापस नहीं गया। "अभी तक बेकार हो! छी! वर्क करो! नौकरी करो...नहीं तो समुद्री जहाज़ पर जाओ..." गिलेर्म के पिता ने पीटर को कड़वी दवाई दे दी। "वर्क नहीं करोगे तो कैसे होगा?"

"उसकी बीवी कमाती है।" गिलेर्म ने उसके ज़ख्म पर नमक छिड़का।

"क्या? बीवी को नौकरी पर भेज रहे हो? वेरी बैड! कैसा मर्द है रे तू? औरतों को कभी भी 'फ्री' नहीं छोड़ना चाहिए। फिर वे सिर पर बैठ जाती है! मर्द का मतलब..." इतने में गिलेर्म की माँ वहाँ पहुँच जाती है और पिता एकदम ख़ुद को ब्रेक लगा देता है।

पीटर वहाँ से निकलना चाहता है। वह अन्दाज़ा लगाता है। गिलेर्म के पिता का सामान उनके पीछे ट्रान्सपोर्ट कम्पनी के ट्रक से आने वाला है। पीटर बाहर चला जाता है। नाके पर जाकर मछली लेता है और सीधा घर पहुँचता है।

"आ गये? आओ बेटा! तुम्हारी ही राह देख रही थी।" माँ कहती है। पीटर समझ जाता है। चुपचाप घड़ा लिए कुएँ पर चला जाता है। नहाने का पानी गर्म करने का हंडा भर देता है। पानी भरकर रखता है। ग़ुस्सा करके कोई

फ़ायदा नहीं। माँ का कहना है कि उससे अब नहीं होता। और "बेकार बैठे रहते हो, इतना भी नहीं कर सकते?" इस सवाल का पीटर के पास जवाब नहीं होता है।

बिस्तर पर लेट जाता है। लेकिन आँख नहीं लगती। तेरेझा क्या कर रही होगी? ऑफ़िस में खिलखिला रही होगी? बॉस के साथ या जिसने ट्रेन में उसे ऊपर खींचा था उसके साथ? कौन होगा वो? तेरेझा की पहचान वाला ही होगा। पहचान मतलब— कब से जानती होगी उसे?—तेरेझा का वह स्लीवलेस ब्लाउज़, खुली काँखें, वह टाइट स्कर्ट, वह हाथ पकड़कर ऊपर उठाना—लोगों के वे ताने—'चान्स मिला उसे'—... 'लड़कियाँ भी यही चाहती हैं...', 'औरतों को 'फ्री' नहीं छोड़ना चाहिए'...चारों ओर से टूट पड़ी पागल मधुमक्खियों की तरह ये विचार पीटर को नोच खाने लगे।

"खाना खाओगे न आज?" माँ का बात करने का तरीक़ा भी ग़ज़ब का है!

पीटर पेट भर खाना खाकर आराम से सो जाता है और सीधे पाँच बजे उठता है।

"उठ गये? अब कहाँ जाओगे मटरगश्ती करने?" आँख खुलते ही माँ के वचन पीटर की सेवा में हाज़िर हो जाते हैं। "नौकरी नहीं हो पाती—धंधे का दूर तक पता नहीं। ऊपर से शादी की है। बीवी को खिलाना-पिलाना तो होता नहीं, सँभालकर भी नहीं रख सकते हो। उसके नखरे भी बड़े-बड़े हैं। उसके वे बाल, वह भेस लड़कों से भी गया-गुज़रा! पति को पूरी तरह बस में कर लिया है और अब जैसा चाहे वैसे नचा रही है। अब जब शाम को आयेगी तब देख लेना। पति माने सूखा नारियल और सासु माँ माने उसका छिलका!"

"अब ज़रा चुप हो जाओ !" पीटर उकताये मन से कहता है।

"तुम मुझे चुप करा सकते हो, लेकिन उससे कुछ नहीं कह सकते—हिम्मत ही नहीं है तुममें कुछ कहने की। डरपोक कहीं के! सच्चेऽ मर्द होते तो चार झापड़ लगाकर ऐसी जोरू को ठिकाने पर ला देते। लेकिन तुम...! सायबा,भगवान जल्दी से मुझे इस दुनिया से उठा लो। कम-से-कम इस सबसे छुटकारा तो पाऊँगी..."

आगे की बात सुनने के लिए पीटर वहाँ नहीं रुकता है। साइकिल पर सवार हो पैडल घुमाता हुआ सीधे कायतान के शराबखाने पर पहुँचता है। बरामदे में ताबला खेल की बाज़ी रंगी हुई है। 'हि ऽ री री री री' चिल्लाते हुए जब

ताबला के पासे फेंके जाते हैं तब आस-पास खड़े सभी में जोश भर जाता है। पीटर पहले आधा पेग शराब गटक लेता है और वह भी देखने वालों में शामिल होता है। कुछ समय गुज़र जाता है।

"आठ–"

"बारह–"

"ताब्ल–"

"क्या बात! दे ताली !" कहते हुए खिलाड़ी उठते हैं।

सभी एकसाथ बोलना शुरू करते हैं। शोरगुल! पीटर ज़रा रम जाता है। इतने में आग्नेल तालियाँ बजाते हुए लोगों को शान्त करता है—"सुनो...सुनो। आज सुबह की रेलगाड़ी छूटते समय वहाँ कौन-कौन था?"

"मैं— " मार्टिन चिल्लाता है।

"तुम चुप रहो। और कौन था?"

पीटर को शक होने लगता है। लगता है आग्नेल की ज़ुबान के तीर उसकी ओर रुख करने वाले हैं।

"तो फिर सुनिए साहिबान! हमारे बाब पीटर की घरवाली बाय तेरेझा, आज गाड़ी के नीचे आने वाली थी— "

"क्या?"—सब चौंक जाते हैं।

"लेकिन उसका वक़्त अच्छा था। बाय तेरेझा का एक दोस्त उसी डिब्बे में था। शायद उसी का इन्तज़ार कर रहा था। उसने फ़िल्मी हीरो की तरह अपने दोनों हाथ तेरेझा की काँखों में ऐसे डाले और उसे ऐस्से ऊपर उठाया— " आग्नेल एक्शन के साथ बताता है। पीटर का गुस्सा खौलने लगता है।

"आग्नेल!" पीटर बरस पड़ता है, "अपनी ज़ुबान सँभालकर बात करो।"

"क्या मैंने कुछ ग़लत कहा है? कहा है तो तुम बताओ— " आग्नेल भद्दी हँसी हँसता है।

"देखो मैं चुप नहीं रहूँगा !" पीटर धमकाता है।

"अरे वाह ! क्या करोगे? ऐसे सामने आओ और फिर बात करो!" और सचमुच पीटर का हाथ पकड़कर उसे पास ले आता है।

पीटर उलझन में पड़ता है। उसकी समझ में कुछ नहीं आता। खोखला रोब ग़ायब होता है। उसकी बुरी हालत और बुरी हो जाती है।

"इसका गुमान तो देखो !" आग्नेल कहता है और सभी ज़ोर-ज़ोर से हँस पड़ते हैं।

"बीवी को दिखाना उसे, आं !"

सिर्फ़ एक तेरेझा की वजह से मुझे यह सब सुनना पड़ रहा है। जहाँ भी जाता हूँ वहाँ मेरा अपमान होता है। सब नीचा दिखाते हैं।

सुबह स्टेशन पर लोगों के चुभते ताने !

गिलेर्म के पिता की वह फटकार!

माँ की नुक्ताचीनी!

और अब ...अब नहीं चुप रहूँगा।

पीटर अब फुल पेग शराब गटक लेता है।

"कू ऽक" गाड़ी आती है..

पीटर साइकिल पर सवार हो स्टेशन पर पहुँचता है। तेरेझा उतरती है। पीटर ध्यान से देखता है। 'वह' खिड़की के पास ही बैठा है। तेरेझा साइकिल पर बैठती है। आज बड़ी ख़ुश दिख रही है। पीटर का ग़ुस्सा बढ़ने लगता है।

"पेद्रू ऽ जानते हो, सुबह मैं कितना डर गयी थी ! उसने पकड़ लिया इसलिए बच गयी—" जाते-जाते तेरेझा बता रही है। तेरेझा आगे बैठी है इसलिए उसे पीटर का चेहरा नहीं दिख रहा। नहीं तो पीटर के माथे की तनी नसें और लाल आँखें देखकर वह चकित हो जाती।

साइकिल घर के दरवाज़े पर आकर रुक जाती है। दोनों उतरते हैं।

"पेद्रू ऽ कल सुबह जल्दी ही पहुँचा आना आं ! नहीं तो आज की तरह कल भी—"

पीटर हाथ उठाता है।

फटाक्...! कुछ समझ में आने से पहले ही तेरेझा के दोनों गाल लाल हो जाते हैं। वह चीख़ पड़ती है। अन्दर से सास रोज़ की तरह ठंडे मन से देख रही है। पीटर को और भी जोश चढ़ रहा है। गालों पर, नाक पर, पीठ पर, पेट पर, हाथों पर, पैरों पर मारता है ...मारता चला जाता है... मारता रहता है।

गणपति की कृपा

"सुनिएऽ" पत्नी ने आवाज़ दी।

"सुन रहे हैं ना? गणेश-चतुर्थी पास आ रही है। घर में कुछ करना भी है या नहीं?" उसने पूछा।

"क्या करना चाहती हो?" मन की उद्विग्नता को ज़बान पर लाये बिना मैंने पूछा।

"ये क्या बात हुई? मुझे कोई शौक़ नहीं है नयी-नयी चीजें बनाने का! लेकिन जो आयेंगे उनके लिए और कुछ नहीं तो कम-से-कम नेवरी तो बनानी पड़ेगी न?" 'नेवरी' गणेश-चतुर्थी के समय बनायी जाने वाली गुझिया जैसी मिठाई होती है।

अपनी अस्वस्थता छिपाते हुए ऊपरी मन से मैंने कहा,"ठीक है। जो करना ज़रूरी है उसे किये बिना कैसे रहेंगे? लेकिन अभी भी कुछ दिन बचे हैं न? कल देख लेंगे—"

मन में छिपाये रखी चिन्ता को ज़बान पर आने नहीं दिया था लेकिन आँखों ने मुझे धोखा दे दिया। मेरे क़रीब आकर कमीज़ की बाजुओं पर हाथ रखते हुए पत्नी ने कहा, "ये क्या? देखा है, आँखें कितनी धँस चुकी हैं? यों ही हर बात को दिल से लगा लेने की आपकी आदत है। क्या मैं हालात नहीं समझ रही? दरअसल मैं नहीं कहना चाहती थी...लेकिन—"

पत्नी की आँखें भर आयीं। यह देखकर मैं अन्दर से हिल गया।

"नहीं...नहीं...सावित्री, ऐसी बात नहीं। तुमने कोई ग़लती नहीं की। चतुर्थी पास आ रही है। कुछ तो करना ही पड़ेगा। लेकिन मेरा ये हाल है...परिस्थिति के कारण नहीं-नहीं..."

मेरे मुँह पर हाथ रखते हुए सावित्री ने अपनी सिसकी दबायी और भर्रायी आवाज़ में कहने लगी, "आप चिन्ता न करें। भगवान है...गणपति..." और अगले शब्द सिसकी के साथ डूब गये। सावित्री भीतर चली गयी और पैरों में जूते पहनकर मैं बरामदे में आ गया।

बाहर बच्चे खेल रहे थे। बड़ा सुरेश पड़ोसी के घर से लायी हुई कहानियों की किताब पढ़ रहा था और विमल ज़ोर-ज़ोर से कविता का पाठ कर रही थी। बीच वाला बाबू निचली सीढ़ी पर बैठ ऊपर पेड़ पर बैठे हुए कौए को ताकते हुए कह रहा था, "कौए, कौए, हमारे घर आयेगा कोई तो बैठा रह–आयेगा नहीं तो हो जा फुर्र–" कौए ने क्षण भर गर्दन टेढ़ी करते हुए बाबू की ओर देखा और 'काँव-काँव' करते हुए पंख पसारकर उड़ गया। मुझे बस यों ही बड़ा अच्छा लगा। चालीस साल पहले मैं भी जब यही कहता था तब किसी भी मेहमान का आ जाना मेरे लिए काफ़ी हो जाता। लेकिन अब मेहमान के आने की बात सुनते ही डर लगता है। शर्म ही बात है लेकिन उतनी ही सच! मैं सीढ़ियाँ उतरकर बाबू के पास आ गया। उतरा हुआ चेहरा लिए बाबू कौआ जिस ओर उड़कर चला गया था उस दिशा में ताकता हुआ बैठा था। मैंने झुककर उसे चूम लिया और "पढ़ाई करना आं...", कहा। मैं पीछे मुड़ा ही था कि बाबू ने मेरी कमीज़ खींची। "बाबूजी, आज हमारे लिए पटाखे ले आयेंगे न?"

"हाँ, बिल्कुल ले आऊँगा।" मैंने सतही मुस्कान ओढ़ते हुए एक झूठ बोल डाला।

"और फुलझड़ियाँ भी..." बाबू ने आँखें झपकाते हुए कहा।

"लाऊँगा आं—" इतना कहने तक शायद विमला ने सुन लिया था... "बाबूजी, मुझे भी चाहिए आं...पहले ही बोल देती हूँ...मुझे पटाखे जलाना आता है..."

"पगली, अरे जब सभी के लिए लाने वाला हूँ तब तुम्हारे लिए लाये बिना कैसे रहूँगा? सब के लिए ले आऊँगा। चलो, अब पढ़ाई में लग जाओ सब—"

इतना कहकर मैं चला गया।

बाज़ार के पास ही कुष्टा मिला। कुष्टा ने कभी किसी को अच्छी ख़बर नहीं दी है। किसने किसको पीटा, किस बस्ती में झगड़े हुए, कौन कैसे मरा और किसने किसको ठगा...ऐसी ही ख़बरें।

"अरे शंकर, पता है न कि वह कोंडेबांद वाला जुआँव टें बोल गया?"

"अच्छा? ठीक है, पहले से ही बीमार चल रहा था न वह?" मैंने बोलने के लिए कुछ चाहिए इसलिए बोला। लेकिन कुष्टा बहुत कुछ कहना चाहता था।

"बीमार तो हाल ही में हुआ। लेकिन मैं कह रहा हूँ, सुन लो, उसे घरवालों ने ही ख़त्म किया है..."

मुझसे ऐसा कुछ सुना नहीं जाता। मैंने कहा, "अरे, क्यों भैया—"

"सुनो, सुनो—तुम झूठ समझकर ही सुन लेना। इस जुआँव को उसका बेटा और बहू चावल का माँड़ तक नहीं देते थे। बाप को दाने-दाने के लिए तरसाया उन्होंने! छी...छी ! कीड़े पड़ेंगे उन्हें! रात-दिन की मार और ख़ाली पेट! इसीलिए तो मर गया वह। अगर साबित कर दोगे कि मैंने जो कहा वह झूठ है तो मेरे कान का टुकड़ा काट लेना और अपने मैले में फेंक देना..." कुष्टा की इस तरह की बातें सुनने की मनस्थिति में मैं नहीं था। मैंने जाने की तैयारी की, तो कुष्टा ने मुझे रोकते हुए पूछा, "शंकर, क्या यह सही है कि उस विष्णु की दुकान से तुमने सामान उधार लिया है?—नहीं, वही बता रहा था—मुझे क्या पड़ी है? बस सोचा तुमसे पूछ लूँ..."

ग़ुस्से से मेरी आँखें लाल हो गयीं। कुष्टा की कुहनी कसकर पकड़ते हुए मैंने पूछा, "कुष्टा, तुम्हें विष्णु ने बताया!"

"अगर वह नहीं बताता तो मुझ बेचारे को कैसे पता चल पाता? ये अच्छी कही तुमने!"

मैंने कुष्टा को वहीं छोड़ा। सीधे विष्णु की दुकान की राह पकड़ी। ऐसे नीचा दिखलाया जाना, ऐसा अपमान बर्दाश्त करना मेरी सहन-शक्ति के बाहर की बात थी। भूखा रह लूँगा लेकिन किसी के मुँह से छी-छी नहीं सुनूँगा।

विष्णु की दुकान पर पहुँचा तब मेरा अवतार देखने लायक था। "विष्णु, क्या मैंने तुम्हारे पैसे डुबोये हैं?"

"नहीं रे बाबा, क्यों?" विष्णु अचरज से देख रहा था।

"फिर तुमने ऐसी बात क्यों फैलाई है? कुष्टा को क्यों बताया? इतने से पैसों के लिए मेरा अपमान कर गये तुम !"

विष्णु बारह घाट का पानी पी चुका था। वह पीछे नहीं हटा। ऊपर से ज़ख़्म पर नमक छिड़कते हुए बोला, "अरे शंकर, जिन्हें मान-अपमान की पड़ी होती है उन्हें उधार नहीं लेना चाहिए। मैंने किसी से झूठ नहीं कहा है।

जो सच है वही कहा।" उसके वे ठंडे शब्द मुझे आग में झुलसाने लगे। सीधे उठा और देसाय के घर चला गया। दो सौ नारियल के फल सँभालकर रखे हुए थे। उन्हें बेचने का निर्णय बना लिया। "देसाय बाब, नारियल के क्या दाम चल रहे हैं?"

"कितने हैं?"

"दो सौ ही हैं। लेकिन जल्दी नगद पैसे चाहिए।"

एक सौ बीस रुपये हाथ में पड़ गये। विष्णु के पच्चानबे लौटा दिये। और ग़ुस्से में घर की ओर जाने लगा।

इतनी देर तक मान-अपमान की अनुभूति के बीच सब चिन्ताएँ छिपकर बैठी हुई थीं। घर की राह पकड़ लेते ही वज़न हटाने पर जैसे सब काग़ज़ उड़ने लग जाते हैं वैसे ही सभी चिन्ताएँ ऊपर आ गयीं। पत्नी ने दूध का डिब्बा लाने के लिए कहा था। छोटा अब एक साल का हो चला था। अब उसे आठ दिन के लिए एक डिब्बा लगना चाहिए था। लेकिन सावित्री जितना हो सके उतना लम्बा खींच लेने की कोशिश करती। पिछला डिब्बा लाकर पन्द्रह दिन तो हो गये होंगे। परसों ख़त्म हो गया था। कल मैंने बताया था कि लाना भूल गया। अब ले जाना ही होगा। अगला-पिछला कोई विचार न करते हुए पहले फार्मेसी में गया। डिब्बा ले लिया।

उसके बाद मैंने फिर से घर की राह पकड़ ली। दरवाज़े पर बाबू मेरा इन्तज़ार करते हुए खड़ा था। दौड़कर आ गया। "बाबूजी मेरे पटाखे? फुलझड़ियाँ दे दीजिए मुझे।" तुरन्त मैंने उसे धीरे-से दूर किया और उसकी भरी हुई आँखों को अनदेखा करते हुए मैं रसोईघर में चला गया। दूध का डिब्बा मेज़ पर रखा और मैं लकड़ी की चौकी पर बैठ गया।

"ये क्या! कहा था न छोटा डिब्बा महँगा पड़ता है और जल्दी ख़त्म हो जाता है।" मैंने सावित्री की आँखों में देखते हुए कहा, "छोटा डिब्बा लाने पर दूध जल्दी ख़त्म होता है और बड़ा लाने पर जेब जल्दी ख़त्म होती है।"

सावित्री ने एकदम मेरी तरफ़ देखा और फिर सिर घुमाकर वह चूल्हे की लकड़ियाँ ठीक करने लगी।

चाय बनाकर कप मेरे सामने रखा और बोली, "कल सुबह तक तो नेवरी बनानी ही पड़ेगी। लेकिन आपको ज़्यादा ख़र्चा होगा ऐसा कुछ नहीं करूँगी। भगवान की दया से नारियल तो हैं ही।"

सावित्री जो बोल रही थी वह मेरे दिमाग़ में नहीं घुस रहा था। किस मुँह से बताता इसे कि नारियल के फल बेच दिये हैं! वह बोलती जा रही थी...

बाहर बाबू फूट-फूट कर रो रहा था। पटाखे नहीं लाये थे इसलिए...

पालने में छोटा 'उंवा-उंवा' कर रहा था।

सावित्री मानो कलेजे को निचोड़ डाल रही थी। "उनमें से पच्चीस नारियल तो लग जायेंगे वे अब निकाल लेते हैं। आप सिर्फ़ शक्कर, गुड़, मैदा और गेहूँ का आटा ले आना। चावल ख़त्म होने आये हैं। लेकिन राशन अभी तक नहीं आया है न? उसे ले आते हैं..."

सावित्री अपनी तरह से किफ़ायत से ख़र्च करने की ही बात कर रही थी। लेकिन उतना ही लाने में आज कम-से-कम चालीस रुपयों की ज़रूरत थी। ऊपर से गणपति की मूर्ति लानी थी।

मैंने जितनी हो सकती थी उतनी धीमी आवाज़ में पूछा, "लेकिन सावित्री, इतनी सारी नेवरी...पच्चीस नारियल..."

"ये क्या?" सावित्री ने बीच में ही मेरी बात तोड़ते हुए कहा, "आपकी बहन को चतुर्थी की सौगात भेजनी है। भला बिना भेजे रह सकते हैं?"

क्या कहूँ मैं समझ नहीं पा रहा था। दिल कड़ा करते हुए मैंने कहा, "सावित्री, सावित्री हमारे पास अब नारियल नहीं बचे हैं। मैंने उन्हें बेच दिया।"

सावित्री वहीं धड़ाम् से बैठ गयी। आँखें फाड़-फाड़कर सामने के चूल्हे की आग को ख़ाली नज़रों से देखती रह गयी। मैं उठा और अन्दर के कमरे में जाकर बिस्तर पर लेट गया।

चतुर्थी, सौगात, भगवान की मूरत, पटाखे, फुलझड़ियाँ, नेवरी, चावल-शक्कर...कैसे-कैसे होगा सब? जेब में तो बस बीस रुपये बचे थे। और...

सावित्री धीरे-से हल्के क़दमों से कमरे के अन्दर आ गयी। मेरे माथे पर, बालों पर हाथ फेरते हुए कहने लगी, "आप बिल्कुल चिन्ता मत करना... भगवान है। विघ्नहर्ता गणपति देख लेंगे।"

"सावित्री, भगवान नहीं है, ये शैतान का शासन है। भगवान होता तो हमारी ये हालत नहीं होती।"

"बला टल जाये! ऐसी बातें मत करो। भगवान को बुरा लगेगा।"

रातभर नींद मेरी आँखों से दूर रही। मंच पर जिस तरह पात्र नाचते हैं वैसे ही चतुर्थी, सौगात, मूर्ति, पटाखे इन्हीं से सम्बन्धित विचार मस्तिष्क में नाच रहे थे।

विष्णु के पैसे लौटा ज़रूर दिये थे लेकिन रिश्ता तोड़कर। फिर से उसकी दुकान पर जाने की गुंजाइश नहीं बची थी। गाँवकार की दुकान पर काम हो जाने की सम्भावना कम थी। लेकिन कहते हैं कि ज़रूरतमन्द को अक्ल नहीं होती, मैंने जाकर देख आने का निर्णय लिया। क्या कहे? बुजुर्गों के पुण्य के चलते उसे देने की बुद्धि आयी तो चतुर्थी की शोभा तो बनी रहेगी। लेकिन अगर नहीं दिया तो? यह विचार डरा रहा था। चतुर्थी तो आने से नहीं चूक सकती थी। यही चतुर्थी अगर अगले महीने आ जाती तो नारियल की अगली फ़सल पल्ले पड़ चुकी होती। सूतक वग़ैरह भी तो हो सकता है! फिर चतुर्थी का उत्सव नहीं मनाना पड़ेगा। लेकिन इस तरह विचार करना मतलब पागलपन होगा।

बीच में बाबू ने कोई सपना देखा...फुसफुसाने लगा। एकदम चिल्ला उठा... "गणपति बाप्पा मोरया ऽ—अगले बरस तू जल्दी आ—" मुझे उस स्थिति में भी हँसी आ गयी। बाबू बड़ी उत्सुकता से चतुर्थी का इन्तज़ार कर रहा था और मैं उस चतुर्थी को मनाने से बचने का प्रयास कर रहा था।

लेकिन चतुर्थी मनाने से भला कौन बच सकता है? सौगात भेजने से बच सकता है? नेवरी, पटाखे कुछ नहीं छूटने वाला।

सुबह दुकान की ओर जाते समय जी घबरा रहा था। किसी से भी अपनी बेइज़्ज़ती सहन न करने वाला मेरा स्वभाव था। कुछ ऐसा हो कि गाँवकार मुझ पर उपकार कर डाले। सावित्री कह रही थी, "गणपति देख लेगा।" पता चल ही जायेगा। दुकान पहुँचने तक मेरे शरीर से ठंडा पसीना छूटने लगा था।

दुकान पर ग्राहक जमा थे। एक के बाद एक जाने लगे। जब कोई नहीं होगा तब पूछ लूँगा, सोचते हुए मैं ज़रा रुका रहा। मेरे दिल की धड़धड़ मुझे साफ़ सुनाई दे रही थी। गला सूखा जा रहा था। गाँवकार के एक जवाब पर मेरी चतुर्थी का भविष्य निर्भर था। थूक निगलते हुए मैं आगे बढ़ा।

"गाँवकार बाब!" मन कड़ा करते हुए मैंने आवाज़ दी।

"अरे शंकर बाब तुम हो! इतनी देर तक बाहर क्यों खड़े हो? क्या चाहिए था?"

मैंने बड़ी आशा से कहा, "एक उपकार माँगने आया था मैं तुमसे। चतुर्थी के लिए थोड़े सामान की ज़रूरत थी। नारियल की फ़सल बाईस दिन बाद आने

वाली है। फल हाथ आते ही पैसे लौटा दूँगा। ना मत कहना। उपकार होगा।" दया की याचना करने वाले शब्दों से मैंने विनती की।

"नाराज़ न होना शंकर बाब! हमारी स्थिति भी उधार देने जैसी नहीं है।"

मेरी आँखों के सामने चतुर्थी का उत्सव नाचने लगा। वह जो कह रहा था उसे सुनने के लिए न रुककर मैं बाहर चला गया। कहते हैं विघ्नहर्ता है, सब देख लेगा! कहते हैं कि इसकी पूजा करनी चाहिए!

पथराई आँखें लिए मैं बाहर आ गया। रास्ते पर पहुँच ही रहा था कि सामने से कुष्टा को आते हुए देखा। अब कम-से-कम इस समय तो मुझे वह अपनी नज़रों के सामने नहीं चाहिए था। लेकिन उसने कहीं से मुझे देख लिया और "अरे शंकर सुनो!" कहता हुआ मेरे सामने आ धमका और पूछने लगा।

"तो फिर, चतुर्थी का उत्सव मनाना रह गया न तुम्हारा?" वह क्या कह रहा है यह मेरी समझ में आने से पहले ही उसने आगे बताया, "लगता है तुम्हें मालूम नहीं है। अरे तुम्हारी वह जायु आका आज तड़के मर गयी। तुम्हारी बिरादरी वाली है न? वैसे बूढ़ी थी..."

"क्या? मर गयी? मतलब सूतक?" मैंने भौचक्का होते हुए पूछा। पलभर में मुझे हल्का-हल्का महसूस होने लगा...

"सूतक? पूरा ग्यारह दिनों का !..."

कुष्टा अपने अनुसार बुरी ख़बर ले आया था। लेकिन उसके मुँह से इतनी अच्छी ख़बर मैंने पहली बार सुनी थी। चतुर्थी का उत्सव, सौगात, नेवरी, पटाखे एक-एक करके भाग गये और मेरी चिन्ता ख़त्म हुई। जी ख़ुश हो गया!

कोंयसांव के गोरू

इनास गोरुओं को हाँकते हुए गोठ में ले आया। पगहिया लेकर उन्हें खूँटे से बाँधा और पिछले दरवाज़े से घर के भीतर चला आया। रसोईघर में कोंयसांव फूँक मारकर चूल्हे की आग ठीक कर रही थी। इनास की आहट लगते ही उसने आश्चर्य से पूछा–

"इनास, गोरुओं को अभी तक नहीं बाँधा?"

"बाँधकर ही तो आ रहा हूँ!" इतना कहकर इनास दीवार से सटाकर रखे बक्से पर बैठ गया। कान पर रखी अधजली बीड़ी को निकालकर उसने माचिस की तीली जलाई।

"अरे! आज भला रँभा क्यों नहीं रहे?" कोंयसांव ने आश्चर्य से पूछा। रोज़ गोठ में पहुँचते ही रँभाना शुरू करने वाले गोरू आज उन्हें गोठ में बाँधकर इनास के घर के अन्दर पहुँचने पर भी आवाज़ नहीं कर रहे थे।

"रँभाने के लिए मुँह होना चाहिए ना?"

"क्या हुआ?" कोंयसांव का दिल बैठ गया। "किसी के बग़ीचे में वग़ैरह—"

"बग़ीचे में नहीं–पावलू भाटकार के नारियल के बाग़ में पहुँच गये आज। कहते हैं कि वहाँ के नारियल के पौधों को खा डाला इन्होंने। भाटकार कह रहा था कि पन्द्रह रुपये लिए बग़ैर किसी तरह नहीं छोड़ेगा उन्हें। आख़िर जब मज़दूरी करने आ जाऊँगा, कहा, तब कहीं दया दिखाते हुए छोड़ दिया।"

कोंयसांव ने कुछ भी नहीं कहा। दोपहर में बनायी काली चाय सुलग रहे अंगारों पर रखकर गर्म की और चुपचाप कप में उड़ेलकर जाकर इनास के सामने रख दी। अभी तक गोरुओं के रँभाने की आवाज़ सुनायी नहीं दी थी।

"एकदम कड़ुआ ज़हर है ये!" धुएँ के स्वाद वाली काली चाय की चुस्की लेते ही मुँह बिगाड़कर इनास बोला।

कोंयसांव का मन कहीं और ही उलझ गया था।

गोरू भला रँभा क्यों नहीं रहे? क्या अभी तक भूख नहीं लगी हैं उन्हें?

"क्या गोरुओं ने बहुत सारे नारियल के पौधे खाये?"

"अरे कहाँ के! एक भी नहीं खाया। ज़रा-सा मुँह लगाया भी हो तो वह भगवान ही जाने!"

इसका मतलब...कोंयसांव तुरन्त समझ गयी, "भाटकार का ग़ुस्सा गोरुओं पर तो नहीं उतारा न इनास?"

इनास ने मौन साधा।

कोंयसांव ने हाथ का काम वहीं छोड़ा। गोठ में आकर देखा तो गाय और बैल दोनों चुप खड़े थे। अपनी खुरदुरी जीभ बाहर निकाले उसका शरीर चाटने वाले दोनों जीव आज चुपचाप खड़े थे। कोंयसांव को क्षणभर लगा कि वे आँखें चुरा रहे हैं! क्या ग़ुस्सा हैं? कोंयसांव ने अपने हाथ उन दोनों की पीठ पर रख दिये। वैसे ही एक साथ थरथराते हुए दोनों गोरुओं का शरीर काँप उठा। पहले गाय रँभा उठी फिर पीछे बैल। कोंयसांव ने गाय के गले को सहलाते हुए दूसरे हाथ से बैल का माथा खुजलाया। गाय कोंयसांव का हाथ चाटने लगी। कोंयसांव की नज़र बारीकी से गोरुओं के पीठ पर घूमने लगी। बहुत ज़्यादा निशान तो नहीं दिख रहे थे। लेकिन छड़ी की मार जहाँ पड़ी थी उसे कोंयसांव की अनुभवी नज़र ने देख लिया था।

गोरू अब बिना रुके रँभाने लगे। उन्हें भूख लगी थी। पेट में आग धधक रही थी। कोंयसांव ने उन्हें थपथपाते हुए 'चुप हो जाओ' कहा। कोंयसांव भीतर आ गयी। इनास बाहर बैठा हुआ छत छाने के लिए नारियल के पत्ते मोड़ रहा था।

"इनास घर में खली नहीं है।"

इनास ख़ामोश रहा। वह भी भला क्या करता। किस-किसके पेट भरता? तीन बच्चे। कमाया, पकाया, खाया जैसी स्थिति थी। यही करके दिन धकेले जा रहे थे। जब गाय दूध देती थी तब खली लाना सम्भव हो पाता था। पिछले साल जोतने के लिए दो बैल थे। ठीक नातलां के समय ही काले बैल की मौत हुई थी।

नहीं तो जुताई का काम तो मिल ही जाता। अब सूखी गाय और बेकार बैल के लिए खली कहाँ से आ पाती?

"थोड़ा भूसा है, इनास। मैं धोण लेकर आती हूँ। तुम यहीं रहो।" धोण, सूअरों को दी जाने वाली तरल जूठन थी, जिसमें रसोई के चावल या दाल का पानी आदि होता था।

हिन्दुओं के चार घरों में घूमकर धोण इकट्ठा करने तक दिया, बाती का समय हो चला था। धोण से भरा मिट्टी का घड़ा माथे पर सँभालते हुए कोंयसांव घर के भीतर आ ही रही थी कि गोरू ज़ोर-ज़ोर से रँभाने लगे। कोंयसांव ने घड़ा नीचे रखा। थैली में से बचाकर रखा हुआ भूसा निकाला। उसे दो बर्तनों में डालने के बाद उनमें धोण भी मिला दिया। भूसा ज़रा फूलने तक हाथ से ही इस मिश्रण को हिलाने लगी।

गोरू रँभा रहे थे। उनमें सब्र नहीं बचा था। इनास बाहर आ गया। बीड़ी का टुकड़ा फेंकते हुए उसने झाड़ू उठाया और जल्दी-जल्दी उनके सामने की जगह साफ़ करने लगा। कोंयसांव का सानी बनाने का काम ख़त्म होते ही उसने बर्तनों को उठाया और गोरुओं के सामने रखा। बहुत दिनों के भूखे से वे खाने पर टूट पड़े।

कोंयसांव कुएँ पर जाकर घड़ा भर पानी ले आयी। तब तक गोरुओं ने बर्तनों को चाट-चाटकर साफ़ कर दिया था। उसने पानी नाँदों में डाला और वह भीतर आ गयी। बाहर बच्चों का शोरगुल चल रहा था। चूल्हे पर अदहन खौल रहा था। वह जब धोण लाने गयी होगी तब इनास ने ही अदहन चढ़ाया होगा। क्षण भर के लिए मन-ही-मन इनास की प्रशंसा करके कोंयसांव काम में लग गयी।

सूखी पेड़वो मछली अंगारों पर भूनकर नीचे रखी। तेल की बोतल में बची आख़िरी बूँद उस पर डालते ही तेज़ ख़ुशबू चारों ओर फैल गयी।

"ओ इनासो..." बाहर से किसी ने आवाज़ दी।

"आता हूँ।" इनास ने पीछे से ही जवाब दे दिया।

तब तक पेद्रू आकर बरामदे में बनी बैठक पर उकड़ूँ बैठ गया। भूनी हुई सूखी मछली की ख़ुशबू उसके नथुनों में भर गयी।

"ओ कोंयसांव ! खाना खाने आया हूँ—" उसने मज़ाक़ में कहा।

"चलो खाते हैं ! आज बड़ी अच्छी मछली है।" कोंयसांव ने उल्टा जवाब दे दिया।

"वो तो ख़ुशबू से ही समझ में आता है।" पेद्रू ने बीड़ी सुलगा दी। इतने में इनास बाहर आ गया।

"इनास, गाय-गोरू कहाँ हैं रे?" पेद्रू का सवाल सुनते ही कोंयसांव का कलेजा उछल गया। किसी और का बगीचा तो नहीं खा डाला ना इन्होंने? लेकिन नहीं। आगे पेद्रू ने ही इस बात को स्पष्ट किया।

"परसों मडगाँव में पुरुमेंत का फेस्त है ना? बारिश से पहले जो तरह-तरह का ज़रूरी सामान जमा करके रखना पड़ता है उसकी ख़रीदारी इस मेले में होगी। हमारे भैंसे को भी मैं वहाँ ले जाने वाला हूँ ! तुम आना चाहोगे क्या? बस यही पूछने आया था।"

पल भर अनमनापन जताने के बाद इनास ने उसकी बात को झटकते हुए कहा, "ना बाबा ना!"

एक मन कहता था बेच दे इन गोरुओं को! एक बैल से जुताई का काम नहीं हो सकता था और दूध न देने वाली सूखी गाय पालना मुश्किल हो रहा था। लेकिन दूसरा मन सचेत करता—कोंयसांव के बारे में भी सोचना चाहिए। वह इन गोरुओं से बहुत प्यार करती है।

"आरे, क्या लेकर बैठे हो? यह बैल अब बूढ़ा हो चला है। कल जब यह भी मर जायेगा तब क्या करोगे?" बीड़ी का धुआँ छोड़ते हुए पेद्रू ने पूछा।

इनास चुप रहा।

अन्दर से बहुत ध्यान देकर कोंयसांव सुन रही थी। पेद्रू बोलता जा रहा था।

"मैं अपने भैंसे को बेचना चाहता हूँ। इस साल फ़सल अच्छी रही तो आगे भैंस भी ले सकता हूँ। तुम्हारा तुम सोच लो भैया! फेस्त के समय जो क़ीमत मिलेगी वह फिर कल नहीं मिलने वाली ! मेरे हिसाब से तुम्हें गाय और बैल दोनों बेच देने चाहिए। अच्छा होगा! बाद में नहीं ख़रीद सकते हो क्या ?"

पेद्रू चला गया। लेकिन इनास अन्दर नहीं आया। वह जानता था कि कोंयसांव ने पेद्रू का हर शब्द सुना होगा। लेकिन इस सवाल पर कोंयसांव के सामने कोई भी बात उठाने का साहस उसके मन में नहीं था।

कोंयसांव ने बच्चों को खाने के लिए बुलाया। उन्हें चावल की काँजी के साथ पेड़वे मछली के टुकड़े परोसे।

"कोंयसांव, आता हूँ..."

इनास कहाँ गया है यह कोंयसांव अच्छे से जानती थी।

पेद्रू ने जो कहा था उसके बारे में सोचते हुए कोंयसांव रसोईघर में आकर बैठ गयी।

एक गाय और दो बैल! पहले से ही कोंयसांव उन पर बहुत जान छिड़कती थी। उनके लिए कोंयसांव और इनास ने कुछ भी करना बाक़ी नहीं रख छोड़ा था। यहाँ तक कि अपने पेट को काटकर गोरुओं के खाने का इन्तज़ाम किया था। और इसके बावजूद साँप के काटने के बहाने ऐन नातलां के समय एक बैल मर गया था। कार्निवाल के बाद गाय का दूध सूख गया था और अब—

तीन बच्चे और दो बड़ों का पेट भरने तक नाक में दम आ जाता है वहाँ पशुओं के बारे में कोई कैसे सोचे ! आसमान छूती महँगाई—ऊपर से अब मई ख़त्म होने आ रहा है फिर भी रोपाई का अभी तक कोई इन्तज़ाम नहीं हो पाया है। लोगों ने रोपाई के लिए धान के बीजों से पौध तैयार कर ली है। कुछ लोगों ने तो पहली बारिश के भरोसे ही पौध की रोपाई तक की थी और कोंयसांव के दोनों खेत वैसे ही पड़े थे। अभी तक हाथ नहीं लगाया था। पड़ोसनें रोज़ पूछती थीं, "कब रोपाई करोगी, कब रोपाई करोगी?" लेकिन इतने पैसे कहाँ से लायें? पौध, खाद, निराई-गुड़ाई, सब करने के लिए... हाँ! खेत जोतने होंगे! फ़सल उगानी होगी! पिछले साल खेत जोते थे इसलिए इस साल बच्चे पॅज़, चावल की काँजी खा-पा रहे हैं, नहीं तो इस साल! धान रोपना ही होगा...बारिश पास आ रही है...परसों पुरुमेंत का फेस्त है!

इनास शराब पीकर लौट आया था। कोंयसांव ने उसे पॅज़ परोसी। बर्तन में झाँकने के बाद इनास खाना खाने लगा। कोंयसांव ने उसे और परोसने के लिए कलछी निकाली।

"नहीं। और नहीं चाहिए। पेट भर गया।"

कोंयसांव समझ गयी कि पॅज़ थोड़ी-सी बची है इसलिए इनास मना कर रहा है। लेकिन कोंयसांव को भूख नहीं थी। उसने कहा, "मैंने खा लिया इनास। तुम पेटभर खाओ! कल काम पर जाना है ना?"

"झूठ मत बोलो। तुम खाना खाओ।" इतना कहकर इनास उठ गया।

चावल का मांड़ गटकते हुए कोंयसांव उठ गयी। रसोईघर की सफ़ाई करके वह बाहर आयी। बच्चे गहरी नींद सो रहे थे। इनास दीवार से सटाकर रखे हुए बक्से पर उकड़ूँ बैठकर बीड़ी फूँक रहा था।

"इनास परसों पुरुमेंत का फेस्त है!"

इनास ने बीड़ी का कश लेते हुए धुआँ छोड़ दिया। लेकिन कुछ कहा नहीं। उसके मन में भी इन्हीं विचारों ने घमासान मचा रखा था।

"गोरुओं को ले जा रहे हो ना?"

इनास चौकन्ना हो गया। कोंयसांव जान-बूझकर ऐसा बोल रही है। ताना मार रही होगी... या मज़ाक़ उड़ा रही है...

इनास ने नकारात्मक ढंग से ज़ोर से गर्दन हिलायी।

"ना, क्यों? पागल हो गये हो?" हालाँकि कोंयसांव इनास से बात कर रही थी। लेकिन अपने-आप को समझा रही थी। "गोरू नहीं बेचेंगे तो हम क्या करेंगे? खेत की रोपाई करनी है न? खाद के लिए, पौध के लिए पैसा कहाँ से लाओगे? बाप ने रख छोड़ा है क्या?"

इनास भौचक्का होकर सुन रहा था। इतनी देर से वह यही सोच रहा था। लेकिन जो कहने से कोंयसांव को दुख होगा यह सोचकर वह चुप बैठा था वही बात कोंयसांव उससे कह रही थी...।

"सच कहती हो?" भर्राई आवाज़ में इनास ने अविश्वास भरे स्वर में पूछा।

"यह समय मज़ाक़ करने का है क्या? कल का दिन बीच में है। लेकिन परसों तड़के तुम गोरुओं को लेकर चले जाना। क्या मुझे आना होगा?"

"नहीं।" इनास ने कहा। उसने चैन की साँस ली। कोंयसांव को अच्छा नहीं लगेगा इसलिए इतनी देर तक वह कहने में आगे-पीछे कर रहा था। अब कोंयसांव ही कह रही थी कि 'बेच दो'। इनास गहरी नींद सो गया। दिया बुझाकर कोंयसांव भी सोने गयी। कोंयसांव की सिसकियाँ सुनने के लिए इनास जाग नहीं रहा था।

दूसरा दिन ख़त्म होने तक उसकी हालत ख़राब हो गयी थी।

सुबह-सुबह ही मारीसांतान आयी थी।

"ओ कोंयसांव! आसमान देखा है न आज? लगता है बारिश आने वाली है!"

"हो सकता है!"

"तुम रोपाई नहीं करोगी क्या ?"

"पुरुमेंत के फेस्त के बाद रोपने के बारे में सोचा है।"

"अरी, जल्दी कर! बारिश नज़दीक पहुँची है! लोगों ने तो रोपाई भी कर ली। और तुमने सुना है न? खाद को लेकर लोगों में हल्ला मचा है। कहते हैं खाद ही नहीं मिल रहा ! तुम अब जल्दी कुछ इन्तज़ाम करो—"

सुबह मारीसांतान आयी थी। दोपहर में कायतान आ गया।

"धान की पौध ले ली क्या तुमने?"

"नहीं, अभी तक नहीं।"

"चाहिए?" कायतान ने पूछा।

"तुम्हारे पास है?"

"नहीं! लेकिन शराबी सांतान के पास है। अगर चाहिए तो अभी उसे बताकर रख देना।"

"इनास से पूछकर बाद में बताती हूँ।"

सुबह गोरुओं को चराने नहीं छोड़ा था। शाम के समय कोंयसांव उन्हें घास चराने ले गयी और फिर वापस ले आयी। रान्दूकची में सँभालकर रखे हुए पैसों से एक किलो खली ले आयी। पहले एक रुपये में किलोभर खली लेने के बाद भी नहाने का छोटा साबुन आ जाता था। अब इस तरह साबुन मिलना दूर की बात है। और रुपया देने पर किलोभर खली भी नहीं आती। दुकानदार को मुफ़्त में दो गालियाँ देकर कोंयसांव ने खली भिगोने रखी। इनास को घर पर रखकर वह हिन्दुओं के घर चली गयी। हर घर से धोण इकट्ठा करते हुए आँखों का पानी रोककर उसने कहा, "कल से हमें धोण नहीं चाहिए बाय। कल हम गोरू बेच रहे हैं!"

गोरुओं को पेटभर खाना खिलाकर इनास और कोंयसांव भीतर आ गये। दोनों के मन भारी हो गये थे। पेट से जने बच्चों की तरह प्यार से बड़े किये हुए ये दो मूक पशु ! पेट के लिए ही बेचने पड़ेंगे ?

सारी रात बेचैनी में बीत गयी। आँख लगी ही नहीं। पौ फटने से पहले कोंयसांव उठ गयी। चूल्हा जलाकर, चाय का पानी चढ़ा दिया और गोठ में जाकर गोरुओं के सामने बैठकर ज़ार-ज़ार रोयी। इनास के जगने की आहट लगते ही वहाँ से उठ गयी। चाय तैयार की। दोनों ने रसोईघर में बैठकर चुपचाप चाय पी ली।

बाहर चहल-पहल शुरू हुई। फिलीप, हरि, पेद्रू ये भी अपने-अपने गाय-गोरू लेकर जाने वाले थे। इनास ने कमीज़ पहनते हुए कोंयसांव को बताया। "तुम खेत में जाकर हमारी मेंड़ें ठीक हैं या नहीं देख लेना। और उस शराबी सांतान को भी सन्देसा भेज देना कि हमें पौध चाहिए। कल बारिश हुई तो परसों ही रोपाई कर डालेंगे।"

कोंयसांव का एक कान अन्दर था। दूसरा गोठ में।

पेद्रू आ गया। "ओ, इनासो !"

इनास ने पीछे जाकर गोरुओं की पगहिया खोल दी। गोरुओं को हाँककर ले आया। कोंयसांव से देखा नहीं गया। वह दौड़ी। गाय को बाँहों में भर लिया। बैल पास आकर उसकी पिंडलियाँ चाटने लगा। यह देख कोंयसांव की आँखों से पानी की धाराएँ बहने लगीं। बाढ़ रोकने के लिए डाला गया बाँध टूट चुका था। सिसकी पर सिसकी फूटने लगी थी।

"तुम अब अन्दर जाओ कोंयसांव!" इनास ने धीरे-से कहा।

कोंयसांव जड़वत सी वहीं खड़ी रही। इनास ने मवेशियों को खींचा। पेद्रू दूर पहुँच गया था। इनास ने जल्दी-जल्दी क़दम उठाये। पगहिया तनकर खींची जाने लगी। कोंयसांव को लगा, गोरुओं के क़दम भारी हो गये हैं; उन्हें नहीं जाना है। इनास उन्हें तेज़ी से खींचकर ले जा रहा है। "नहीं-नहीं, इनास। उन्हें मत ले जाओ।" लेकिन शब्द नहीं फूट रहे थे, सिसकियाँ फूट गयीं और कोंयसांव वहीं धड़ाम से बैठ गयी।

दिन का उजाला फैल गया। कोंयसांव ने जी कड़ा किया। जो हुआ सो हुआ। बच्चों को चाय पिलाई। और वह खेत में चली गयी। फावड़ा लेकर उसने मिट्टी को भुरभुरा और समतल किया। खेत के बाँध एवं मेंड़ों को ठीक किया। एक पहर वहाँ काम करके वह घर आ गयी। दोपहर का खाना खाकर वह कायतान के घर चली गयी। धान के पौध की ज़रूरत है यह बताया और वह पंसारी की दुकान पर चली गयी। कौन-सा खाद है, कौन-सा अच्छा है इसकी पूछ-ताछ की और खाद ख़त्म होने से पहले, "कल आती हूँ। मेरे लिए रख देना।" कहकर चली गयी।

घर आते ही फिर से उसे गोरुओं की याद सताने लगी। मन बड़ा व्याकुल हो उठा। बिना वजह वह गोठ में चली गयी। ख़ाली गोठ काटने दौड़ रहा था। कोंयसांव घर के अन्दर चली आयी। सोने जैसे गोरू! नहीं बेचने चाहिए थे।

कैसे मति मारी गयी हमारी! सोने जैसे प्यारे गोरू हमारे! वह पेद्रू उस दिन नहीं आता तो यह हमें सूझता तक नहीं। दो गालियाँ पेद्रू को, दो इनास को और आख़िरी दो ख़ुद को ही देते हुए कोंयसांव उठ गयी। पॅज़ बनाने के लिए चावल चूल्हे पर चढ़ाये। पॅज़ बनाते समय थोड़ा रुककर सोचने लगी। रहने दो! जाने दो गोरुओं को! अगले सालभर के लिए पेट में दो दाने तो जा पायेंगे!

दिन डूबते ही अँधेरे के भूत घर में घुस गये। कोंयसांव के विचार उसे कुरेदने लगे। इसी गाय का दूध पीकर हमारे बच्चे बड़े हुए हैं। उसका दूध बेचकर हमारा पेट भरा है। इसी बैल ने हल चलाया है। खेत जोता है और घर-गृहस्थी चलाने में मदद की है। और आज हम उन्हें बेचने आगे बढ़े हैं! कितने अच्छे, सोने जैसे गोरू! सायबा माफ़ कर देना! फेस्त में उन्हें ग्राहक ही न मिले! ऐसा हो कि गोरू वापस आ जायें! इस तरह की प्रार्थना करके कोंयसांव ने मन को तसल्ली दी।

साँझ ढल चुकी थी। इनास के आने का समय हुआ। लेकिन कोंयसांव बाहर आकर नहीं बैठी। अन्दर दीया तक नहीं जलाया। वैसे ही अँधेरे में बैठी रही।

वैसे बहुत से गाय-गोरू बिना बिके वापस आ जाते हैं। लेकिन ये गोरू दूसरों से हटकर हैं। हमारे गोरू बड़े प्यारे हैं। कोई भी देखते-देखते ले जायेगा। नाहक भेजा उन्हें। इस तरह बैठे-बैठे कोंयसांव कुछ भी सोच रही थी। इतने में दूर से घंटियों की आवाज़ सुनायी दी। कोंयसांव बाहर आ गयी।

पेद्रू आ रहा था। इनास पीछे था। अस्पष्ट से उजाले में कोंयसांव ने देखा कि पेद्रू का भैंसा वापस आ रहा था। लेकिन पेद्रू के भैंसे के गले में घंटियाँ नहीं थीं यह बात वह भूल गयी थी।

ग्राहक न मिलने पर भी कोंयसांव ख़ुश होगी यह सोचते हुए इनास गोरुओं को लिए दौड़कर दरवाज़े पर आ गया।

कोंयसांव पल भर के लिए जड़वत खड़ी हो गयी। वे खेत, पौध, खाद, सब उसके आस-पास घूमने लगे। गाय ने उसका हाथ चाटने के लिए बस जीभ बाहर निकाली ही थी कि—

"अरी रांड, करमजलो... अब हमारा क्या होगा? कैसे होगा? खेत कैसे रोपेंगे? अगले साल हम खायेंगे क्या? जाकर कहीं मर क्यों नहीं जाते? कौन पालेगा तुम्हें?" डाँटते हुए कोंयसांव दोनों हाथों से उन मूक प्राणियों को पीटती चली गयी...

गुब्बारे

कायतान की शादी! दरवाज़े के सामने टैक्सी को रोककर मिनीन बेला के साथ टैक्सी से उतर गया। शादी का हॉल तरह-तरह की झालरों, पताकाओं से सजाया गया था। मिनू ने बेला की तरफ़ देखा। लाइट ब्लू रंग का डांस के लिए पहना जाने वाला लम्बा गाउन उसके छरहरे बदन पर बड़ा फब रहा था। गुलाब के फूल-सा बेला का चेहरा एकदम सही अनुपात में पावडर और लिपस्टिक लगाने के कारण अच्छी तरह खिल उठा था। शादी के समय सिला हुआ कोट उस पर बहुत जँच रहा है यह मिनू जानता था।

शादी के हॉल में पहुँचते ही दस-ग्यारह लोगों ने उन्हें घेर लिया। लड़कों की अपेक्षा लड़कियाँ ही ज़्यादा थीं।

"हाऽय मिनू हैंडसम!"

लड़कियाँ कुछ ज़्यादा ही सट रही थीं, बेला को लगा।

हँसी-मज़ाक़ की बाढ़ आ गयी।

जैसे ही दूल्हा-दुल्हन ने केक काटा सब लोग तितर-बितर हो गये और मिनू को ज़रा साँस लेने का मौक़ा मिला।

टोस्ट हुआ। वाइन बाँटी गयी। जाम खनक उठे। जाम उठाकर सबने दूल्हा-दुल्हन को शुभकामनाएँ दीं।

दूल्हे की छोटी बहन—फुलांबाय आ गयी। पीछे-पीछे ड्रिंक्स का ट्रे लिए वेटर आया।

"हैलो मिनीन, व्हॉट विल यू हैव? व्हिस्की ?"

"चलेगी।"

"येस मैडम ?"

बेला ने 'ना' कहा।

"लो ना।" मिनू ने कहा।

"रहने दो।"

"नो मैडम ! कुछ तो लेना ही पड़ेगा। बियर?"

"लो ना..." मिनू ने फिर से आग्रह किया। और बेला ने गिलास उठा लिया।

"तुम जानते हो न, मैं कभी भी बाहर नहीं पीती हूँ!" मिनू के कान में बेला फुसफुसायी।

"कोई बात नहीं ! अब आदत डालनी चाहिए।" कहकर मिनू ने व्हिस्की का घूँट लिया।

डेढ़ महीना पहले मिनू बेला को लेकर हनीमून मनाने बैंगलोर ले गया था। मिनू बड़ा बातूनी था लेकिन बेला बहुत कम बोलती। जितना ज़रूरी, उतना ही। मिनू को लगा था लोगों के बीच वह शरमा रही होगी। लेकिन यहाँ तो सिर्फ़ वे दोनों ही थे फिर भी वहीं !

"अरे, बोलो न !"

"क्या बोलूँ?"

"घंटा भर हो गया, मैं ढेर सारा बोल गया। तुम थोड़ा-सा तो बोलो। मैं बोल-बोलकर ऊब गया और फिर भी तुम ख़ामोश हो !"

"मिनू, मेरा स्वभाव ही ऐसा है। तुम बोलते रहो, मैं नहीं ऊबती।" और फिर वे बार में चले गये थे।

"तुम पियो मिनू, मैं नहीं पिऊँगी..."

"जाने भी दो, बियर लेने से कुछ नहीं होता।"

"नहीं मिनू ! प्लीज़ ! तुम पिओ। मैं कुछ 'कोल्ड' ले लूँगी।"

लेकिन मिनू ने ऑर्डर दे डाला।

बेला ने चुपचाप गिलास मुँह से लगाया।

"अब ये मत कहना कि तुमने कभी भी नहीं पी है।"

बेला ने गाल ही गाल में हँसते हुए उसके कहे पर सिर हिलाकर नहीं कहा।

"बियर पीने का मतलब शराब पीना नहीं होता। बेला, बियर इज़ जस्ट लाइक वॉटर! है कि नहीं?"

बेला ने हल्के-से मुसकुराते हुए हामी भरी।

"तुम मुझे शराबी मत समझना ! लेकिन मेरी फेवरेट है व्हिस्की! कभी जब एक राउंड के लिए दोस्तों के साथ बैठता हूँ तब मुझे व्हस्की ही अच्छी लगती है। बियर इज़ टू लाइट ! नॉट अ ड्रिंक एट ऑल !"

"यू आर राइट !" बेला ने मुँह खोला।

"तुमने कभी व्हिस्की पी है ?"

"ना रे बाबा! बियर से ही नशा चढ़ जाता है मुझे। व्हिस्की की क्या बात कर रहे हो ?"

"रिअली? तुम्हें बियर किक देती है?"

"किक नहीं! लेकिन इट अफैक्ट्स मी..."

मिनू ने आँखें बड़ी करते हुए कन्धे झटके, "सरप्राइज़िंग..."

बियर ख़त्म हुई। दूसरी आयी। बेला को पिछली याद आयी।

"मैंने पहली बार पी थी जब मैं मुम्बई गयी थी। शायद चार साल हो गये होंगे। अंकल ने बियर दी। मैंने पी ली।" हँसते-हँसते बताने लगी—"बाद में मैंने सबके सामने कान्तार तक गाया। शायद बियर चढ़ गयी थी।" हँसते-हँसते आँखों में पानी आया। मिनीन भी हँसा था।

आस-पास की मेज़ों पर बैठे हुए लोग देखने लगे। लेकिन मिनू का ध्यान बेला पर था। आज पहली बार बेला इस तरह हँसी थी, बोली थी। जब हँसती है तब कितनी ख़ूबसूरत लगती है बेला! जब बोलती है तो लगता है सुनता जाऊँ...

बार से होटल में पहुँचने तक बेला बोलती रही थी। बाक़ी रातों के मुक़ाबले वो रात उन्होंने बहुत अच्छी तरह मनायी थी।

"मिनू, रात को मैंने तुम्हें उबाया तो नहीं न?" सुबह उठते ही बेला ने मिनू के कान में पूछा।

"नहीं ! ऐसा क्यों पूछ रही हो?"

बेला शर्मायी। अनमनायी। फिर बोली—

"मुझे बियर एक्साइट करती है। मैं बहुत ज़्यादा बोलने लग जाती हूँ।"

"सो व्हाट? तुमने कुछ ज़्यादा बात नहीं की। झूठ नहीं बोला। यू वर परफेक्टली नॉर्मल।"

"थैंक यू ! लेकिन...तुम सच कह रहे हो ? या फिर मुझे अच्छा लगे इसलिए—"

"नहीं! आय मीन इट!" बेला को पास खींचते हुए मिनू ने कहा।

"अगर ऐसा है तो–" मिनू को धकेलते हुए उसने पूछा, "तुमने रात को कुछ भी क्यों नहीं कहा। सिर्फ़ मैं ही बोलती रही—"

"और मैं सुन रहा था।"

लेकिन बेला का समाधान नहीं हुआ। मिनू ने उसे समझाया। "तुम्हें सच बताऊँ? पीने बैठने पर मुझसे बोला नहीं जाता।"

"क्यों ?"

"फॉर नो रीजन! वैसे मुझे बहुत बोलने की आदत है। लेकिन ड्रिंक लेते ही बोलने का मन नहीं होता है।"

"लेकिन तुम तो व्हिस्की पीने वाले हो। फिर बियर—"

"वैसी बात नहीं है। मैंने ये नहीं कहा कि मुझे बियर चढ़ जाती है। व्हिस्की भी मुझे आसानी से नहीं चढ़ती है। लेकिन ड्रिंक कोई भी हो—पेट में जाते ही मेरी जान सिकुड़ जाती है। दिमाग़ ठिकाने पर नहीं रह पाता। लेकिन..."

"बट व्हाय!"

"कल तुम्हें बियर चढ़ी थी?"

"नहीं—"

"लेकिन तुम बोलने लगीं !"

"..."

"वैसा ही है ये। उसे कारण नहीं लगता—"

उस रात फिर से वे बार में चले गये। बेला उत्तेजित होकर बातें करने लगी थी। मिनू ने मज़ा लेकर सब सुना था और रात को दोनों चाँदनी में नहा गये थे।

बैंड बजने लगा। व्हिस्की ख़त्म करके मिनू उठा।

"ख़त्म करो ना!"

बेला ने दो-चार घूँट फटाफट चढ़ाये। बची हुई बियर छलक गयी। दोनों डांस करने चले गये।

"मिनू, हम जल्दी जायें ना वापस ?"

"देखते हैं..."

"तुम कह रहे थे ना कि पिक्चर जायेंगे?"

"यहाँ मूड नहीं लगा तो चले जायेंगे कहा था मैंने!"

"अच्छी कम्पनी मिलने पर तो तुम बीवी को भी भूल सकते हो।" बेला ने मज़ाक़ करते हुए धीरे-से उसके कन्धे को चिकोटी काटी।

पहला राउंड ख़त्म हुआ। सर्विस आ गयी। व्हिस्की का गिलास उठाते हुए मिनू ने बेला को बियर वाला लेने के लिए कहा। आग्नेल, मार्टीन, जोसेफ इन सबके साथ बातचीत को रंग चढ़ा। बैंड बजने लगा। मिनू का डांस के लिए उठने का मन नहीं हो रहा था। आग्नेल बेला को लेकर नाचने लगा।

डांस ख़त्म होने पर भी बेला वहीं रही। हँसते-खिलखिलाते हुए। आग्नेल, पीटर इन सबके बीच। मिनू बहुत देर तक वैसे ही बैठा रहा। फिर ख़ुद उठकर बेला के पास गया।

"लुक, हीं'स कम !" आग्नेल ने कहा।

"जानते हो मिनू, हम तुम्हारी बीवी को बता रहे थे कि अब तक मिनू लड़कियों के साथ घूमता था लेकिन इसके आगे तुम्हें ज़रा इसका ध्यान रखना होगा।"

सब हँसने लगे। बेला भी ! मिनू कहना चाहता था...

"वो सब ठीक है। लेकिन अब तुम मेरी बीवी के पीछे क्यों पड़े हो ?" लेकिन व्हिस्की के परिणाम की वजह से मुँह से अलफाज़ नहीं फूटे।

"डोंट वरी!" अगर उसने ऐसे कोई काम किये तो मैं उसे आसानी से नहीं छोड़ूँगी !" बेला ने कहा और फिर से हँसी का फव्वारा छूटा।

बेला को नशा चढ़ रहा है क्या? इस ख़याल से मिनू का जी ऊपर-नीचे हो रहा था।

इतने में अनाउंसमेंट हुआ। कपल्स को डांस फ्लोर पर आमन्त्रित किया गया। अब बेला को सँभालना पड़ेगा...

इतने में कातारिना ने मीनू को आवाज़ दी। डांस शुरू हो गया। किसी ने आकर बेला को डांस के लिए उठाया। उसे नाचते हुए मिनू देखने लगा। कातारिना ने मिनू को खींच लिया और मिनू को कातारिना के साथ नाचना पड़ा।

वैसे कातारिना बहुत अच्छी डांसर थी। लेकिन मिनू का पूरा ध्यान बेला पर था। नाचते-नाचते कातारिना ने मिनू को चिकोटी काटी। और बिल्कुल उसी पल बेला की नज़र मिनू पर पड़ी। चिकोटी काटते ही मिनू एकदम चौंक गया।

"व्हाट'स रोंग मिनू? कहाँ देख रहे हो? बीवी चाहिए थी तो उसी को लेकर नाचना था!"

मिनू झेंप गया। उसने बोलने के लिए मुँह खोला। लेकिन लफ्ज़ नहीं फूटे।

"जब अपनी बीवी दूसरे के साथ नाच रही हो तब इस तरह देखना अच्छा नहीं है मिनू !"

मिनू चोर की तरह हँसा और फिर मज़ा लेकर नाचने लगा।

नाच ख़त्म होते ही कहीं जाकर बैठ जाने का मिनू का मन हुआ।

काउंटर से व्हिस्की लेकर मिनू एक तरफ़ जाकर बैठ गया। बेला पास आकर बैठ गयी है ऐसा लगा इसलिए नज़र घुमायी तो देखा कि वह कातारिना थी! गटका हुआ घूँट साँस नली में जाने के कारण खाँसी शुरू हुई। आँखों में पानी तक आ गया। कातारिना ने लिहाज फेंककर मिनू की पीठ पर हाथ से थपकियाँ दीं।

"बीवी ने याद किया होगा। इसलिए तुम्हें ठसका लगा!" मिनू को हँसी आयी। उसने यहाँ-वहाँ देखा।

"वोऽदेखो तुम्हारी बीवी।" कातारिना भी बहुत मज़ाकिया क़िस्म की थी।

बेला दूसरी तरफ़ खड़ी होकर बातें कर रही थी। ठसका लगा था ये देखा ही होगा उसने। फिर भी–

बेला का वह हँसना, खिलखिलाना मिनू से देखा नहीं गया...

बची हुई व्हिस्की वैसे ही रखकर मिनू उठ गया। बेला के पास जाकर उसने कहा –"चलते हैं ना ?"

"हो गया ?"

"..."

"अब हमें पिक्चर कहाँ मिलने वाली है ? रहने दो। Enjoy yourself."

"शट अप! लैट्स गो!" मिनू को कहना था। लेकिन उसने वैसा कुछ नहीं कहा।

"पिक्चर नहीं। घर चलते हैं। आय एम आउट ऑफ़ मूड।"

"ओह !" बस इतना कहकर बेला उसके साथ बाहर निकल आयी। रास्ते भर कोई भी नहीं बोला। मिनू ने जान-बूझकर मुँह बन्द रखा था। रास्ते में लोगों को बैठे-बैठे मुफ़्त का तमाशा दिखाने की उसकी इच्छा नहीं थी।

लेकिन घर पहुँचते ही बेला को छोड़ने वाला नहीं था। सब बाहर निकालना पड़ेगा। बैंगलोर में इसे पीने का आग्रह किया था क्योंकि ये मेरे पास प्यार से आती थी इसलिए। यहाँ अब ये पूरे गाँव के सामने पीकर लोगों के साथ खिलखिलाना चाहती है। छी! मुझसे ये बर्दाश्त नहीं होगा।

थोड़ी-थोड़ी हवा भरकर जैसे गुब्बारा फुलाते हैं वैसे उसका ग़ुस्से का गुब्बारा एकदम पूरी तरह फूल गया।

बेला ख़ामोश थी। उसने भी मिनू से एक शब्द में भी नहीं पूछा कि वह क्यों चुप है? मिनू को और ज़्यादा ग़ुस्सा आया। एक तो डांस के लिए जाते समय पूछा नहीं, जब ठसका लगा तब भी पूछने तक नहीं आयी। अब मैं रास्ते भर ग़ुस्से से चुप बैठा हूँ फिर भी क्या ये मेरी ख़बर नहीं ले सकती है? गुब्बारा अब काँपने लगा।

घर पहुँचते ही दोनों कमरे में गये। मिनू ने टाय की गाँठ ढिली की। लेकिन सूट नहीं निकाला। वैसे ही कुर्सी पर बैठ गया। बेला ने बालों में बँधा हेअर बैंड निकाला। और उसने गाउन की झिप को हाथ लगाया।

अब मिनू का सब्र टूट गया। मैं यहाँ इतना बड़ा मसला लिए बैठा हूँ और ये आराम से...

...गुब्बारा फोड़ना ही होगा।

"बेला" मिनू दहाड़ मारकर बुलाना चाहता था। लेकिन आवाज़ में जान ही नहीं थी।

बेला घूम गयी। मिनू के सामने आयी। मिनू क्या बोलूँ यह सोच रहा था।

"मिनू ऽ" बेला ने ज़ोर से उसे पुकारते हुए कहा।

"मुझे नहीं लगा था कि तुम इतने मीन माइंडेड हो। शादी की हुई पत्नी के सामने ही ऐसा बर्ताव! मतलब नज़रों के बाहर क्या करते होंगे वह भगवान ही जाने! भीतर पहुँचते ही लड़कियाँ तुमसे चिपक गयीं। तुम भगा नहीं सकते थे? किसी फुलाबांय ने शराब पीने के लिए कहा। ऊपर से मुझे भी लेने के लिए कह रहे हो? आग्नेल बता रहा था—लड़कियों को लेकर घूमने की तुम्हें आदत ही है। पर तुम्हें बताये दे रही हूँ—मुझे येऽ सब नहीं चलेगा। तुम शादीशुदा हो। तुम्हें शोभा नहीं देता। अगर ठसका लगे तो मुझे बुलाना। कोत्रिना-बित्रिना को पीठ पर से हाथ फेरने के लिए कहा तो मैं हाथ और पीठ दोनों तोड़ डालूँगी..."

बेला ग़ुस्से से थरथरा रही थी...उसका गुब्बारा फूट गया था। और मिनू का— उसकी फूँक ही चली गयी थी। फूले हुए गुब्बारे में से फूँक खिसकते ही वह पहले से भी ज़्यादा मुलायम पड़ जाता है। वैसी ही ख़राब हालत मिनू की हो गयी और मिनू वैसे ही सो गया।

"मिनू रात को तुम मुझसे नाराज़ तो नहीं हुए न?" सुबह उठते ही बेला ने मिनू के कान में पूछा।

कुछ देर सोचकर मिनू ने कहा, "बिल्कुल नहीं!"

मन्नत

पाप और पुण्य की सीमा पर खड़े होकर मैंने जो काम किया था, ये क़िस्सा उसी का है।

माजोड्डे के गिरजाघर में सहायक पादरी के रूप में मेरा तबादला हुआ था। गर्मी का मौसम अभी-अभी शुरू हुआ था। गिरजाघर के कामों को समझने, गाँववालों से परिचित होने, छोटे गिरजों के रुके हुए कामों को गति देने में मुझे महीना भर लग गया।

पादरीपन से मुझे दिली लगाव है। नये दोस्त बनाना, बच्चों के साथ खेलना, पढ़ने वाले बच्चों का उत्साह बढ़ाना, बीमार लोगों का हाल-चाल पूछना, मुश्किल में फँसे लोगों की सहायता करना जैसे काम मुझे पहले से ही अच्छे लगते रहे हैं। पादरी होने के बाद तो वह मेरा कर्तव्य ही बन गया जिसका पालन करने का मैं पूरा प्रयत्न करता।

एक दिन गिरजाघर में मेरे सेरमांव, प्रवचन का रंग बहुत अच्छी तरह जम गया था। प्रवचन में मैंने एक क़िस्सा सुनाया। चर्च के मेले में लगे बाज़ार में एक औरत की बच्ची किस तरह खो जाती है और कई सालों के बाद सायबीण से वह औरत जो मन्नत माँगती है उस वजह से कैसे उसकी बेटी वापस मिलती है, इसका बड़े प्रभावी ढंग से मैंने वर्णन किया था। सेरमांव ख़त्म होते ही सब लोग ईश्वर को नमन करके घर लौट गये। लेकिन एक बूढ़ा आदमी अभी भी घुटनों के बल बैठा हुआ था। उसकी तन्मय मुद्रा देखकर मुझ में उसके प्रति प्रेम भरी प्रशंसा का भाव जगा। शायद भगवान से कुछ माँग रहा था। उसका ध्यान भंग न हो इसलिए उससे बिना कुछ कहे मैं भीतर चला गया। वरिष्ठ पादरी के साथ बातचीत की, चर्च के खिदमतगार को कुछ कामों से सम्बन्धित निर्देश दिये और मैं बाहर चला आया।

प्रार्थना करने वाला वह बुजुर्ग आदमी गिरजाघर के दरवाज़े पर ही खड़ा हुआ था। उम्र में शायद पचास-पचपन का होगा। लेकिन कमर झुकी हुई थी। चमड़ी पर झुर्रियों के बढ़ते जाल के कारण सत्तर का लग रहा था। वह एक चोगा, काबाय पहने हुए था। आजकल काबाय पहनने वाले बहुत कम दिखते हैं। इसलिए उसका यह भेस ज़रा अजीब सा लग रहा था। मुझे 'फेस रीडिंग' नहीं आता लेकिन इस आदमी का चेहरा देखते ही लगा कि वह बड़ा स्नेहमय व्यक्ति होगा।

शायद वह मेरा ही इन्तज़ार कर रहा था। मेरे क़रीब पहुँचते ही उसने आदरपूर्वक सिर झुका दिया। बुजुर्गों द्वारा आदर दिखाया जाना मुझे अटपटा लगता है। पादरी ज़रूर बना हूँ लेकिन उम्र में तो मैं छोटा ही हूँ। पर इन बुजुर्गों से ऐसा कुछ कह देना यानी उनका दिल दुखाने जैसा हो जाता।

मैंने पास जाकर उस बुजुर्ग के कन्धे पर हाथ रखते हुए कहा, "क्या हुआ पाय? कैसे हो ?"

बस इतना ही कहा था! उस आदमी के होंठ थरथराने लगे। आँखें बारीक करके वह मुझे निरखने लगा। देखते-देखते उसकी आँखें आँसुओं से भर गयीं। उसके कन्धे पर रखे हुए मेरे हाथ को अपने काँपते हुए हाथों से सहलाते हुए बोल पड़ा, "मेरे बेटे! तू ...तू...तू मेरा बेटा है न?"

मैंने उलझन भरे भाव से कहा,"तुमने मुझे जन्म भले न दिया हो लेकिन तुम मुझे अपने बेटे जैसा ही समझ सकते हो!"

मेरे इन शब्दों से वह बुजुर्ग ज़रा शान्त हुआ। आँखों का पानी काबाय से पोंछते हुए उसने कहा, "फादर! ग़लती हो गयी ! तुमने मुझे 'पाय' कहा! मुझे लगा...मुझे लगा...मेरा बेटा ही मुझे मिल गया! अब तो तुम्हारी उम्र का ही हुआ होगा..."

उस बूढ़े का दुख मैं समझ गया। उसका बेटा शायद कहीं दूर चला गया होगा। जहाज़ी भी हो सकता है। मैंने पूछा, "कहाँ है तुम्हारा बेटा?"

ज़ोर-ज़ोर से सिर हिलाते हुए उसने होंठों को दाँतों तले दबाकर अपनी सिसकी को रोका। रुँधे गले से कहा, "मुझे नहीं पता...किसी को नहीं पता।" बोलते-बोलते उसने ऊपर क्रॉस की तरफ़ इशारा किया। "बस... एक उसी को पता है।"

मेरी उलझन और बढ़ गयी थी। पलभर के लिए मुझे शक हुआ। कहीं इस बूढ़े का दिमाग़ तो ख़राब नहीं हुआ है न? लेकिन उसकी तड़पन देखकर मेरा जी भर आया।

"तुम्हारा नाम क्या है ?" मैंने पूछा।

"कामील।"

"तुम कहाँ रहते हो?"

"तालाब के उस ओर, बरामदे वाले घर में।"

"कामील बाब! तुम अब अपने घर जाओ। मैं तुम्हें बाद में मिलता हूँ।" मैंने कहा।

"फादर! तुमने जिस मन्नत के बारे में सेरमांव में बताया था वैसी ही मन्नत मैं भी माँगने वाला हूँ।"

मेरी प्रतिक्रिया सुनने के लिए कामील बड़ी उत्सुकता से मेरी ओर देख रहा था। मैं नज़रें चुराए ख़ामोश रहा।

"तो फिर मेरा बेटा घर वापस आएगा न?"

उसने मुझसे पूछा।

"हाँ आयेगा। ईश्वर पर भरोसा रखो और इन्तज़ार करो।" मैंने उसकी पीठ थपथपाते हुए कहा।

कामील ने जाने के लिए पीठ फेरी। जाते-जाते उसके कहे हुए शब्द मेरे कानों में पड़ गये। "बहुत इन्तज़ार किया फादर! इन्तज़ार करता जा रहा हूँ... आगे भी इन्तज़ार करता रहूँगा।"

अब कहीं जाने का मन नहीं कर रहा था। पीछे मुड़कर मैं वापस आ गया और चर्च के खिदमतगार को आवाज़ दी।

"एक बात बताओ! अभी यहाँ आख़िर तक प्रार्थना करने वाला जो आदमी था, वह कौन है जानते हो ?"

"कौन कामील?"

"हाँ। उसका क्या क़िस्सा है ? बेटा कहाँ है उसका ?" मैंने उत्सुकता से पूछा।

"क्या बताऊँ फादर! कामील को मैं अच्छे से जानता हूँ। आदमी एकदम सोना है! ज़रूरत के समय किसी की भी मदद करने वाला। उसका और

कोई नहीं है। बेचारा अकेले ही रहता है। एक बेटा था उसका। जब बेटा पैदा हुआ तभी बीवी की मौत हुई थी। उसके बाद कामील ने ही बेटे को बड़ा किया। लेकिन एक दिन जब यह लड़का क़रीब बारह साल का था तब अचानक ग़ायब हो गया। कहाँ चला गया इसकी किसी को भी ख़बर नहीं थी। बहुत ढूँढ़ा। अब क़रीब बीस साल हो गये होंगे इस बात को। लेकिन लड़के की अभी तक कोई ख़बर नहीं मिल पायी है। है भी या मर गया है, इस बारे में भी कोई कुछ नहीं जानता।"

मैंने अचरज से पूछा, "और कामील अभी तक बेटे का इन्तज़ार कर रहा है?"

"हाँ। उसे लगता है कि वह वापस आयेगा। रोज़ उसका इन्तज़ार करता है। अब बेचारे की उम्र हो गयी है। ज़रा भ्रमित-सा हुआ है।"

मुझे चिन्तित देखकर खिदमतगार ने आगे कहा, "कामील की कहानी बहुत लम्बी है। बेटे के ग़ायब हो जाने के बाद उसने उसे बहुत ढूँढ़ा। मुम्बई तक जाकर खोज आया। जहाज़ से आ रहे सब लोगों से वह अब भी पूछ-ताछ करता रहता है। बेचारा ! भला आदमी है! इस कामील ने पिछले दस-बारह सालों में कम-से-कम चार-पाँच लोगों को तो गोद लिया होगा। लेकिन सब बच्चे उसे ठोकर मारकर चले गये।"

"आं! क्यों पाल रहा था उन्हें? और एक साथ पाँच को?"

"पाँच का मतलब एक साथ पाँच बच्चों को नहीं! एक, एक को ही! उन्हें क्यों पाल रहा था यह वहीं जाने! उसे लगता था कि अगर किसी ग़रीब का बच्चा पालेगा और उसके लिए पैसे ख़र्च करेगा तो वे बेटे तक पहुँच जायेंगे। लेकिन उन पाले हुए बच्चों का दिमाग़ फिर गया। कामील का खाकर आख़िर उसी को लूटकर चले गये।"

कामील की कहानी सुनकर मेरा कलेजा फट गया था। वह दिन मैंने किसी तरह धकेला। दूसरे दिन कामील सेरमांव के समय दिखायी नहीं दिया। दोपहर में उठकर नीचे आया और सीधे कामील के घर चला गया। कामील बरामदे में ही लेटा हुआ था। उसके शरीर पर कल की ही काबाय चढ़ी हुई थी। मुझे देखते ही झट से उठ गया।

"कौन, मेरा बेटा आ गया...आओ, जुझे...आओ !"

मुझे लगा था कि कामील फादर आया है इसलिए उठा था। लेकिन वह मेरे आने को अपने बेटे का आना समझकर उठ गया था। मेरा लबादा शरीर पर होने के बावजूद मुझे उसे बताना पड़ा, "कामील बाब, मैं जुझे नहीं हूँ। मैं पादरी हूँ, फादर!"

कामील निराश हुआ। उसके हाथ-पाँव निढ़ाल-से हो गये और वह बरामदे में ही बैठ गया। इतने में पड़ोसन आकर मुझे बताने लगी।

"इन दिनों उसका दिमाग़ ज़रा ठिकाने पर नहीं है। जब भी कोई आता है तब 'जुझे आ गया' कहकर ख़ुश होता है और फिर अपना सा मुँह लेकर रह जाता है।"

पड़ोसन की बातें सुनकर मेरा जी भर आया। कामील के पास बैठते हुए मैंने उससे कहा, "कामील बाब आज तुम सेरमांव सुनने नहीं आये ?"

"हर रोज़ आना नहीं हो पाता। कल एक दिन गया था। वहाँ से आने के बाद अभी तक सो रहा हूँ। नहीं होता है अब।"

"कोई बात नहीं। दुर्बल और दुखी लोगों को ईश्वर घर में भी मिल जाता है।"

कामील ने सिर हिलाते हुए जताया कि वह बात समझ गया है। और फिर पलभर रुककर बोला, "मैंने सायबीण से 'मन्नत' माँगी है।"

"अच्छा किया।" उसकी अपेक्षा थी कि इस बारे में मैं और भी बोलता रहूँ। जैसे—तुम्हारा बेटा आयेगा, जुझे घर आयेगा। लेकिन...लेकिन मेरे मुँह से ये शब्द नहीं निकल सके।

"अब मेरा जुझे आयेगा ! ज़रूर आयेगा !" कामील अपने-आप से बात कर रहा था।

इस दिन के बाद मैं कामील के घर नहीं जा पाया। मुझे डर लगता था। कामील मुझसे यह न पूछे कि मनन्त माँगने के बावजूद जुझे अभी तक घर क्यों नहीं लौटा है? उस दिन मैंने कामील से कहा था, "भरोसा रखो और इन्तज़ार करो।" लेकिन अगर उसने मुझे "कितने दिन इन्तज़ार करूँ?" यह सवाल पूछा तो मैं उसे क्या जवाब दूँगा? मैं कामील के घर भले नहीं गया था लेकिन दूसरों से उसका हाल-चाल पूछता रहता।

कामील की तबीयत दिन-ब-दिन बिगड़ती जा रही थी। दिमाग़ स्थिर नहीं

हो पा रहा था। 'बेटा ज़रूर आयेगा' यह इच्छा दिन-ब-दिन बलवती होती जा रही थी।

बरसात के दिन क़रीब आ गये। स्कूलों की छुट्टियाँ ख़त्म होकर वे नये साल के लिए खुल गये। एक दिन चाँदर गाँव की एक स्त्री अपने बेटे के साथ गिरजाघर में आ गयी। वरिष्ठ पादरी बाहर चले गये थे। इसलिए मैंने ही उसे बैठने के लिए कहा और उससे बात की। अपनी ग़रीबी के कारण वह बेटे को गिरजाघर के बोर्डिंग में रखना चाहती थी। उसने कहा, "इस बच्चे को अगर आप यहाँ रख लेंगे तो बड़ा उपकार होगा। आप जो बतायेंगे वह काम वो करेगा।" गिरजे में इस तरह के और भी बच्चे थे। उसकी बात मानकर, उसके बच्चे को रखने की स्वीकृति देते हुए मैंने उसे घर भेजा।

मैंने उस बच्चे को पास बुलाया। वह लड़का चौदह साल की उम्र का होगा। होशियार था। मैंने पूछा, "तुम्हारा नाम क्या है?"

"जुझे।" नाम सुनते ही मुझे झट् से कामील की याद आ गयी। उसके बेटे का नाम भी 'जुझे' था। अगर ऐसा करे तो? कामील का दिमाग़ सही नहीं है। जब भी कोई आता है तब वह उसे अपना बेटा समझने लगता है। अगर इस बच्चे को ही कामील के घर उसका बेटा बनाकर भेजे तो शायद कामील सुधर सकता है। इस बच्चे का भी काम होगा और बुढ़ापे में कामील की भी मदद हो जायेगी।

जैसे ही यह ख़याल मेरे मन में आया, मैं चैन से नहीं बैठ पाया। मैंने उस बच्चे को अपने विश्वास में ले लिया। कामील को 'पाय' कहकर बुलाना सिखाया। जैसा बता रहा हूँ वैसा करने के लिए कहा। और तुरन्त इस 'जुझे' को लेकर कामील के घर चला गया।

शाम हो गयी थी। कामील अन्दर चूल्हा फूँक रहा था।

"कामील बाब, देखो कौन आया है!" मैंने बाहर से ही पुकारा।

कामील उकड़ूँ बैठा हुआ था। वह जल्दी-जल्दी उठ गया। काबाय से हाथ पोंछते हुए उसने पूछा, "कौन आया है?"

"जुझे आया है। ये देखो।" कहते हुए मैंने जुझे को आगे धकेला। जुझे ने भी जैसे उसे सिखाया था वैसे 'पाय' कहा।

"मेरा बेटा आ गया ऽ !" कहते हुए कामील लड़खड़ाते हुए आगे बढ़ा।

सूरज की आख़िरी किरणें बरामदे के भीतर पहुँच गयी थीं। कामील ने इस जुझे पर हाथ फेरे और अविश्वास भरी नज़रों से मुझे देखकर बोला, "कौन फादर! कौन कहता है कि यह जुझे है? मुझसे झूठ मत बोलो। मेरा जुझे अब बड़ा हो गया होगा। तुम्हारी उम्र का हुआ होगा..." इतना कहकर कामील वहीं निढाल होकर बैठ गया। मैं जैसे समझता था वैसे आज कामील भ्रमित-सा नहीं था। मेरे जितना ही अच्छी तरह अपने होशो-हवास में था।

"हो सकता है अब मैं जुझे को नहीं पहचान पाऊँगा। वह अब बड़ा हुआ होगा। लेकिन वह मुझे ज़रूर पहचानेगा। तुम जानते हो, यह काबाय मैं क्यों पहनता हूँ? लोग कहते हैं, छोड़ दो इस काबाय को...लोगों को कुछ भी कहने दो। मेरा जुझे जब गया था न, तब मैं काबाय पहनता था। अब जब जुझे आयेगा तब और कुछ नहीं तो इस काबाय को देखकर तो मुझे ज़रूर पहचानेगा।" इतना बोलने के बाद कामील थक गया। क्या कहूँ, मुझे कुछ सूझ नहीं रहा था।

"फादर ! मेरा जुझे आयेगा। मैंने सायबीण पर भरोसा रखा है। वह आये बग़ैर नहीं रहेगा। मैं राह देखूँगा। जुझे आयेगा...और... जब तक वह नहीं आयेगा तब तक मैं नहीं मरूँगा...मैं नहीं मरूँगा..." और कामील रोने लगा।

मैं शर्मिन्दा हुआ। मेरा प्रयत्न असफल हुआ था इसलिए नहीं। कामील का भगवान पर जो भरोसा था, उसे देखकर मुझे शर्मिन्दगी अनुभव हुई थी। क्षणभर मुझे भी लगा...सचमुच 'जुझे आयेगा।'

भारी क़दमों से मैं नकली जुझे को लेकर लौट आया। इस बात को दस-पन्द्रह दिन हो गये थे।

अचानक एक दिन शाम के समय कामील की पड़ोसन दौड़ी-दौड़ी आ पहुँची।

"फादर, कामील मर रहा है।"

"मर रहा है? किसने कहा? डॉक्टर ने कहा है क्या?"

"नहीं। लेकिन मुझे नहीं लगता कि वह यह रात निकाल पायेगा।" पड़ोसन की ये बात सुनकर मुझे ग़ुस्सा आया। इन्हें पहले पादरी याद आता है, डॉक्टर नहीं।

"तुम पहले डॉक्टर को साथ ले जाओ। डॉक्टर को बताना कि मैंने बुलाया है। मैं अभी आता हूँ।"

पड़ोसन चली गयी। पलभर के लिए मेरा दिमाग़ सुन्न हो गया।...'कामील मर रहा है।'... कामील के शब्द मेरे कानों में गूँजने लगे। "जुझे आने तक मैं नहीं मरूँगा।" बेचारा कामील! मौत दहलीज़ पर खड़ी है...लेकिन आस ख़त्म नहीं हो रही...

मैंने अपने एक-दो ज़रूरी काम निपटा लिए और जल्दी-जल्दी बाहर निकला।

मैं जब कामील के यहाँ पहुँचा तब तक साँझ ढल चुकी थी। डॉक्टर उसे जाँचकर बाहर निकल रहा था। मुझे देखते ही डॉक्टर रुक गया। "ओल्ड एज! बूढ़ा हो गया है। तेज़ बुखार है। मैंने इंजेक्शन दे दिया है। लेकिन...मृत्यु समीप आने पर किया जाने वाला धार्मिक कार्य शुरू कर दे तो अच्छा होगा!"

डॉक्टर चला गया। मैं बरामदे में ही खड़ा रहा। दरवाज़े पर रुकी हुई पड़ोसन मेरी ओर देख रही थी।

"सो गया क्या ?" मैंने पूछा।

"नहीं। जगा हुआ है। अभी भी बेटे को याद कर रहा है।"

"तुम जाओ। खाना खाकर आ जाना। यहाँ रहकर कोई फ़ायदा नहीं।"

पड़ोसन के चले जाने तक मैं वही रुका रहा। साँझ ढल चुकी थी। भीतर के कमरे में मिट्टी के तेल की छोटी-सी ढिबरी टिमटिमा रही थी। कमरे में एक पुरानी खाट पर कामील सोया हुआ था।

मैंने यहाँ-वहाँ नज़र दौड़ाई। घुप्प अँधेरा फैला था। आस-पास कोई नज़र नहीं आ रहा था। मैंने जल्दी-जल्दी अपना लबादा निकाला। उसके नीचे बुशर्ट और पैंट पहनी हुई थी। लबादा कमरे के बाहर एक कुर्सी पर रखते हुए मैं अन्दर चला गया।

"पाऽय!" मैंने धीरे-से पुकारा।

कामील जाग रहा था। आँखें तक खुली थीं। पुकार सुनायी पड़ते ही वह आँखें फाड़-फाड़कर देखते हुए, आहट सुनने की कोशिश करने लगा।

"पाऽय मैं जुझे आया हूँ !" मैंने खाट की तरफ़ जाते हुए कहा। कामील जैसे-तैसे उठने की कोशिश करने लगा।

"ओ मेरे लाल! जुझे! मेरे बेटे! मेरे बेटे!" ख़ुशी के मारे कामील के मुँह से शब्द नहीं फूट रहे थे। अचानक शरीर में जैसे बल संचरित हो गया हो वैसे कामील उठकर बैठ गया।

"पाऽय!" कहते हुए मैंने कामिल के कन्धे पर माथा टेका। कामिल की वह बदहवास स्थिति देखकर मेरी आँखें भी भर आयीं। चारों आँखों से बहता पानी रुकने का नाम नहीं ले रहा था।

मिट्टी के तेल की ढिबरी की धीमी रोशनी के कारण कामील मुझे पहचान लेगा इस बात का डर नहीं था। मैंने कामील को कसकर गले लगा लिया। कामील मेरी पीठ सहलाने लगा। कामील का शरीर बुख़ार में जल रहा था। लेकिन चेहरे पर ख़ुशी फैली हुई थी।

"बेटे! मेरे बेटेऽऽ!" कामील को बहुत कुछ कहना था। लेकिन शब्द नहीं फूट रहे थे।

"पाऽय! अब सो जाओ।" मैंने कहा। फिर भी कामील नहीं हिला।

"बेटे ऽ ! तू आ गया ! मुझे पता था ...आख़िर तू आ ही गया!"

कामील भर्रायी आवाज़ में बात कर रहा था। "मैंने सायबीण मांय से मन्नत माँगी थी...फादर को पता है...ईश्वर पर मैंने भरोसा रखा। इसीलिए तू आ गया। अब...अब मुझसे नहीं हो रहा है...तू...तू ज़रूर मन्नत पूरी करना... तू.." कामील की आवाज़ धीमी होती जा रही थी। उसका सिर मेरे कन्धे पर आ गिरा। हाथ-पाँव धीरे-धीरे लटक गये।

मैंने हल्के-से कामील का सिर उठाकर तकिये पर रख दिया। आँखें खुली ही थीं। उन्हें हाथ लगाकर बन्द किया। उसके शरीर पर चादर ओढ़ ली और बाहर आकर अपने शरीर पर दुबारा लबादा ओढ़ लिया।

बच्चे हैं ये मेरे ...

आंजेला और एन्थनी के नाम से लगाये गये नारियल के पौधों को पानी देकर रोझालीन पाइप लिए आबेल के पास खड़ी हो गयी। नारियल का यह पौधा भी अब पेड़ बनने जा रहा था। पहले-पहले नारियल के फल भी लग चुके थे।

बाड़ के बाहर से साइकिल की घंटी बज उठी। रोझालीन ने पाइप नीचे रखा और वह जल्दी-जल्दी फाटक की ओर चली गयी।

"रोझालीन मांय, दिन सिर पर चढ़ आया और तुम अभी भी पौधों को पानी दे रही हो?" साइकिल स्टैंड पर लगाकर पोस्टमैन सुरेश बाड़ का फाटक पार कर अन्दर आ गया।

"अरे नहीं बाबा। रात को नींद ही नहीं आ रही थी। तड़के आँख लगी और फिर उठने में देर हुई। और इसीलिए पौधों को पानी देने में भी देर हो गयी।"

पोस्टमैन ने जो चिट्ठी निकाली उसे देखते ही रोझालीन समझ गयी कि ये चिट्ठी एन्थनी की है। चलो, अच्छा हुआ! समय पर जवाब आ गया। जब से भूमि अधिग्रहण विभाग की ओर से नोटिस मिली थी तब से रोझालीन का मन ठिकाने पर नहीं था।

"मांय, प्यास लगी है। ज़रा पानी मिलेगा?" पोस्टमैन ने हाथ की चिट्ठियों से हवा लेते हुए पूछा।

"आओ, अन्दर आओ बाबा। बरामदे में बैठ जाओ। अभी ले आती हूँ। जिस तरह से तेज़ गर्मी पड़ रही है उससे प्यास तो लगेगी ही।" ये कहते हुए रोझालीन भीतर चली गयी।

भला क्या लिखा होगा चिट्ठी में? मेरी चिट्ठी तो अब तक उसे मिल ही गयी होगी। चिट्ठी में आने की बात की होगी क्या? या फिर न आ पाने की?

चिट्ठी पढ़ने के लिए उसका मन आतुर हो रहा था। लेकिन... आँखों को ठीक से दिखायी नहीं देता था और पढ़ने पर भी अँग्रेज़ी अच्छी तरह से समझ में नहीं आती थी। कुछ अँग्रेज़ी शब्द बहुत भारी लगते थे। जब तक दिनीझ था तब तक किसी और की ज़रूरत कभी महसूस नहीं हुई। पर दो साल पहले दिल का दौरा पड़ने से पति का निधन हो गया था और अब बच्चों की चिट्ठियाँ तक पढ़ने के लिए दूसरों पर निर्भर रहना पड़ता है।

पानी का गिलास लिए बाहर आते समय रोझालीन के मन में विचार आया, क्यों न इस पोस्टमैन को ही चिट्ठी पढ़ने के लिए कहूँ? पड़ोस का ज्योकीम काम पर चला गया है। उसके आने तक तो शाम हो जायेगी। तब तक दिल को चैन नहीं मिलेगा। उससे अच्छा है—

"लो बाबा। पानी पियो।" कहकर हिचकते हुए रोझालीन ने पूछा, "बेटा, अगर तुम्हारे पास कुछ समय है तो मेरा छोटा-सा काम करोगे?"

"कैसा काम?"

"ज़रा ये चिट्ठी पढ़कर बता सकते हो कि बेटे ने क्या लिखा है?"

"उसमें कौन-सी बड़ी बात है? लाओ यहाँ। कोई सिक्रेट वाली बात तो नहीं है ना?" मज़ाक़ में आँख मिचकाते हुए पोस्टमैन ने चिट्ठी खोली।

माँ को पढ़ने में आसानी हो इसलिए एन्थनी आजकल चिट्ठी टाइप करके भेजता था। लेकिन दिनीझ के चले जाने के बाद रोझालीन पूरी तरह टूट चुकी थी। उसका आत्मविश्वास डगमगा गया था। एक चिट्ठी पढ़ने में घंटाभर लगा देती। और फिर भी जब लिखा हुआ अच्छी तरह समझ नहीं पाती तब ज्योकीम से जानने-समझने की कोशिश करती।

चिट्ठी पढ़कर पोस्टमैन ने कहा, "एन्थनी की चिट्ठी है। उसने लिखा है— इस महीने के आख़िर तक वह बीवी-बच्चों को लेकर घर आने वाला है। कहा है कि उसे आबेल की चिट्ठी मिली है। ऑस्ट्रेलिया की ही एक लड़की से शादी करने जा रहा है। शादी दिसम्बर में रखी है। शादी में शामिल होने एन्थनी और बहरीन से आंजेला ऑस्ट्रेलिया जाने वाले हैं। बाक़ी सब जब वह आयेगा तब डिटेल में बता देगा ऐसा कहा है। पढ़कर सुनाऊँ क्या?"

बदहवास हो चुकी रोझालीन होश में आ गयी। "नहीं, नहीं। रहने दो। भगवान तुम्हारा भला करे बेटा।"

पोस्टमैन चला गया। रोझालीन बरामदे में ही बैठ गयी।

चलो। अब छोटे आबेल के भी पर निकल आये। वह ऑस्ट्रेलिया गया तो था नौकरी करने, पर अब वही शादी करेगा और वहीं बस जायेगा। शायद कभी बीवी-बच्चों को गोवा दिखाने अपने साथ ले आये। शायद...अब कभी नहीं आयेगा! नहीं, आयेगा! जब दिनीझ की मौत हुई थी तब तीनों बच्चे घर पहुँचे थे। और जब मांय अपनी आँखें मूँद लेगी तब भी सब ज़रूर आयेंगे।

"ओ रोझालीन मांय, देखो तो, नारियल के पौधे की जड़ में कीचड़ हो चला है। पानी बहता जा रहा है।" पास से गुज़रते-गुज़रते कायतू द्वारा दी गयी चेतावनी ने रोझालीन की तन्द्रा भंग की। जल्दी-जल्दी जाकर उसने नल की टोटी घुमाकर उसे बन्द किया। पाइप छुड़ाया, गोल घुमाकर इकट्ठा किया और उसे दीवार की खूँटी पर टाँग कर वह भीतर चली आयी। चूल्हे पर चावल पकाने के लिए रखा पानी खौल रहा था। लेकिन उसका खाने का बिल्कुल मन नहीं था। चावल बनाने की बजाय रोझालीन ने कांजी बनाने के लिए उकड़ा चावल धोकर पानी में डाला। करी करने की ज़रूरत नहीं होगी। नमकीन पानी वाली अंबिया के साथ चावल का मांड पीने से पेट तो भर ही जाता है। जब से दिनीझ गुज़रा है तब से रोझालीन के यहाँ कभी-कभार ही करी बनती है। और जब से यह लैंड एक्विजिशन की नोटिस मिली है तबसे तो भूख भी मरने लगी है।

दिनीझ के गुज़र जाने पर तीनों आये थे। बहरीन से आंजेला, कुवैत से एन्थनी और आबेल भले अन्तिम संस्कार में नहीं पहुँच पाया था लेकिन ऑस्ट्रेलिया से दौड़ा-दौड़ा आया था। मृत्यु के एक महीने बाद होने वाले मास तक आंजेला रुक गयी थी। नौकरी की वजह से दोनों बेटों को जाने की जल्दी ज़रूर थी लेकिन फिर भी वे पन्द्रह दिनों तक रुक गये। जाने से पहले एन्थनी ने एक दिन कहा था, "पता है माँ, हमारे दरवाज़े के सामने से अब रेलवे लाइन गुज़रने वाली है। हमारे लिए यह बहुत अच्छी ख़बर है। सुबह गाड़ी में बैठो और शाम तक बम्बई पहुँचो !"

दरवाज़े के सामने से रेल जायेगी तो एन्थनी और आबेल हवाई जहाज़ छोड़कर अब रेलगाड़ी से आयेंगे, यह कहते हुए आंजेला ने उनका ख़ूब मज़ाक़ उड़ाया था। उस समय किसी ने भी नहीं सोचा था कि भूमि अधिग्रहण का यह संकट इस तरह अपने घर की दहलीज़ तक आ पहुँचेगा। तलाठी ने जब नोटिस

थमायी तब रोझालीन दुविधा में पड़ गयी थी। जब तक दिनीझ था तब तक उस पर कभी भी किसी चीज़ के बारे सोचने की नौबत नहीं आयी थी। पर जब ये नोटिस आ गयी तब ज़रूर लगा कि कम-से-कम एक बेटे को तो उसके पास होना चाहिए था। रोझालीन दस्तख़त करने में हिचक रही है यह देखकर तलाठी ने कहा था—"सुनो, सबको मिली है यह नोटिस। तुम घबराना मत। तुम्हारी तो बस छोटी-सी जगह जा रही है। लोगों की तो पूरी की पूरी ज़मीन और बाग़ जा रहे हैं।"

"लेकिन... इस जगह को लेकर वे करेंगे क्या?"

"ये रेलवे की पॉलिसी है। दोनों तरफ़ से जगह लेकर रख देना। तुम बिल्कुल मत डरना। करो तुम दस्तख़त।"

हिचकिचाते हुए रोझालीन ने दस्तख़त कर दिये थे। पहले कुछ पता नहीं चला। फिर एक दिन ज्योकीम ने बताया, "मांय, सुना है तुम्हारी बाड़ की तरफ़ का एक टुकड़ा कटने जा रहा है।"

"कौन-सा? वह तलाठी तो कह रहा था कि ये जगह वे बस ऐसे ही लेकर रखने वाले हैं। और तुम कह रहे हो कि टुकड़ा कटने जा रहा है?"

ज्योकीम ने बात को स्पष्ट करते हुए कहा, "एक बार उन्होंने ज़मीन ख़रीद ली न, फिर वे उस जगह का कुछ भी कर सकते हैं। उन्हें भला कौन रोक सकता है ?"

"तुम्हें पता है मेरी ज़मीन का कौन-सा टुकड़ा जा रहा है?" रोझालीन ने डरते-डरते पूछा।

"हमारे वाले से जो सटा हुआ है वह। हमारे बीस नारियल के पेड़, एक आम, एक बरगद और वह मवेशी-घर जा रहा है। तुम्हारा यह टुकड़ा मतलब बाड़ का फाटक, ये तीन नारियल के पेड़ और वे छोटे पेड़-पौधे जाने वाले हैं।"

आगे सुनने के लिए रोझालीन के होशो-हवास ठिकाने पर नहीं थे। बेचैनी के चलते रातभर वह करवटें बदलती रही।

तीनों बच्चों के नाम से लगाये गये नारियल के पौधे अब पेड़ बन चुके थे। बच्चे तो अब दूर दिशाओं में चले गये थे। इन्हीं को अपने बच्चों जैसा मानते हुए, रोझालीन उन पर माया-ममता बरसाती। नारियल के पेड़ों को बच्चों के ही नाम दिये थे। दिनीझ हमेशा रोझालीन से कहता, "सुनो, इनसे इतना भी दिल

मत लगाओ। पेड़ हैं वे। कल कहीं आँधी-तूफ़ान में नारियल का पेड़ टूटकर गिर गया तो क्या बेकार में दुखी होकर रोने बैठोगी?"

रोझालीन को यह सुनकर ग़ुस्सा आ जाता। "भला पेड़ क्यों टूटेगा? और अगर टूटता है तो टूटकर मुझ पर आ गिरे। पेड़ के साथ मुझे भी टूट-फूट जाने दो।"

पन्द्रह-सोलह साल पहले की बात है। बड़ी बेटी आंजेला स्कूल से लौटते वक़्त एक छोटा-सा नारियल का पौधा लेकर घर आयी थी। "मांय, हमारे एम.एल.ए ने गाँव में नारियल के पौधे बाँटे हैं। अपने बग़ीचे में लगाने के लिए मैं भी एक ले आयी।" आंजेला ख़ुशी के मारे उछल रही थी। कुवैत काम कर रहा दिनीझ उन दिनों घर आया हुआ था। रोझालीन ने उससे कहा था, "दिनीझ, हम इस पौधे को रोपते हैं। आंजेला की याद हमेशा के लिए साथ रहेगी। कल शादी करके जब वह ससुराल चली जायेगी, तब यही मेरी बेटी होगी।"

दिनीझ ने अपने हाथों से उस नारियल के पौधे को लगाया था और सचगुच पौधे पर पहला फल निकलने से पहले ही आंजेला शादी करके अपने ससुराल चली गयी थी।

एन्थनी जब कॉलेज में था तभी दिनीझ ने उसे कुवैत से वीज़ा भेजा था। अचानक एन्थनी का जाना तय हो गया। आबेल का स्कूल अभी तक ख़त्म नहीं हुआ था इसलिए यह तय था कि वह घर पर ही रहेगा। एन्थनी पर रोझालीन कुछ ज़्यादा ही जान छिड़कती थी। बड़ा बेटा है, बुढ़ापे का सहारा है, इस वजह से नहीं। एन्थनी पिता पर गया था। दिखने में भी और सोच-समझ में भी।

एन्थनी के जाने से पहले रोझालीन ने उसे बुलाकर कहा था—"एंथनी, तुम्हारे जाने के बाद घर में अँधेरा छा जायेगा। तुम्हारे बिना मैं जी नहीं पाऊँगी। लेकिन तुम्हारे अच्छे भविष्य की वजह से मैं तुम्हें नहीं रोकूँगी। बस, मुझे एक नारियल का पौधा ला देना। मैं उसे आंजेला बेटी की बगल में लगा दूँगी। तुम्हारी तरह उसका भी ख़याल रखूँगी...।"

एन्थनी खास बाणावली जाकर एक हरा-भरा नारियल का पौधा ले आया। आज वही पौधा पेड़ बन गया है। फलती-फूलती जवानी के चलते बड़े-बड़े फल देने लगा है। एकदम एन्थनी!

इक्कीस साल कुवैत में काम करने के बाद जब दिनीझ रिटायर्ड होकर वापस आया, उसी साल आबेल का जाना पक्का हुआ। ऑस्ट्रेलिया के सिडनी

शहर से डेढ़ सौ किलोमीटर दूर एक फार्म पर उसे बड़ी अच्छी नौकरी मिली थी। दिनीझ का हमेशा के लिए घर आना और आबेल का यों पहली बार घर छोड़कर दूर परदेस चले जाना, एक साथ होने के कारण रोझालीन का मन भ्रमित-सा हो गया था। जब जाने का दिन पास आ गया तब आबेल ख़ुद ही जाकर एक नारियल का पौधा ले आया। उसी ने गड्ढा खोदा और ख़ुद ही उसे रोपा। यह देखकर रोझालीन के मन का बाँध टूट गया। उस दिन मीठे पानी के साथ रोझालीन के आँखों से बहने वाले आँसुओं का अंजुरीभर खारा पानी भी पौधे पर छिड़क गया था।

बुढ़ापे में दिनीझ का लगातार साथ मिलने के कारण रोझालीन ख़ुश थी। फिर भी तीनों बच्चों की याद में तड़पती रहती। जब शाम के समय दिनीझ चक्कर लगाने बाहर निकल जाता तब यादों के झोंके रोझालीन को अस्वस्थ कर देते। और फिर दिमाग़ ठंडा करने के लिए घड़ा लिए रोझालीन कुएँ पर चली जाती और दस-दस घड़े पानी आंजेला, एन्थनी और आबेल के पैरों में डाल देती।

और इस तरह जिन्हें अपने बच्चों की तरह बड़ा किया वे पेड़ अब काट दिये जायेंगे! फिर जिऊँगी किसके लिए ?

सारी रात रोझालीन ने छटपटाते हुए बिताई। सुबह होते ही वह ज्योकीम के घर पहुँच गयी।

"बाब ज्योकीम, क्या तुम सचमुच जानते हो कि मेरे नारियल के पेड़ कटने जा रहे हैं?"

"सुना तो यही है मैंने। कहते हैं कि हमारे पैसे आ गये हैं। वे उन्हें ऐसे ही नहीं काट रहे। बदले में वे पैसे भी दे रहे हैं।" ज्योकीम ने बताया।

रोझालीन तड़प उठी, "मुझे नहीं चाहिए उनके पैसे। वे नासपीटे भला इन पेड़ों की क्या क़ीमत लगायेंगे। सत्यानाश हो उन सबका। मिट्टी में दफ़न हो जायें सब।"

और सचमुच रोझालीन पैसे लेने नहीं गयी। ज्योकीम के बाबूजी भी जाकर पैसे ले आये। कुछ लोग ज़्यादा पैसों की माँग करते हुए अपना विरोध जताने कोर्ट तक पहुँच गये। लेकिन रोझालीन चुप बैठी रही। एक बात उसने ज़रूर की। एन्थनी को चिट्ठी लिखकर जल्दी घर आने के लिए कहा।

लेकिन उसे पक्का यक़ीन नहीं था। अब बच्चे पुराने लगाव से वापस नहीं आते थे। आंजेला तो शादी करके अपने घर चली गयी थी। एन्थनी भी दूर हो चुका था। पहले हर दो साल बाद बिना नागा किये आ जाता। छह-सात साल पहले जब से ख़ुद की मर्ज़ी से शादी की थी तब से कम आने लगा है। वैसे एन्थनी की पत्नी मुम्बई की थी। पर कुवैत में ही रहती थी। वहीं उनकी जान-पहचान हुई। शादी मुम्बई में हो गयी थी। दिनीझ को छुट्टी नहीं मिल रही थी इसलिए वह शादी में नहीं पहुँच पाया। लेकिन एन्थनी शादी में अपनी मांय को साथ लेकर गया था। शादी के बाद जो चला गया वह पूरे तीन साल बाद वापस आया था। एक बाबा को साथ लिए ! उसके बाद जब पिता की मौत होने पर आया तब उसके साथ एक बेटी थी। अब वह अपने दोनों बच्चों के बीच उलझ गया है।

लेकिन आज चिट्ठी आयी है, इसका मतलब है वह आयेगा ज़रूर। अब चिन्ता कम हो जायेगी। एन्थनी दिनीझ पर गया है। जो मन में लाता है उसे सच कर दिखाता है। घर पहुँचते ही इस मसले को हल किये बग़ैर वह नहीं रहेगा। उसकी बड़ी जान-पहचान है। उसके पास पैसे हैं। वह सब अच्छी तरह सुलझा देगा।

इस तरह रोझालीन ख़ुद को समझाने-बुझाने का प्रयास अवश्य करती लेकिन एक अनामिक भय उसे अस्वस्थ कर देता था। फिर वह तड़के उठती। पाइप नल में लगाती और आंजेला, एन्थनी और आबेल को पानी देने लग जाती। जिस दिन नल लगाया था उसी दिन दिनीझ ने उसे पाइप ला दिया था और तब से उसका काम आसान हो गया था।

दिनीझ के गुज़र जाने के बाद रोझालीन घर में अकेली पड़ गयी थी। बातचीत करने के लिए, अपना दिल खोलकर रखने के लिए उसके साथ कोई नहीं था। तब से वह पाइप लेकर नारियल के पेड़ों तले बैठ जाती और उन्हीं से बातें करती रहती।

"पता है आंजेला, तुम्हारी शादी में दिनीझ ने इस पानी की तरह शराब बहायी थी।"

"जानते हो एन्थनी, दूर चले गये हो इसका मतलब यह नहीं कि सालों-साल घर वापस ही न आओ। तुम्हारे पांय ने अपने बलबूते पर बनाया है यह घर।

तुम्हें उसे भूलना नहीं है। पत्नी-बच्चों से बहुत प्यार करना। लेकिन बेटा, माँ को मत भूलना।"

"और आबेल, क्या तुम्हें लगता है कि मैं तुमसे कम प्यार करती हूँ? सही है कि तुम छोटे हो। मुझे तुमसे ज़्यादा प्यार करना चाहिए। लेकिन... बेटे, मुझे तुमसे प्यार है। पर एन्थनी, उस पर मुझे भरोसा है। वह बिल्कुल पांय जैसा है। इसीलिए! पर तुम्हें भी मैं उतना ही चाहती हूँ।"

ये कहते समय भी रोझालीन के पाइप से एन्थनी की जड़ों में ही ज़्यादा पानी गिर जाता।

एन्थनी की चिट्ठी आ गयी और फिर अगले हफ़्ते आबेल की भी आ पहुँची। उसमें दुल्हन कौन है, कहाँ की है, क्या कर रही है ये सब लिखा हुआ था। वह चाहता था कि मांय शादी में आ जाये। चिट्ठी पढ़ने के बाद रोझालीन ने गहरी साँस ली। चलो ! अब एक दिन आबेल टूरिस्ट बनकर गोवा आ जायेगा। ये ओल्ड गोवा की चर्च, ये कोलवा का समन्दर किनारा, ये कलंगूट, और ये है हमारी मांय... कहते हुए बीवी-बच्चों से परिचय करायेगा। फ़ोटो खींचेगा और अल्बम में रखने के लिए ले जायेगा।...उस दिन आबेल की जड़ों के पास बैठी रोझालीन मन की भड़ास निकालते हुए बड़ी देर तक बातें करती रही।

महीना ख़त्म होने जा रहा था। एन्थनी मुम्बई पहुँच गया है यह ख़बर मिल चुकी थी। चार दिन बाद वह आ जायेगा इसलिए एन्थनी के लिए उसने बांगड़ा मछली का अचार बनाकर रख दिया। जाकी बाँध वाले कटहल के कोए उसे पसन्द हैं इसलिए भाटकार से कहकर वह कटहल ले आयी। मछलीवाली को बताकर रखा कि जब बेटा आयेगा तब जलद्वार वाले तालाब की बढ़िया मछली की ज़रूरत होगी।

और इसी धुन में सुबह की चाय पीने के बाद जब वह घर साफ़ कर रही थी तब बस्ती के बच्चे चिल्लाते हुए दौड़-दोड़े आ पहुँचे। "एन्थनी की मांय, एन्थनी की मांय, नारियल के पेड़ काटने आ गये हैं।"

रोझालीन को लगा जैसे किसी ने दिल पर कुल्हाड़ी चला दी हो। वह दौड़ती हुई बाहर चली गयी। चार-पाँच मज़दूर कुल्हाड़ी लिए आये थे, साथ में दो अधिकारी भी थे। एक के हाथ में काग़ज़ात थे।

"क्या तुम रोझालीन फर्नांडीस हो?" जिसके हाथ में काग़ज़ात थे वह आदमी आगे बढ़ा।

"तुम्हारी यह बाड़ आगे की साइड से हमें तोड़नी पड़ेगी। यहाँ से तुम नयी बाड़ बना सकती हो। ये तीनों नारियल के पेड़ और इस जगह पर जो पौधे हैं वे काटने पड़ेंगे। इसके लिए सरकार—"

"नहीं।" रोझालीन काँप उठी। "तुम ये नारियल के पेड़ नहीं काट सकते। ये मेरे पेड़ हैं। उन्हें कोई भी हाथ नहीं लगायेगा।"

"सुनो, मैं सरकारी नौकर हूँ। हमें यह ऑर्डर मिला है। उसी के मुताबिक हम काम कर रहे हैं। तुम्हारे ही नहीं, कई लोगों के पेड़ कटने जा रहे हैं। उस तरफ़ हमारा काम चल रहा है। ये बाँधवाला काम ख़त्म होते ही तुम्हारी जगह का काम शुरू करके हमें आगे बढ़ना है। तुम हमारे काम में अड़ंगा मत डालना। चलो सब, बाड़ यहाँ तक हटा दो।"

"बाड़ हटा दो तुम। ये पूरी जगह भी ले लो। लेकिन भगवान के लिए ये नारियल के पेड़ मत काटो। मैं तुम्हारे पैर पड़ती हूँ।" रोझालीन याचना करने लगी।

"तुम्हें घबराने की ज़रूरत नहीं है। बाक़ी सभी नारियल के पेड़ों के मुक़ाबले तुम्हारे पेड़ ज़्यादा फलदार हैं। तुम्हें इनके अच्छे दाम मिल जायेंगे। बहुत पैसे मिलेंगे तुम्हें। ये बाड़ लगाने में भी..."

उस अधिकारी की ये बातें सुनते ही रोझालीन का पारा चढ़ गया।

"मिस्टर, इन पेड़ों के दाम लगाने में तुम्हें शर्म नहीं आयी? क्या तुम अपने बच्चों के दाम लगा सकते हो? हो सकता है तुमसे? मैं अच्छी तरह बता रही हूँ, अपने मज़दूर लो और यहाँ से चलते बनो। दो दिन में मेरा बेटा आ रहा है। जब वह आयेगा तब उससे बात कर लेना।"

अधिकारी को गुस्सा आ गया। "देखो, तुम्हारे बेटे से बात करने के लिए हमारे पास समय नहीं है। ये काम आज ही निपटाना है। हमारा यह टाइम बाउंड प्रोग्राम है। तुम इसे रोक नहीं सकती हो।"

बाड़ के लिए गाड़े गये खूँटे ढीले कर, बाँसों को तोड़ डालते हुए मज़दूरों ने आगे की जगह ख़ाली कर दी। अब वे नारियल के पेड़ों के पास पहुँच गये। और जिसे पहले चुना वह निकला एन्थनी। रोझालीन एकदम ठंडी पड़ गयी। पलभर के लिए काँप उठी। और फिर पगलाये हुए साँड़ की तरह उन मज़दूरों

पर झपट पड़ी। उन्हें धक्का देकर गिरा दिया। कुल्हाड़ी साथ लिए वे सीधे नीचे गिर गये। अगले क्षण रोझालीन ने एन्थनी को बाँहों में भर लिया और ज़ोर-ज़ोर से चिल्लाने लगी।

"चलाओ कुल्हाड़ी। पहले मुझे मारो। फिर मेरे इन बच्चों पर चलाना अपनी कुल्हाड़ी।"

अचानक हुए हमले से पहले तो मज़दूर हैरान हुए फिर शर्मिन्दा हुए। उसके बाद भड़क उठे और रोझालीन के हाथों को पकड़कर खींचने लगे। लेकिन रोझालीन नारियल के पेड़ को कसकर पकड़े हुए, उससे चिपकी हुई खड़ी रही। पेड़ को बाँहों में लेने वाले उसके हाथों की पकड़ छुड़ाना दो मज़दूरों के लिए भी मुश्किल साबित हुआ। आस-पास के लोग जमा होकर देखने लगे। अधिकारी नर्वस हुआ। बुजुर्ग औरत पर हाथ उठाने में उसे कठिनाई महसूस हो रही थी। उसने फिर एक बार समझाने वाले स्वर में कहा, "सुनो, तुम सरकारी काम में रुकावट डाल रही हो। गुनाह कर रही हो। हम अच्छी तरह तुम्हें बता रहे हैं—परे हट जाओ। उन्हें उनका काम करने दो।"

रोझालीन बिफर उठी, "नहीं, परे नहीं हटूँगी। मुझे तुम्हारे पैसे नहीं चाहिए। ख़बरदार, मेरे पेड़ों को हाथ लगाया तो!"

अधिकारी अब ज़िद पर उतर आया। "चलो सब, इस पेड़ को छोड़ दो। उस दूसरे को पहले उड़ा दो।"

नारियल के पेड़ के पत्तों वाले सिरे पर जाने के लिए जैसे ही एक मज़दूर कुल्हाड़ी हाथ में लिए पेड़ पर चढ़ने लगा वैसे ही रोझालीन ने एन्थनी को छोड़ा और आबेल पर चढ़ने वाले मज़दूर के पैरों को पकड़कर उसे खींच लिया। वह धड़ाम-से नीचे आ गिरा। यह देखकर अधिकारी दौड़ता हुआ आ गया।

"अरे, तुम्हारी मस्ती कुछ ज़्यादा हो गयी। अब हम और बर्दाश्त नहीं करेंगे।" ये कहते हुए जब वह पास पहुँचा तब रोझालीन ने उसे ज़ोर से धक्का दे दिया। सन्तुलन बिगड़ जाने की वजह से अधिकारी सीधा नीचे लुढ़क गया।

"मेरे बच्चों को मारने आ रहा है? देखती हूँ, कौन हाथ लगाता है इन पेड़ों को। तुम्हारे बच्चों को भी कोई आकर मार डाले। माटी मिले कहीं के... दफ़न हो जाओ सब। कीड़े पड़ जायें तुम सबको..."

ज्योकीम के बाबूजी दौड़ते हुए आये और अच्छा हुआ कि उन्होंने ज़बरदस्ती से रोझालीन को वहाँ से बगल में हटा दिया। नहीं तो रोझालीन की उठायी हुई लात उस अधिकारी की पसलियों पर पड़े बग़ैर नहीं रहती।

अधिकारी गुर्राते हुए उठा। मिट्टी में गिरे हुए काग़ज़ात बटोरे और "ठहरो, दिखाता हूँ तुम्हें। चलो सब।" ये कहते हुए मज़दूरों को साथ लिए चला गया। दूर सड़क पर खड़ी हुई जीप स्टार्ट हुई और चली गयी।

"रोझालीन बाय, ये अच्छा नहीं हुआ। वह गवर्नमेंट अफ़सर है। उसे इस तरह.." ज्योकीम के बाबूजी समझाने के स्वर में बोल रहे थे। लेकिन रोझालीन ने उन्हें टोका।

"गवर्नमेंट हो गया तो? मेरे इन बच्चों को वह मार सकता है क्या? ज्योकीम के बाबूजी आप उन्हें बता देना, मेरी ज़मीन ले ले, घर भी ले जायें, लेकिन ये नारियल के पेड़, बच्चे हैं ये मेरे! उन्हें बचाइए... उन्हें बचाइए..."

आधे घंटे के भीतर एक के बाद एक, दो जीप गाड़ियाँ आ पहुँचीं। वह अधिकारी इंस्पेक्टर, हवलदार और दो पुलिस सिपाही लेकर आ गया था। बस्ती के बीस-पच्चीस लोगों का जमावड़ा देखकर इंस्पेक्टर ने नरमाई वाली भूमिका ले ली।

"रोझालीन बाय, सरकारी आदमी पर तुमने हाथ उठाकर बड़ी मिस्टेक की है। फिर भी तुम्हारी उम्र और हालात देखकर उन्हें शिकायत वापस लेने के लिए कह देता हूँ। लेकिन तुम्हें ज़बान देनी होगी—उनके काम में तुम कोई रुकावट नहीं डालोगी।"

रोझालीन समझ गयी। अब ये आख़िरी कोशिश है। अब ढिलाई बरती तो फिर जो वे चाहते हैं वही होगा। उसने फिर से पेड़ को बाँहों में भर लिया। "नहीं मैं पेड़ काटने नहीं दूँगी। पहले मुझे मारो। फिर मेरे बच्चों को।"

इंस्पेक्टर ने और देर नहीं की। इशारा करते ही तीन पुलिस वालों ने आकर उसे छुड़ाया, उठाया और खींचते हुए जीप की तरफ़ ले गये। ज्योकीम के बाबूजी ने बीच-बचाव करने की कोशिश की लेकिन उन्हें एक तरफ़ हटाकर रोझालीन को लेकर पुलिस चली गयी।

उस दिन आंजेला, एन्थनी और जिसने अभी-अभी फलना शुरू किया था वह आबेल भी काट दिया गया।

दूसरे दिन सरपंच सहित चालीस-पचास लोग रोझालीन को छुड़ा लाने कलक्टर ऑफ़िस पहुँच गये। सब ज़मानत देने के लिए तैयार थे। तपती दोपहर में जब रोझालीन वापस आ गयी तब कटे हुए पेड़ उससे देखे नहीं गये। दरवाज़े पर ही चक्कर आकर वह गिर गयी। डॉक्टर, दवा सब हो गया। तीसरे दिन एन्थनी की चिट्ठी आयी। उसने मुम्बई से लिखी थी।

"मांय, पिछले पन्द्रह दिन मैं मुम्बई में फँसा रह गया। गोवा आना नहीं हो सका। ऑफ़िस से टेलेक्स मैसेज आया है इसलिए मुझे जल्द-से-जल्द वापस जाना पड़ रहा है। अब अगले साल ही आ पाऊँगा। और हाँ, उन नारियल के पेड़ों का झंझट लेकर मत बैठना। तुम्हें जितने चाहिए उतने पैसे मैं भेज दूँगा। अपना ख़याल रखना।"

सुन्न हो चुकी रोझालीन ने आँखें बन्द कर लीं। मन की गहराई से आवाज़ निकली, आँखें हमेशा के लिए बन्द हो जायें!

दैवी आगमन

दरवाज़ा खटखटाने की आवाज़ हुई तब गुरु अपनी आरामकुर्सी पर बैठे हुए सामने रखे ब्लैक एंड व्हाइट टी.वी. पर आने वाला गोवा का कार्यक्रम देख रहा था। कोने के पूजा-घर में बैठी प्रेमा बाय शुक्रवार की पूजा कर रही थी। विश्वास और विमल एक आँख टी.वी. पर और दूसरी शुक्रवार के प्रसाद के लिए रखे लड्डुओं पर जमाये हुए पढ़ाई करने का नाटक कर रहे थे।

सचमुच दरवाज़े पर दस्तक हुई थी या फिर टी.वी. से निकली हुई कोई आवाज़ थी... गुरु इस उधेड़बुन में पड़ गया। महीने का डेढ़ सौ रुपया किराया तय करके तीन महीने पहले गुरु अपने मैनेजर का पुराना ब्लैक एंड व्हाइट टी.वी. ले आया था। शुरू के तीन महीने तक अच्छी तरह चला था। लेकिन कुछ दिनों से बीच-बीच में उसमें से तरह-तरह की आवाज़ें निकलने लगी थीं।

प्रेमा बाय ने एक बार दरवाज़े की ओर देखा और एक बार टी.वी. की ओर। दुबारा बन्द दरवाज़े को देखते हुए बोली, "कितनी बार कहा है मैंने—लक्ष्मी को गन्ध-फूल चढ़ाते समय सामने का दरवाज़ा बन्द नहीं करना चाहिए। दरवाज़े पर आयी लक्ष्मी वापस चली जाती है।"

लक्ष्मी! पिछले तीस साल से उसकी राह देखते-देखते गुरु थक चुका था। कितनी प्रार्थना की! छोटे-बड़े मन्दिरों से लेकर गली-कूचों के पत्थरों और धार्मिक पताकाओं तक नहीं छोड़ा। उनसे प्रार्थना करके, मदद की गुहार लगाकर हो गया था। अब तो आस पूरी तरह कुम्हला चुकी थी। लेकिन जब से कुशा ओझा मिला था, तब से यह आस फिर से पल्लवित हो उठी थी। "तुम्हारा काम हो जायेगा", उसने कहा था। लेकिन कब? "पितरों को पिंड देकर शान्त करो", उसने कहा था। पितर क्या आस-पास घूमते रहते हैं। उनको कैसे पहचाने?

पिता के पिछले श्राद्ध के समय कौए ने पिंड को नहीं छुआ था। उसके उपरान्त हर अमावस को गुरु पिंड बनाकर खपरैल पर रख देता। पिछली बार कुशा ओझा ने कहा था, "ये कैसे कह सकते हैं कि पितर कौए के रूप में ही पधारेंगे? कोई भी रूप लेकर आ सकते हैं।"

अबकी बार फिर से दस्तक हुई। "कौन होगा? अरे विश्वास, ज़रा उठो, दरवाज़ा खोलकर देखो।" गुरु की ज़ुबान से ये बात निकलने ही वाली थी लेकिन किताबों में सिर घुसाये बच्चों को देख और प्रेमा बाय द्वारा लक्ष्मी के सन्दर्भ में कहीं बातों का ख़याल करके गुरु ने अपने जड़ हो चुके जीव को आरामकुर्सी से उठाया।

"कौन है बाहर?" उठकर दरवाज़े की ओर जाते समय गुरु ने पूछा।

जवाब नहीं आया।

गन्ध-फूल चढ़ाकर प्रेमा बाय ने पलटकर देखा। नज़रों से ही "देखो तो" कहा।

गुरु ने किवाड़ की अर्गला खोली ही थी कि—

उसका वह राजसी रूप, तेजस्वी नज़र और रोबीलापन देखकर गुरु चकित हो गया। बच्चों ने अपनी पढ़ाई में घुसाई नज़र, टी.वी. छोड़कर दरवाज़े की ओर घुमाई। प्रेमा बाय थाली में रखे चने बच्चों में बाँटने के लिए उठी थी, वह भी भौचक्की-सी वहीं खड़ी होकर देखती रही।

किसी स्वागत के लिए न रुककर मानो अपना ही घर हो वैसे एक कुत्ता भारी डग भरते हुए भीतर आया और सीधे जाकर गुरु के उठने से ख़ाली हुई आरामकुर्सी पर बड़ी शान से बैठ गया।

गुरु के दिमाग़ का पारा अब चढ़ने लगा था। कोने में कपड़े सुखाने के काम आने वाली छड़ी लाकर उसे भगाने का विचार मन को स्पर्श करे उससे पहले गुरु की चित्त-वृत्ति अचानक बदल गयी।

उसकी सुनहरी भूरी खाल जैसे अभी नहाकर आया हो वैसे चमक रही थी। माथे का सफ़ेद धब्बा ऐसे शोभा दे रहा था मानो किसी ने टीका लगा दिया हो। गुरु ने प्रेमा की तरफ़ नज़र डाली। आँखों की पलकें तक न झपकाते हुए वह एकटक कुत्ते को निहारती जा रही थी।

"बिल्कुल दत्त महाराज के वाहन जैसा है!" गुरु ने प्रेमा की ओर देखते हुए कहा।

प्रेमा बाय ने हाथ में पकड़ी चने की थाली नीचे रखी और हाथ जोड़कर बोली, "आप भी न कुछ भी कहते हैं। क्या आज बृहस्पतिवार है? पक्का ये लक्ष्मी ही होगी! कौन-सा रूप धर कर आये कहा नहीं जा सकता।"

जो भी हो, आज का दिन गुरु के लिए अच्छा गया था। सुबह ऑफ़िस जाने से पहले लॉटरी का नतीजा देखने गया तो पता चला कि उसे सबसे आख़िरी ही सही लेकिन दस रुपये की लॉटरी लगी थी। शुक्रवार लक्ष्मी जी का दिन होने के कारण उन दस रुपयों से उसने और दस लॉटरी के टिकट ख़रीदे थे। ऑफ़िस छह बजे छूटने के बावजूद दरवाज़े-खिड़कियाँ बन्द करके बाहर निकलने तक साढ़े छह बज गये। घर लौटते समय शिवा को मिठाई वाले से कुछ ख़रीदते हुए देखा। तब गुरु को लगा कि उसे भी बच्चों के लिए कुछ ले जाना चाहिए।

"क्यों रे शिवा, आज बोनस मिला है?"

"नहीं रे बाबा। ये साहब के घर का काम है।" गुरु को लगा, शिवा से अच्छा अपना काम है। दरअसल दोनों प्यून का ही काम करते थे। लेकिन शिवा का साहब ऑफ़िस के कामों के अलावा उससे अपने घर के काम भी करवा लेता। इसी तरह तुलना करते हुए गुरु आगे बढ़ा।

दस रुपये की लॉटरी लगी है ये ख़बर प्रेमा बाय को बताने के लिए वह उत्सुक था। लेकिन सुनते ही प्रेमा बाय क्या कहेगी यह वह अच्छी तरह जानता था—"पूरे दस रुपये लॉटरी के टिकट ख़रीदने में क्यों उड़ा दिये? दो रुपयों की लॉटरी ख़रीदकर बाक़ी बचे पैसों से खाने की चीज़ ले आते तो बच्चों के मुँह में कुछ तो चला जाता।" इससे गुरु को याद आया। प्रेमा बाय ने आते समय शुक्रवार के चने लाने के लिए कहा था।

गुरु पीछे मुड़ा और मार्केट चला गया। चने वाले से दो रुपये के चने लिए और बायीं तरफ़ गार्डन की साइड से जाते हुए वर्दे वालावलिकार मार्ग की चढ़ाई चढ़ी। ऊपर पहुँचकर रास्ता पार कर दायीं तरफ़ जाने के लिए उसने यहाँ- वहाँ देखा। एक के बाद एक दो-तीन मोटर गाड़ियाँ दौड़ी आ रही थीं। उनके जाने तक वह रुका रहा। इतने में उसकी नज़र नीचे पैरों के

पास चली गयी। मिठाई के बक्से की तरह वहाँ एक बक्सा पड़ा था। उठाऊँ या न उठाऊँ इस पसोपेश में पल भर पड़ा रहा। तब तक और गाड़ियाँ आ गयीं। गुरु ने झुककर वह बक्सा उठाया और कोई शक से उसकी तरफ़ देखे इससे पहले सीधे रास्ता पार किया और चलकर जहाँ रास्ता ख़त्म होता था वहाँ तक जा पहुँचा।

कहीं बक्से में किसी ने सड़ी-गली चीज़ तो नहीं रखी होगी न? इस आशंका ने उसे घेर लिया। लेकिन हाथ में रखा बक्सा दूसरे हाथ में रखकर उस हाथ को सूँघते ही मिठाई की तेज़ गन्ध नाक में घुस गयी। रास्ता पार करके झाड़ियों में से जाती हुई पगडंडी पर पहुँचते ही गुरु ने उस बक्से के रबरबैंड को निकाला और खोल कर देखा। मोतीचूर के लड्डुओं से बक्सा भरा था। तेज़ डग भरते हुए गुरु ने मोती टीले का उतार पार किया और चढ़ाई वाले हिस्से पर बने अपने घर के भीतर चला गया।

"आज मुझे दस रुपये की लॉटरी लगी।" चने की पोटली और लड्डुओं का बक्सा प्रेमा को देते हुए बड़े उत्साह से गुरु ने बताया।

बहुत दिनों के बाद बच्चों का मुँह मीठा होने वाला था इसलिए उसने बच्चों को आवाज़ देकर बुलाया। लेकिन प्रेमा बाय ने कहा, "इतने उतावले क्यों हो रहे हो? पहले शुक्रवार का नैवेद्य चढ़ाती हूँ। चने का प्रसाद रोज़ ही होता है। आज मीठे का चढ़ाते हैं।"

भगवान के साथ-साथ बच्चों को भी सन्तुष्ट करने की प्रेमा की व्यावहारिक बुद्धि गुरु को बड़ी अच्छी लगी। हाथ-पाँव धोकर बाहर का दरवाज़ा बन्द करके गुरु टी.वी. के सामने बैठ गया। तब तक प्रेमा बाय ने शुक्रवार की पूजा आरम्भ कर दी थी। और अब अकस्मात्—

कुत्ता दैवी ही होना चाहिए। देखो कैसे एकदम अधिकार से अन्दर आकर बैठा है! बड़ी शान से, रोब-दाब के साथ ! गुरु जब उस आरामकुर्सी पर बैठता था तब बग़ल में विमल बैठ सके इतनी जगह बच जाती थी। अब इस कुत्ते के बैठ जाने से आरामकुर्सी पूरी भरी हुई लग रही थी! गुरु के बाबूजी इस कुर्सी पर बैठने पर जैसे लगती थी वैसी–गुरु को एकदम ख़याल आया! कहीं कुत्ते के रूप में बाबूजी ही तो नहीं आये न! हो सकता है। जब बाबूजी गुज़रे थे तब गुरु छोटा मतलब चौदह साल का था। उन्हें लकवा मार गया था। मुँह टेढ़ा हो

जाने के कारण बोल नहीं पाते थे। बाबूजी कुछ बताने की कोशिश करते लेकिन दूसरा उसे समझ नहीं पाता।

कहते हैं कि पचास साल पहले नीचे से ऊपर तक, मोती टीले पर एक ज़मीन का सीधा टुकड़ा, बाबूजी के नाम था। बीच में उस टीले की ज़मीन को अच्छे दाम मिलने लगे थे इसलिए या फिर उन्हें पैसों की ज़रूरत पड़ी होगी इस वजह से होगा—बाबूजी ने ज़मीन का वह पूरा टुकड़ा बेच डाला। कहते हैं कि बहुत पैसे मिले थे। कोई कहता है बाबूजी ने जुए में उन्हें गँवाया। लेकिन माँ कहती थी कि बाबूजी ने उन पैसों से सोने की मुहरें बनवाकर उन्हें गुप्त स्थान में गाड़ दिया है। ज़रूरत पड़ने पर एक-एक निकाल लेते थे। लेकिन कहाँ रखी हैं ये किसी को नहीं बताते।

हो सकता है! उन दिनों कौन बैंक में पैसे रखने जाता? लेकिन बड़भागी को उनको कहाँ गाड़ रखा है, कम-से-कम ये तो माँ को बताना चाहिए था न? मरते समय मुँह हिलाते हुए बताने का प्रयत्न कर रहे थे। सत्ताईस दिन बिस्तर पर पड़े रहे। और आख़िर राज़ कलेजे में दफ़न करके चले गये। कहीं आज इस रूप में तही तो नहीं पधारे हैं न? गुरु ने भक्तिपूर्वक हाथ जोड़े।

हैरान होकर एक-दूसरे से सटे बच्चे पिता को हाथ जोड़ते हुए देखकर श्रद्धा से खड़े हो गये। प्रेमा बाय ने फिर से चने की थाली उठाई और धीरे-से आगे सरकाई। कुत्ते के सामने जाकर खड़ी हुई। केवल थाली उसके सामने रखे या फिर हथेली में चने लेकर उसके मुँह के पास ले जाये, वह तय नहीं कर पा रही थी। अगर हाथ काट लिया तो? तो? मानो तो कुत्ता नहीं तो देवता ! प्रेमा बाय ने तुरन्त चार चने हाथ में लिए और कुत्ते के थोबड़े के सामने रख दिये।

बच्चों की साँस रुक गयी। गुरु को पत्नी का यह साहस प्रशंसनीय लगा। प्रेमा बाय ने हाथ और आगे बढ़ाते हुए कहा, “लो देवी माँ, भक्ति भाव से जो अर्पण कर रही हूँ, उसे स्वीकार करो।”

लेकिन कुत्ता टस से मस नहीं हुआ। जब चने थोबड़े को छू गये तब गर्दन घुमा डाली।

“हमसे कोई भूल-चूक हुई हो तो हमे माफ़ करना देवी माँ।” प्रेमा बाय कुत्ते के सामने पैर मोड़कर बैठ गयी। हम तुम्हारे अबोध बालक हैं। तुम क्या

चाहती हो क्या नहीं ये हम नहीं समझ पा रहे हैं।" और फिर पति की ओर देखते हुए बोली, "आप कुछ तो कहिए न!"

कुत्ते का उस आसन पर बैठ जाना, प्रेमा बाय का उसके सामने पैर मोड़कर बैठना, अपना हाथ जोड़कर खड़े होना...गुरु की आँखों के सामने कुशा ओझा के कमरे का वातावरण खड़ा हुआ...और कुछ कमियों का भी अहसास हुआ।

"प्रेमा, जल्दी से अगरबत्ती जलाओ। देवता के लिए कुमकुम ले आओ। विश्वास, तुरन्त जवाकुसुम के पौधे पर कोई फूल हो तो ले आओ। कली हो तो भी चलेगी। विमल, मिट्टी का दिया जला लाओ।" सभी को आज्ञा देते हुए गुरु हाथ जोड़े नीचे बैठ गया।

बचपन से गुरु ने अमीरी का सपना देखा था। अमीरी में सुख होता है इस बात को वह पहचान गया था। उसे विश्वास था कि एक-न-एक दिन पिता द्वारा गाड़कर रखी सम्पत्ति मिल जायेगी। पिता के मरने के बाद एक-दो साल के भीतर घर की आर्थिक विपन्नता इतनी बढ़ गयी थी कि गुरु के लिए पढ़ाई छोड़ नौकरी करने के सिवाय और कोई उपाय नहीं बचा था। पणजी सरकारी ऑफ़िस में अच्छी नौकरी मिल रही थी। लेकिन गुरु मड़गाँव का घर छोड़ना नहीं चाहता था। पिता का गाड़ा हुआ धन किसी तीसरे के हाथ लग सकता था इसलिए उसने मड़गाँव में ही जो भी नौकरी मिली उसे पकड़ लिया।

उसने कई ओझाओं के दरवाज़े घिस डाले! आधी कमाई उसी में चली जाती थी। लेकिन गुरु का स्वभाव बड़ा ज़िद्दी था। इस बीच उसे जो पत्नी मिली वह भी बड़ी श्रद्धालु किसम की निकली। पत्नी के संग उसके टोने-टोटके वाली गतिविधियों का एकदम उफान आ गया। एक भी ओझा-भगत नहीं छोड़ा। तन्त्र-मन्त्र किये। जिनमें देवी-देवता की सवारी आती उनसे सवालों के जवाब पूछे। बेलगाँव जाकर प्लैनचेट पर भी पिता को बुलवा लिया। पिता आया ज़रूर लेकिन... शायद मरने के बाद भी उसकी लकवे की बीमारी नहीं छूटी थी क्योंकि उसने जो कहा वह कुछ भी समझ में नहीं आया था।

हाल ही में किसी ने उसे कुशा ओझा के बारे में बताया था। गुरु उससे मिलने खास वास्को गया। कुशा ओझा के टोने-टोटके बड़े ज़बरदस्त थे। कहाँ-कहाँ से लोग पहुँच जाते। गरीब-दुर्बल ही नहीं, अमीर भी गाड़ियाँ लेकर आ जाते। गुरु की कुम्हलाई हुई आस फिर से जाग उठी।

दो सप्ताह पहले इसी तरह शुक्रवार की साँझ को कुशा ओझा ने दैवी शक्ति की सवारी आते ही, आवेश में उसे सीधे बताया था—

"हं—हं – तुम्हारे पितर तुम्हारे आस-पास हैं—हं – हं – तुम पर उनकी किरपा है—हं – हं – हं—वे तुम्हें संकेतों से बता रहे हैं – हं – हं—इशारे कर रहे हैं – हं – हं – तुम अबोध बालक हो – हं – हं – दिमाग़ ठिकाने पर रखो – हं – हं – समय पर पितरों के लिए पिंड दान करो – हं – उन्हें तड़पाना मत – हं – हं – तुम्हारा काम हो जायेगा – हं – हं – हं।"

कुशा ओझा ने जो फूल की पँखुड़ी दी थी वह अभी भी जेब में थी। गुरु का विश्वास और पुख्ता हुआ।

"पितरो, मुझे क्षमा करो। अगली अमावस को मैं पिंड-दान करूँगा। और कुछ चाहिए तो बता देना। पर मेरे मन की बात पहचान कर मुझे रास्ता ज़रूर दिखाना।"

विमल ने मिट्टी का दिया जलाकर सामने रखा। विश्वास ने एक मुर्झाया-सा लाल जवाकुसुम का फूल लाकर रखा। प्रेमा बाय ने अगरबत्ती जलायी। कुमकुम लाकर जब उस कुत्ते के माथे पर तिलक चढ़ाया तब कुत्ते ने सहज आँखें बन्द कर समझदारी दिखलाते हुए तिलक लगवा लिया। प्रेमा बाय ने पूजा की थाली में जलता हुआ दीपक रखा। इस सबके कारण कमरे का पूरा वातावरण निर्मल और पवित्र हो जाने का आभास गुरु को हो गया।

इतने में उस श्वान ने भों...भों... करते हुए बड़ा हो-हल्ला मचाना शुरू किया। बच्चे डर गये। प्रेमा बाय ने जल्दी-जल्दी हाथ जोड़े। गुरु बारीकी से देखने लगा। कुत्ता टी.वी. की तरफ़ ही देख रहा था।

"अरे वाह! टी.वी. ..." इतनी देर तक टी.वी. चल रहा है इसका किसी को ख़याल नहीं आया था। "विश्वास, जल्दी से बन्द करो।"

आमतौर पर गुरु विश्वास को हाथ तक नहीं लगाने देता था। विश्वास ने बड़ी ख़ुशी से टी.वी. बन्द किया और विजयी मुद्रा में विमल की ओर देखा। लेकिन विमल की नज़र देवता के सामने रखे मोतीचूर के लड्डुओं पर थी।

टी.वी. बन्द होते ही फैली शान्ति को भंग करते हुए विमल ने माँ से पूछा, "माँ, हम लड्डू खायें क्या?"

"बच्चों को खाने की पड़ी है।" कहते हुए प्रेमा बाय उठ गयी। लड्डुओं का बक्सा खोला ही था कि , "भों ऽ, भोंक, भों" फिर से हो-हल्ला मचा।

गुरु सकपका गया। पितरों की भाषा वह नहीं समझ पा रहा है इस बात का उसे अफ़सोस हुआ। फिर भी हर इशारे का अपनी तरह से अर्थ लगाने का प्रयास करने लगा।

श्वान महाराज ने अपने कान खड़े किये। गर्दन ऊपर-सी उठाई और सूंक-सूंक करते हुए सूँघा। प्रेमा बाय जल्दी-जल्दी लड्डुओं का बक्सा लेकर महाराज के निकट आयी। "हाँ जी, हाँ। पहले देवी को ही देंगे।" कहते हुए उसने एक लड्डू उस देवी के सामने रखा। पल भर में हथेली में रखा लड्डू कुत्ते के जबड़े में पहुँचा। प्रेमा बाय के चातुर्य पर गुरु मुग्ध हुआ।

"भगवान को—पितरों को ग्रास पहुँच गया।" वह बोला। कुत्ते के माथे पर तिलक की तरह सफेद धब्बा था। उस पर लगाया गया कुमकुम कुछ ज़्यादा ही निखर रहा था।

"अब तो मन बनाओ, भगवान, पितरो..." वह भगवान है या पितर है इस दुविधा में पड़ने के कारण गुरु ने श्रद्धापूर्वक कहा।

प्रेमा बाय बच्चों के हाथ में लड्डू रखने क्या मुड़ी—महाराज ने दुबारा हो-हल्ला मचाया।

"देवता का ग्रास है वो। एक से क्या होगा? और एक दे दो।" देवता ने दूसरा भी स्वाहा कर दिया।

"भगवान अब तो..." गुरु ने कहा। कुत्ते ने गुरु की तरफ़ पल भर देखा। गुरु को लगा, वह कह रहा है, "ज़रा धीरज धरो।"

तीसरी बार शोर मचाया तब प्रेमा बाय ने पूरा बक्सा ही देवी के सामने रखा। मुँह से टपकती लार को बच्चों ने गटक लिया। उस आवाज़ को गुरु ने भी सुना।

"पैर छुओ।" वह बच्चों पर बरसा। दोनों बच्चों ने ज़मीन पर लेटकर पैर छुये।

आख़िरी लड्डू हलक के नीचे पहुँचा तो गुरु ने कहा, "अब चने लाओ।"

प्रेमा बाय थाली लेकर आने तक महाराज उठे। टुन्न करके आरामकुर्सी से कूदकर नीचे आये और एक बार सब पर नज़र डालते हुए दरवाज़े की ओर चले गये। देखते-देखते भारी भरकम क़दम बाहर पहुँच गये।

"शायद आपको वे अपने पीछे आने के लिए कह रहे हैं।" प्रेमा बाय ने अर्थ लगाया।

गुरु के शरीर पर केवल बनियान और पाजामा था। महाराज उसे बुला रहे थे। गुरु के पास कपड़े पहनने के लिए समय नहीं था। गुरु ने कूदकर खूँटी पर टँगी बुशर्ट उठायी और हाथ आस्तीन में डालते हुए वह बाहर दौड़ा।

"अँधेरा है। विश्वास को साथ ले चलो।" प्रेमा बाय ने दरवाज़े से कहा।

"नहीं। मुझे ही जाना चाहिए। तुम अन्दर जाओ। काम होते ही आ जाऊँगा।" और गुरु कुत्ते के पीछे दौड़ पड़ा। महाराज जहाँ ले जायें वहाँ तक जाने की तैयारी में।

प्रेमा बाय ने अँधेरे में बाहर देखते हुए हाथ जोड़े और दरवाज़ा उढ़का लिया।

गुरु को लगा था, महाराज ऊपर टीले की ओर या घर के पीछे से जायेंगे। लेकिन ऐसा नहीं हुआ। धीरे-से पूँछ हिलाते हुए राजसी चाल में वह सचमुच के महाराजा-सा चलता रहा।

उतार निकालकर कुत्ता झाड़ियों के पास की पगडंडी पर आ पहुँचा। ऊपर जाता हुआ रास्ता चढ़कर आगे चलता रहा। गुरु उछल रहे दिल को सँभाले हुए उसके पीछे चल रहा था। मोतीलाल सेठ के बंगले के पास पहुँचते ही किसी ने साइकिल की घंटी बजाई और आगे जाकर ब्रेक लगाते हुए साइकिल रोकी।

"टॉमी ऽ"

पल भर उसकी तरफ़ देखकर वह कुत्ता दौड़ पड़ा और मोतीलाल सेठ के बँगले के गेट से भीतर चला गया।

साइकिल से उतरा शिवा हाँफ रहा था।

"क्या हुआ शिवा?" असमंजस में पड़े गुरु ने पूछा।

"सेठ के कुत्ते को ढूँढ़ते हुए पूरा मड़गाँव छान डाला। क्या बताऊँ गुरु– हम ग़रीबों को राशन लाने के लिए पैसा कम पड़ता है। लेकिन हमसे ज़्यादा इन अमीरों के कुत्ते अच्छे हैं। हमारा सेठ हर दिन घर आते ही अपने कुत्ते को मोतीचूर के लड्डू खिलाता है। आज शाम घर के मोतीचूर लड्डू ख़त्म हुए थे इसलिए मैं आधा किलो लड्डुओं का बक्सा लेकर आ रहा था। रास्ते में साइकिल पर रखा बक्सा कहीं गिर गया। सेठ नाराज़ होगा इसलिए मैंने अपने पैसों से दूसरे लड्डू लाये। लेकिन सेठ के घर जाकर देखा कि उनका कुत्ता

वहाँ कहीं नहीं था। सेठानी ने मुझे कुत्ता ढूँढ़ने भेजा। ढूँढ़-ढूँढ़कर थक गया। सेठ से कहने वाला ही था कि पुलिस में कंप्लैन करते हैं, इतने में मेरी आँखों के सामने से बँगले के गेट से अन्दर जाते हुए देख लिया।"

गुरु ने गेट के अन्दर नज़र डाली। अन्दर पोर्च में पहुँचते ही टॉमी मुड़ गया। खम्भे के पास टाँग ऊपर उठाकर मूता और पीछे की ओर देखे बिना बँगले के दरवाज़े से अन्दर जाते हुए एकदम ग़ायब हो गया।

टॉमी टाँग ऊपर उठाकर मानो अपने पर ही मूतकर चला गया हो इस भावना के साथ गुरु वापस लौट गया।

रेत घर

सुबह जब आँख खुलती है तब सात बज चुके होते हैं।

एक नयी सुबह।

और एक नया दिन।

हर इतवार को सुबह लाउड स्पीकर से कान में पड़ने वाली, पास के गिरजाघर की प्रार्थना सभा की बातों सा मुझे सूझ जाता है...

भगवान, आज के दिन मुझे जीवित रखा इसलिए भगवान तुम्हारा भला करे...

भगवान को भगवान तुम्हारा भला करे कहने की कल्पना से मुझे हँसी आती है। मैं जब मेडिसिन पढ़ रहा था तब हमारे कार्डिओलॉजी के प्रोफ़ेसर चलते-फिरते हार्टफेल होने पर मर गये थे। मैं भी हैरान हुआ था। डॉक्टर का इस तरह मरना ठीक नहीं लगता...पेशेंट डॉक्टर से मिलने आया हो और अगर उसे पता चला कि डॉक्टर को बुख़ार आया है तो फिर डॉक्टर पर उसका जो भरोसा है, वह कम नहीं होगा क्या?

हाँ, सही है, डॉक्टर भी आदमी है। लेकिन बूढ़ा होने के बाद, बड़ी उम्र होने पर, नींद में, चेहरे पर हल्की मुस्कान रखते हुए... इस तरह की मौत डॉक्टर को अच्छे से शोभा देती है।

सब सही है! लेकिन मुझ जैसा बदनसीब डॉक्टर भी हो सकता है। चालीस की उम्र अभी तीन साल दूर थी। उसी समय ये असाध्य ऑस्टियोजेनिक सार्कोमा मुझे सताने क्यों आया? भगवान को भगवान भला करे कहने आया हो जैसा!

"उठ गये?" शामी आकर पूछती है।

जो ठंडी आह छूट रही थी उसे रोकते हुए मैं जमुहाई-सी लेता हूँ और रोकी हुई आह को रास्ता दे देता हूँ।

"छी! इंडिया ने दिमाग़ ख़राब किया आं!" शामी के इन शब्दों से मुझे याद आता है। आज क्रिकेट टेस्ट मैच शुरू हुआ है। सुबह साढ़े पाँच बजे कमेंटरी शुरू होने वाली थी। बाद में गड़बड़ न हो इसलिए शामी कल ही नयी बैटरी सैल्स मँगवा लायी थी...मेरे ख़ातिर!

"स्कोर क्या हुआ?" मैं जैसे मज़ा लेता हुआ-सा पूछता हूँ।

"इंडिया खेल रहा है। गावस्कर ज़ीरो पर चला गया। स्कोर अभी तक सौ पर नहीं पहुँचा है। पाँच आउट!"

"डैडी, कपिल देव खेलने आया है। अब देखते हैं।" ये नौ साल का अजय मुझ से भी ज़्यादा क्रिकेट का दीवाना है। और कपिल देव उसका 'पैट'।

"मतलब, आँख नहीं खुली ये अच्छा ही हुआ!" मैं हँसते हुए कहता हूँ।

"मैंने आवाज़ दी थी। लेकिन तुम नहीं जगे इसलिए फिर सोचा रहने दो।" शामी बताती है।

कैसे जागता? रात को नींद ही क़रीब डेढ़ बजे आयी। शामी को पता है या नहीं? मेरी तरह ही क्या वह भी अँधेरे में आँखें खुली रखकर, नींद का स्वाँग रचाये लेटी हुई थी?

"उठते हो ना? दाँत माँजने तक चाय तैयार हो जायेगी।" कहते हुए शामी भीतर चली जाती है।

हं ! अब सभी मेरा ख़याल रखने लगे हैं। शामी फिर भी मेरी पत्नी है। उसे तो रखना ही है। नाम के दोस्त भी मेरी चिन्ता में व्याकुल होने लगे हैं।

चादर फेंककर उठने जाऊँ तो छोटी मुन्नी का मेरे गले में डाला हुआ हाथ बीच में आ जाता है। इसकी तो आदत ही है, डैडी को पकड़कर सोने की। आदत तोड़नी चाहिए उसकी! मैं धीरे-से मुन्नी का हाथ छुड़ाता हूँ। हाँ, अब ये बन्धन थोड़े-थोड़े छुड़ाने ही होंगे।

दाँत माँजकर चाय पीने बैठता हूँ। स्टीरिओ पर मेरा पसन्दीदा कैसेट बजाया जा रहा है। बिसमिल्लाह खान की शहनाई। आम तौर पर ये सुर कान में पड़ते ही मैं तरोताज़ा हो जाता हूँ। लेकिन आज लगता है जैसे ये सुर निराशा में डूबे हुए हैं। मैं जानता हूँ, ये निराशा मेरे दिल की है। दिल के सुर शहनाई के सुरों

में घुल-मिल गये हैं इसलिए ये अहसास हो रहा! दिल में भैरवी के सुर हैं और शहनाई पर ललित के– कैसे मिलेंगे? ...लेकिन शामी को इसका पता नहीं चलना चाहिए। वह जितना हो सके उतना मुझे ख़ुश रखने का प्रयत्न करती है। मैं हमेशा की तरह टेबल पर उँगलियाँ बजाते हुए ताल पकड़ता हूँ– शामी की ख़ातिर!

शामी चाय ख़त्म करती है। अपनी बची हुई चाय ख़त्म करने के लिए मैं कप को हाथ लगाता हूँ। फट् से हाथ गिरता है—कप उल्टा पड़ता है – चाय फैल जाती है। शामी फटाफट पोंछा निकालकर चाय पोंछ लेती है।

"और लाऊँ ?"

"नहीं।" मुझे ज़रूरत नहीं होती।

शामी की चाय पूरी ख़त्म हुई। मेरी बीच में ही क्यों गिरी ?

हाँ। जन्म लेने वाला हर कोई, एक दिन मरेगा। सब जानते हैं इसे। लेकिन इसलिए कोई दिन गिनते हुए नहीं बैठता है।

हो सकता है कि कल ही अपनी मौत हो और इसका ख़याल रखकर आज का काम कल पर न टाले—ये भी हमने सुना है। लेकिन इस वजह से किसी ने भी काम आने वाले कल पर टालना नहीं छोड़ा है। कल के लिए पैसे जमा करना नहीं छोड़ा है। कल का प्लैनिंग करना नहीं छोड़ा है।

कल एक और कल का उदय होने वाला है। और उसके बाद एक और... ऐसे ही कितने सारे कल!

लेकिन मेरी बात कुछ और है। पूरी दुनिया जिससे डरती है, वह नामचीन 'कैंसर' मुझ पर प्रसन्न हुआ है। अब मेरे आने वाले कल ज़्यादा नहीं बचे हैं। आज का काम कल पर टालना मुझे तो छोड़ना ही पड़ेगा।

लेकिन क्यों? कल अगर मैं रहूँगा ही नहीं तो आज का काम भी क्यों किया जाना चाहिए?

"अरु, क्या कल हम मंगेशी जा आयें?" शामी आकर पूछती है।

मुझे हँसी आती है। शामी और भगवान के पीछे कबसे पड़ने लगी? आम तौर पर भगवान—कर्मकांड वग़ैरह के ख़िलाफ़ गला फाड़कर बोलने वाली शामी...

"तुम मत हँसो आं ! पहले ही कहे देती हूँ। और क्यों जाना है ये मत पूछना।"

मेरे 'हाँ' कहने के बावजूद शामी अस्वस्थ मन से एकदम कह जाती है– "हारे हुए का मन दस जगह भटकता है।"

"शामी तुम हारी हुई नहीं हो। अजय है। मुन्नी है। तुम्हें बिल्कुल हारना नहीं है। अरे, दुनिया ऐसी ही है। घर वालों को बिना कुछ बताये, हर रोज़ एक एक्सिडेंट में ही कितने सारे मर जाते हैं ये तुम जानती हो ना ?"

"मुझे नहीं जानना है वो!"

"हालाँकि सही आँकड़ा मैं भी नहीं जानता हूँ। लेकिन उन लोगों के मुक़ाबले हम नसीब वाले हैं, इस बात को समझो...शामी ऽ, नो टिअर्स प्लीज़! अरे तुम कोई अनाड़ी नहीं हो। कितनी बार तुमसे कहा..."

"अरु, प्लीज़ ! तुम्हारे जितना मेरा मन सख़्त नहीं है रे! लेकिन... आय विल ट्राई एंड बीहैव !"

"दैट्स लाइक ए गुड गर्ल !" मैं शामी के बालों पर थाप लगाते हुए कहता हूँ।

वैसे शामी बड़ी स्वाभिमानी है। किसी के सामने झुकने वाली नहीं है। पर कभी-कभी पागलपन करती है। हायर सैकेंडरी की सोने जैसी नौकरी छोड़कर बैठी है। कुछ पूछना नहीं, बताना नहीं।

पन्द्रह दिन पहले के उन दिनों की याद आती है।

सुबह रोज़ की तरह कॉलेज जाने के लिए शामी तैयार नहीं हुई तो जब पूछा तब उसने बताया—

"नौकरी छोड़ दी मैंने!"

मैं एकदम चौंक गया।

"शामी, पागल हो गयी हो क्या तुम? पूछना तो चाहिए था न मुझे!"

"क्या तुम छोड़ने देते?"

"ऑफ़ कोर्स, नॉट ! और अब नौकरी छोड़कर क्या करोगी ?"

"घर पर रहूँगी।"

"इडियट! इतने साल नौकरी नहीं की होती तो किसी का कुछ भी नुक़सान नहीं होता। अब छोड़ रही हो? जब तुम्हें नौकरी की इतनी ज़रूरत है?"

"आज मुझे नौकरी की ज़रूरत नहीं है। घर रहने की है।" शामी ने ठंडे स्वर में कहा।

"आज नहीं होगी। कल होगी। तुम आज का देख रही हो। कल के बारे में सोचो। बच्चों का सोचो।"

"तुम ख़ामख़ाह सिर मत खपाओ, अरु! मैंने सब सोचा है। लेक्चरर की नौकरी है वो। जब चाहिए तब मिल जायेगी।"

वैसे शामी बड़ी समझदार और विवेकी है। पर है बहुत ज़िद्दी !

"डैडी, डैडी...आठ आउट!" अजय कमेंट्री सुनने में मगन है।

"अरे, उस कमेंट्री को बन्द करो। उठते ही मूड ऑफ़ किया। अब जो बचा है वह भी जायेगा।"

दरअसल, क्रिकेट के दिनों में मैं अस्पताल से ग़ायब हो जाता था। और इसीलिए शामी ने कल बैटरी डालकर ट्रांजिस्टर तैयार रखा था मेरे ख़ातिर। पर बढ़िया-सी पंच-पकवानों से भरी थाली सामने होने पर भी अगर मुँह में स्वाद ही न हो तो कोई क्या करे?

अख़बार लेकर बैठता हूँ। लेकिन पढ़ने में मन नहीं लगता है। हमेशा की आदत के अनुसार हैडलाइन्स, एडिटोरिअल, स्पोर्ट्स न्यूज़ पढ़ना ख़त्म करके नज़र फ़िल्मों के विज्ञापनों पर थम जाती है और नज़र में अचानक ताज़गी आ जाती है। 'आनन्द' फिल्म लगी है। मैंने वह पाँच-सात साल पहले देखी थी। बड़ी पसन्द आयी थी। मौत का इन्तज़ार करते हुए बचे हुए दिन दूसरों को सुख देकर आनन्द में गुज़ारने वाला 'आनन्द'।

आज मैं ही 'आनन्द' हुआ हूँ।

आज ये फ़िल्म ज़रूर देखेंगे। उस समय जब देखी तब मुझे अच्छी लगी थी। अब जब देखूँगा, तब कैसे लगेगी? ज़रूर देखते हैं!

मैं शामी को बुलाता हूँ। अनजाने में मेरे दिल की बेचैनी आवाज़ से प्रकट हो रही है। फिर से बुलाता हूँ।

शामी दौड़कर आती है।

"क्या हुआ?" उसकी डरी हुई आवाज़ सुनकर मुझे हँसी आती है।

"देखो कितना डर गयी!" मैं हँसता हूँ।

शामी रुआँसी हो जाती है –"बस करो मज़ाक़ आं! क्यों बुला रहे थे?"

"हम आज फ़िल्म देखने जाते हैं।"

'फ़िल्म' कहते ही खिल उठने वाली शामी सतर्क हो उठती है। मेरी नज़रों से नज़र मिलाते हुए क्षण भर चुप हो जाती है। मुझे तोलने लगती है।

भर्रायी हुई आवाज़ में पूछती है—"कौन सी फ़िल्म?" शामी को पक्का पता है कि 'आनन्द' लगी है।

"आनन्द।"

शामी नीचे का होंठ दाँतों तले दबाये जाती है। मुझे पता चलेगा इसलिए बीच में ही छोड़ती है। काफ़ी देर तक सिर हिलाते हुए नकारती रहती है। और फिर फ़ैसला सुनाती हुई-सी बता देती है।

"नहीं। दूसरी कोई भी देख लेंगे। प्लीज़, हठ मत करो। मुझसे नहीं होगा। और तुम...तुम भी मत जाओ।"

"ओऽ के शामी, ड्रॉप इट! अरे, मैंने ऐसे ही कहा था। फॉरगैट इट! और देखो, इस तरह सेंटिमेंटल मत होना, तुम्हें शोभा नहीं देता..."

शामी पीछे मुड़कर न देखते हुए भीतर चली जाती है।

शामी की तकलीफ़ देखकर मेरा जी योंही भारी हो जाता है। उस पर क्या बीत रही है इसका मुझे अहसास है।

सच, मैं भाग्यशाली हूँ ! जो हुआ है वह मुझे हुआ है। अगर ये शामी को हुआ होता तो मेरा कितना बुरा हाल हुआ होता इसके बारे में सोचने की ज़रूरत नहीं। बस शामी को देखना ही काफ़ी है।

बैल बज उठती है।

डॉक्टर सावइकार आता है। हम साथ ही पढ़ते थे। वो अब मुम्बई रहता है।

"कब आये?" मैं पूछता हूँ।

"कल ही।" सावइकार जवाब देता है। पर आगे कुछ नहीं बोलता।

ये सब हाल-चाल पूछने आते हैं। क्या कहें कुछ समझ में न आने के कारण चुप रहते हैं। ये चुप्पी के पल पूरी तरह काटने दौड़ते हैं। बाद में मैं ही कोई भी सवाल पूछकर चुप्पी को तोड़ने का प्रयास करता हूँ।

पर अभी मैं एकदम चुप बैठा हूँ। देखे तो सही, कितनी देर तक ये चुप बैठा रहता है! आख़िर ज़रा-सा ठीक-ठाक बैठकर सावइकार पूछता है–

"कैसे हो?"

"फाइन!" रोज़ की आदत के अनुसार जवाब मुँह में आ जाता है।

"हाल-चाल पूछने आये हो न? तो पूछ लो न अच्छे से, हाल-चाल !"

सावइकार को लगता है, मैं उपहास करते हुए पूछ रहा हूँ। वह मुझे बारीकी से निरखने लगता है और जैसे अकस्मात् गाँठ खुल गयी हो वैसे खुलकर हँसने लगता है।

"तुम बिल्कुल वैसे ही हो..." फिर से गम्भीर होकर बताता है। "मैंने मुम्बई में सुना था। सच ही नहीं लगा...अरुण, लेकिन तुमने ये पागलपन किया। तुम्हें मुम्बई आना चाहिए था। मैंने टाटा मैमोरियल में कहकर भी रखा था अगर तुम आये तो मुझे तुरन्त बताया जाये।"

"थैंक्स! एंड फॉरगैट इट!" मैं भी भूलना चाहता हूँ।... पेशेंट बनकर जीने की मेरी इच्छा नहीं है।"

"कोई भी अपनी इच्छा से पेशेंट नहीं बनता है।"

"आई नो, आई नो! वैसे थोड़ी-सी भी आशा होती तो मैं मुम्बई ही क्यों अमेरिका तक जा आता। लेकिन तुम जानते हो ? इट्स ऑस्टियोजैनिक सरकोमा... ए लेट स्टेज!"

"सुना था। बुरा लगा। लेकिन अरुण, आश्चर्य एक ही बात का लगता है...तुम इतने लापरवाह कैसे हुए ?"

"डेस्टिनी! ये तो होना ही था। अरे, कमर में सूजन सी आने का बहाना हुआ। सादा-सा lump होगा सोचकर शामी से मालिश भी करवा ली। ज़रा ठीक हुआ-सा लगा तो चुप रहा।"

"फिर?"

"पिछले महीने एक पेशेंट के केस की वजह से रायकार के एक्स-रे क्लिनिक में गया था। मज़ाक-मज़ाक में कहा कि चलो स्क्रिनिंग करके देखते हैं। उसने तभी नयी मशिनरी लगायी थी। चैस्ट देखते ही रैडियोलोजिस्ट घबरा गया। पूरा ठंडा पड़ गया। लिटरली स्टंड। बिना रुके उसने एक्स-रे निकाला। मेरे सामने ही प्रोसेस करके वहीं उसने कन्फर्म किया। बोथ लंग्स शोव्ड मैटास्टैसिस! कभी सोचा तक नहीं था...बट इट वाज टू लेट!" बोलते-बोलते कहीं मैं रौ में बह तो नहीं गया न, ऐसी मुझे आशंका होती है।

"अरे, लेकिन इतने में ही आशा छोड़कर तुम इस तरह रिजाइंड से होकर क्यों जी रहे हो? नयी-नयी दवायें आती रहती हैं। मेडिकल साइन्स

कितना आगे बढ़ा है ! पच्चीस साल पहले कहाँ थी ये कैमोथेरेपी वग़ैरह? नये-नये इलाज आते जा रहे हैं। यू ऑट टु हैव टेकन ए चांस!"

"ये पेशेंट को बताना आसान होता है। डॉक्टर को समझा पाना उतना आसान नहीं होता।" मैं हँसते हुए कहता हूँ।

"सच बताओ। मान लो मैं मुम्बई आया होता, तो क्या कैंसर ठीक हो जाता? दोनों लंग्स में मैट्स हैं...क्या उपाय है? ऑपरेशन्स ही न? वे भी मेजर! और टेम्पोरेरी! उससे अच्छा था कि बाक़ी बचे दिन हँसते-खेलते बिताये! माय डेज आर नम्बर्ड! उन्हें भी अपाहिज बनकर क्यों बिताऊँ?"

सावइकार के पास जवाब नहीं होता है।

शामी चाय लेकर आती है।

"कब आये?"

"कल ही।"

वो शायद कुछ बात करेगा इसलिए शामी ज़रा रुकती है। कुछ न सूझने के कारण वह चाय की चुस्कियाँ लेने लगता है। शामी भीतर चली जाती है।

शामी बग़ल में नहीं है यह देखकर सावइकार पूछता है—"उन्होंने मन को बहुत दुखी तो नहीं किया है ना?"

मैं झूठ बोलता हूँ–"नहीं तो ! उसे मैंने सब बता दिया है। जो होना है उसका हँसते हुए सामना करने के लिए हम प्रिपेयर्ड हैं।"

सावइकार चला जाता है। मन से मेरी सराहना किये बिना नहीं रहेगा इसका मुझे विश्वास है।

मौत का हँसते हुए सामना करने की कल्पना से मुझे भी बड़ा अच्छा महसूस होता है। मन को दार्शनिक ऊँचाई प्राप्त होती है।

पकोड़े तलना ख़त्म होते ही शामी मुझे खाना खाने बुलाती है। झींगे के पकोड़े! मेरे बड़े पसन्दीदा। आजकल शामी रोज़ एक न एक नया व्यंजन मेरी थाली में परोसती है। मुझे जो-जो अच्छा लगता है, पसन्द है वो सब बनाकर परोसती है। मैं खाता हूँ। सच कहूँ तो पहले की तरह स्वाद नहीं है। भूख होती है। लेकिन पेट और जीभ का मेल नहीं हो पाता। जीभ का चैतन्य ही जैसे कहीं ग़ायब हो गया है...फिर भी मैं खाता हूँ। शामी को अच्छा लगे इसलिए।

"कैसे बने हैं पकोड़े?" शामी पूछती है।

"एक्सीलेंट! पर सच बताऊँ, शामी– अरे, रोज़ उठकर तुम बढ़िया-बढ़िया, स्वादिष्ट, रुचिकर चीज़ें बनाकर परोसती हो...अब एक दिन बिना नमक का, एक दिन नमक वाला, एक दिन फीका भी बनाओ। कभी दाल पकाओ, कभी सादी-सी करी बनाओ। रोज़ उठकर पसन्द का खाना खाकर उक्ता गया हूँ।"

शामी हँसती है।

"और एक बात कहूँ क्या?" मैं पूछता हूँ।

"कौन-सी बात?" शामी भौंहें ऊँची करते हुए पूछती है।

"पहले की तरह कभी-कभी मुझसे लड़ा करो।"

शामी ख़ामोश रहती है।

सच, जब से इस बला ने अपनी उपस्थिति दर्ज की थी तब से घर का माहौल एकदम फीका हो गया था। लड़ाई-झगड़ा नहीं, बहस नहीं, चर्चा नहीं। मुझे ख़ुश रखने का हर एक का प्रयत्न जारी!

इतने में अजय और मुन्नी दौड़कर आते हुए मुझसे सट जाते हैं। "डैडी, आज हम समन्दर किनारे चलें?"

मैं शामी की तरफ़ देखता हूँ। शामी मेरी तरफ़ देखती है। शामी जाना चाहती है तो मैं जाने के लिए तैयार हूँ। मैं जाना चाहता हूँ तो शामी जाने के लिए तैयार...

"येस, चलते हैं।"

मेरे शब्द कान में पड़ते ही दोनों खिल उठते हैं। और जैसे आये थे वैसे ही दौड़ते हुए बाहर जाते हैं।

समन्दर किनारे जाने की कल्पना से ही मैं तरो-ताज़ा हो जाता हूँ। देखते हैं, घर की बन्द हवा की जगह समन्दर किनारे की खुली हवा मन में प्रसन्नता ला पाती है या नहीं।

खाने के बाद मैं ज़रा लेट जाता हूँ। लेकिन आँख नहीं लगती है। अपने आप हाथ कमर पर घूमने लगता है। सूजन जैसी थी वैसी ही है। न ज़्यादा, न कम। कल-परसों तक अहसास नहीं था। अब देखता हूँ तो मौत की आहट लगती है...

डॉक्टर होने के बावजूद मैं ठगा गया था! एम.डी. होने पर भी...

कितने बड़े प्लैन किये थे मैंने! साल-दो साल के भीतर अमेरिका जाना... वापस लौटकर विशेष क्लिनिक खड़ा करना...अजय-मुन्नी को बहुत पढ़ाना... और अब? कहीं कुछ भी नहीं है।

यह करियर बनाने के लिए कितनी कठिनाइयाँ झेली थीं! सब बेकार। मैं हमेशा कहता था कि करियर और बीवी, ये दो बातें मन-मुताबिक मिलें तो आदमी को और किसी बात की कमी नहीं होती। तब एक बात भूल गया था। सेहत! डॉक्टर होने पर भी भूल गया था।

और शामी! प्यार में पड़कर हमने शादी की थी। हमारा प्रेम-विवाह था। किसी ने भी हमारा विरोध नहीं किया। अगर किया होता तो शायद शामी इस तरह मुसीबत में नहीं पड़ी होती!

अजय लड़का था। ऊपर से बड़ा। किसी तरह बड़ा हो जायेगा। लेकिन मुन्नी की चिन्ता थी। मुन्नी को सहारे की ज़रूरत है। मेरी मुन्नी की ख़ातिर कुछ सालों की ज़रूरत थी।

इस फ्लैट की किश्तें ख़त्म होने आ रही हैं। साल के भीतर फ्लैट अपना होगा। अब मेरे उपरान्त इन्शुरेंस के पैसों से किश्तें देकर छुड़ाया जा सकता है।

कब से मैं सोचे जा रहा हूँ, मुझे ही पता नहीं...जो इतना किया था वो सब बेकार चला गया। और जो भविष्य में करने के बारे में सोचा था वह भी व्यर्थ चला गया। इस तरह के विचारों से सिर घूमने लग जाता है।

शामी सिर पर हाथ रखती है। मैं एकदम चौंक जाता हूँ।

"अरे तुम हो!"

"कौन लगी?" शामी हँस पड़ती है। हँसना भी कितना ऊपरी है देखो।

"वक़्त कितना हुआ— पाँच बज गये?" झट् से उठकर मैं पूछता हूँ।

"कब के बज गये। बच्चे अब 'चलते हैं' कहकर चिल्लाने लगे हैं।"

"चलते हैं न! बाहर निकलो।"

शामी बच्चों को बुलाकर उन्हें तैयार होने के लिए कहती है। मेरे चाय पीने, कपड़े पहनने और गाड़ी बाहर निकालने तक सब तैयार हो जाते हैं। समन्दर किनारे पहुँचने तक छह बजने आते हैं।

अजय छोटी बाल्टी, छोटी-सी फावड़ी और एक प्लास्टिक का कटोरा लिए आया है–रेत में खेलने। मुन्नी उत्साह से खिल गयी है। समुद्र की हवा का आनन्द उठाने आये लोग भी प्रसन्न मुद्रा लिए टहल रहे हैं। नज़र को आस-पास चैतन्य दिखाई दे रहा है। लेकिन मेरी चित्त-वृत्ति एकदम ठंडी पड़ चुकी है। समन्दर किनारे बहने वाली हवा की तरो-ताज़गी भी मुझमें जान नहीं

डाल पा रही है। किसी चीज़ में मन नहीं लग रहा। अब थोड़े ही दिन। फिर मैं यहाँ नहीं पहुँच पाऊँगा। मैं रहूँगा ही नहीं। ये किनारा, ये सूरज इन सबसे एकदम दूर...

ये मोटर-कार, फ्लैट, फ्लैट का फ्रीज, स्टीरिओ...सब छोड़कर।

मेरी शामी, मेरा अजय, मेरी मुन्नी! ये सब यहाँ होंगे। और मैं–लेकिन मैं ...

सिर झटकते हुए मैं आगे बढ़ता हूँ। शामी को जहाँ लोगों की भीड़ नहीं होती, शोर नहीं होता ऐसी जगह बैठना पसन्द है। हम दूर जाकर बैठ जाते हैं।

बेसब्र हुए से अजय और मुन्नी खेलना शुरू कर देते हैं।

शामी की गोद में सिर रखकर मैं लेट जाता हूँ। नज़र शामी के चेहरे पर ठहर जाती है। शामी की नज़रें दरिया पर टिकी हुई हैं। कितनी सुन्दर दिख रही है! डूबते सूरज की लाल किरणों से शामी का चेहरा स्पर्द्धा कर रहा है। अकस्मात् मेरी दृष्टि शामी के माथे पर लगे कुमकुम पर स्थिर हो जाती है। ये कुमकुम अब कुछ ही दिनों का साथी है। फिर ये माथा नहीं देखा जायेगा।... नहीं, नहीं। जाने से पहले शामी को बताना होगा। वे सड़े-गले रिवाज़ छोड़ देना। तुम कुमकुम लगाना मत छोड़ना। मेरी याद में लगाना।

"डैडी, अजय मुझे खेलने नहीं दे रहा..." मुन्नी रोते हुए मेरे पास आती है।

"नहीं, डैडी। वह मेरा घर तोड़ रही थी..." अजय।

मैं झट् से उठ जाता हूँ। मुन्नी को पास लेता हूँ। "ये तो मेरी सयानी बेटी है। चलो, मैं तुम्हें घर बनाकर देता हूँ।"

अब मैं मुन्नी के लिए रेत से घर बनाने लगता हूँ। शामी बग़ल में आकर हमें मदद करने लग जाती है। अजय अपना खेल छोड़कर यहाँ-वहाँ की गीली रेत लाकर मेरे पास डालता है। गीली रेत को आकार देते हुए मैं क़िला बाँधने लग जाता हूँ। बाल्टी में रेत दबाकर भरकर उसे उल्टा करके ऊपर उठाता हूँ। बढ़िया साँचे में ढले बुर्ज चारों कोनों में खड़े हो जाते हैं। छोटी-सी फावड़ी से महाद्वार तराशने लगता हूँ। कटोरे से दबाकर बनी दीवारों पर नक्काशी करते हुए चित्र बनाता हूँ। और सचमुच एक सुन्दर क़िला तैयार हो जाता है।

शामी उठती है।

"चलो, चलते हैं अब। वक़्त कितना हुआ देखा है? सात बज गये।"

सचमुच वक़्त हो चला है। लेकिन अजय-मुन्नी वापस लौटना नहीं चाहते।

मैं भी अनमनाता हूँ। इतना समय लगाकर बड़ी मेहनत से और प्यार से बाँधा हुआ यह रेत घर ऐसे ही छोड़कर चले जाने के लिए मन तैयार नहीं होता।

आख़िर शामी ग़ुस्सा हो जाती है—"अजय-मुन्नी, अच्छी तरह उठ जाओ अब। नहीं तो मैं अकेले ही चली जाऊँगी।"

पहले मैं उठता हूँ।

अजय बाल्टी, फावड़ी, कटोरा उठाता है।

"ये घर यहाँ ही रखना होगा?" अजय रुआँसा हो जाता है।

मुन्नी फटाक् से जवाब देती है। "उसमें क्या है? तुम जो बाल्टी वग़ैरह लेकर आये थे उसे लेकर जाना है। ये रेत यहीं की है। भला उसे कैसे ले जा सकते हैं? घर हमने बनाया तो क्या हुआ? इसे यहीं रखकर जाना होगा। लोग कहेंगे ज़रूर, ये घर बड़ा अच्छा लगता है! है ना डैडी?"

मुन्नी को कसकर पकड़ लेता हूँ। सात साल की मुन्नी के मुँह से ये समझदारी भरे बोल सुनकर मेरे दिल को घेरने वाला निराशा का आवरण हट जाता है।

एक नयी नज़र लेकर मैं लौटता हूँ।

मिंगेल के अपने

मास ख़त्म हुआ तो मिंगेल चर्च से घर की तरफ़ चल पड़ा।

'कुहू ऽ ऽ' कोयल की कूक सुनाई दी।

"लगता है मुझे ढूँढ़ते हुए ये यहाँ भी पहुँच गयी।" मिंगेल ने मन-ही-मन कहा और फिर "दुनिया में क्या सिर्फ़ यही एक कोयल है?" यह सवाल अपने-आपसे पूछते हुए वह हँस पड़ा।

"ओ ऽ मिंगलू, यों हँसते-हँसते जा रहे हो ! बेटे ने सौगात भेजी है क्या? या बेटी को याद कर रहे थे?" राह से गुज़र रहे रॉकसांतान ने मिंगेल से पूछा और जवाब के लिए रुके बिना ही आगे बढ़ गया।

मिंगेल की हँसी अब फीकी मुस्कान में बदल गयी। रॉकसांतान मिंगेल का बचपन का दोस्त था। दो घड़ी पास रुककर अच्छे से हाल-चाल तो पूछ लेता! बेटे और बेटी का नाम लेकर ताना दिया और चला गया। लेकिन चला गया इसलिए बच गया। वरना मिंगेल अपनी तरफ़ से उसे चार बातें सुनाये बिना नहीं छोड़ता। ऊपर से रॉकसांतान की कुछ दुखती रगों पर भी हाथ रख देता। शायद इसी वजह से, रॉकसांतान बिना रुके भाग गया था।

मिंगेल घर के दरवाज़े पर पहुँचते ही कौओं की काँव-काँव से पूरा वातावरण गूँज उठा।

"रुको, रुक जाओ...बहुत देर हुई क्या? हमेशा की तरह तो आया हूँ। तुम लोगों में न ज़रा भी सब्र नहीं है।" यह कहते-कहते भीतर चला गया। रात के खाने में से जो चावल अलग निकालकर रखा था उसे बाहर ले आया और मुट्ठी-मुट्ठी भर चावल के दाने लेकर, मुँह से काँव-काँव कहते हुए उन्हें बिखराने लगा। लो ऽ कौओं का ऐसा कोलाहल मचा! बीस-पच्चीस कौए झपट्टा मारकर

दाने चुगने लगे। बीच में दूसरों को चोंच मारकर भगा रहे कौओं को देखकर मिंगेल बरस पड़ा, "कितनी ऽ बार कहा तुमसे झगड़ा मत करो। और चाहिए तो और देता हूँ। आराम से खाओ। पेटू कहीं के, लालची!"

थाली साफ़ करके जब मिंगेल आख़िरी चावल के दाने बिखेर रहा था तब हाथ के दानों पर झपट्टा मार सके इतने क़रीब कौए आ पहुँचे थे। मिंगेल सीढ़ी पर बैठ गया। कौओं के लड़ाई-झगड़े ख़त्म हुए। आख़िरी दाना चुनकर आख़िरी कौआ उड़ गया और मिंगेल उठकर अन्दर चला आया।

"चले गये तुम्हारे मेहमान?" फेलीझा ने चाय कप में उड़ेलते हुए पूछा।

"ये मेहमान हैं? जो रोज़ आते हैं उन्हें भला मेहमान कैसे कह सकते हैं? वे हमारे अपने हैं। हमारा परिवार!" हाथ धोकर चाय का कप हाथ में लेते हुए मिंगेल आगे बोला, "लेकिन जो अपने हैं वे अब मेहमान बने हैं!"

"उन्हें मेहमान भी कैसे कहें? पिछले चार सालों में न कभी विक्टर आया, ना कभी लुसी। मांय-पांय ज़िन्दा हैं भी या नहीं इसकी ख़बर तक उन्हें नहीं होगी। भगवान ने बच्चे तो दे दिये लेकिन एहसान-फ़रामोश!" फेलीझा ने अपनी चाय की चुस्की लेते हुए कहा।

"इसके बावजूद तुम विक्टर को आम पहुँचा आने के लिए कह रही थीं न? पहली बार पेड़ फला है... सौ भी आम नहीं मिले हैं। हमारे ही सिक्के खोटे निकले और तुम हो कि उनकी याद में आधी होती जा रही हो! आज फिर बताये देता हूँ, मैं हरगिज़ नहीं जाऊँगा। सुना है कि विक्टर ने अब गाड़ी ख़रीदी है—टूरिस्ट टैक्सी! एक दिन के लिए ही सही, कभी लगा उसे कि माँ-बाप को कोलवा के समन्दर किनारे घुमा लाये?"

चाय ख़त्म करके फेलीझा उठ गयी। "बस करो अब। पिछले साल मांगाद बनाकर लुसी को तुमने ही भेजा था न? क्या उसे तुम भूल गये?"

मिंगेल भूला नहीं है। किस्तोद जहाज़ी जब मुम्बई जा रहा था तब उसके हाथ लुसी के लिए मांगाद भेजा था। उस तक वह पहुँचा है या नहीं इसके बारे में लुसी ने कुछ नहीं बताया था। दो महीने बाद जहाज़ से किस्तोद की ही चिट्ठी आयी थी। लुसी ने वह मांगाद किस्तोद को ही दे दिया था। किस्तोद और जहाज़ के उसके सभी साथियों ने बड़े चाव से उसे खाया था... उसने लिखा था।

लुसियाना मिंगेल-फेलीझा के दिल का टुकड़ा थी। मिंगेल ने सिर्फ़ पुर्तगाली प्राथमिक शिक्षा ली थी। जब लुसी एस.एस.सी पास हो गयी तब मिंगेल की ख़ुशी का कोई ठिकाना नहीं रहा। उसने लुसी को कॉलेज भेजा। जब बी.ए. पास हुई तब मिंगेल को जैसे जन्नत नसीब हुई थी। लुसी ने कहा, "पांय, अब गोवा यूनिवर्सिटी बन गयी है। मैं एम.ए. करना चाहती हूँ।" मिंगेल ने ख़ुश होकर हामी भरी थी। तब तक विक्टर हायर सेकेंडरी में पहुँच गया था। इतनी-सी पगार में सब हो पायेगा या नहीं इसकी परवाह मिंगेल ने नहीं की थी। फिर एम.ए. का पहला साल ख़त्म होने से पहले ही लुसी ने मांय-पाय के सामने अपने दिल का राज़ खोल दिया।

"पाय, मैं...मेरा एक फ्रैंड है। हम शादी करना चाहते हैं।"

मिंगेल-फेलीझा की समझ में कुछ नहीं आ रहा था। उनकी दिग्भ्रमित अवस्था हो गयी। आगे की पढ़ाई का क्या? लड़का कौन है? और शादी का मतलब कितना बड़ा ख़र्चा!

चार्ली अब्राहम मुम्बई के एक अमीर घराने का लड़का था। गोवा यूनिवर्सिटी से उसकी पढ़ाई अभी ख़त्म हो चुकी थी। गोवा का नहीं है इसलिए मिंगेल को थोड़ा बुरा लगा था। ईस्ट इंडियन था वह! लेकिन मुम्बई जैसे शहर में इम्पोर्ट-एक्सपोर्ट का बड़ा बिज़नेस और पैडर रोड पर ख़ुद का बंगला था। लुसी बिटिया सुखी रहेगी इसलिए मिंगेल ने मना नहीं किया। एक दिन चार्ली के मम्मी-पप्पा मर्सिडीज़ बेंझ में सवार हो मिंगेल के घर पहुँच गये। हालाँकि नाक पर रुमाल तो नहीं रखा फिर भी स्पष्ट था कि उन्हें घर पसन्द नहीं आया था। यह उनसे हुई अन्तिम भेंट थी।

मिंगेल और फेलीझा का बर्ताव उनकी अमीरी के बोझ तले दबा हुआ-सा रहा। हमें लुसी पसन्द है और शादी या गहनों की कोई चिन्ता आप न करें, उनकी शादी सिविल तरीक़े से होगी ऐसा जब उन्होंने कहा तब मिंगेल का जी एकदम हलका हो गया। वे लुसी को लेकर चले गये। मुम्बई में बड़े ताम-झाम के साथ शादी की पार्टी दी गयी थी। लेकिन मिंगेल को बताया तक नहीं। गोम्स भाटकार का बेटा टाइम्स में बड़े ओहदे पर काम करता था। उसे न्योता मिला था इसलिए उससे पता चला। शादी के बाद लुसी ने सिर्फ़ एक चिट्ठी लिखी थी। बेटी को देखने का बहुत मन कर रहा था इसलिए जब

मिंगेल जाने की तैयारी कर रहा था उसी समय लुसी की चिट्ठी आयी थी। 'आप लोग मत आना। दिसम्बर में एक्सपोज़िशन है। हम सब आने वाले हैं। तब मिलते हैं।'

मिंगेल-फेलीझा कितने ख़ुश हुए थे! जैसे तय हुआ था वैसे सब आ गये। फाइव स्टार होटल में रहे। बीच में एक दिन लुसी अकेले ही मांय-पाय से मिलने आ गयी। मेहमान जैसा बर्ताव करते हुए अलग-थलग-सी रही। 'अच्छी ख़बर' के बारे में भी पूछने के बाद ही बताया। "इन दिनों कुछ ख़ास खाने का मन कर रहा है क्या?" यह पूछने पर हँसने लगी। "तुम क्या दे पाओगी मांय? मुझे कोई कमी नहीं है। हाँ, तुम्हें कुछ चाहिए तो ज़रूर बताना।"

उसके बाद बेटा हुआ है, यह ख़बर देने वाली चिट्ठी आ गयी। वह भी तीन महीने बाद। अब बाबा सात साल का हो गया होगा। सुना है उसके पीछे बेटी भी हो गयी है। लेकिन...

च्यक्...च्यक् ...गिलहरी की आवाज़ ने मिंगेल की तन्द्रा भंग की।

"सत्यानाश हो मेरा। तश्तरी में दूध डाला ज़रूर पर वह नीचे ही रह गया।" कहते हुए फेलीझा ने एल्युमिनियम की फैली हुई तश्तरी उठाई और स्टूल पर चढ़कर ऊपर दीवार पर रख दी। इन दिनों इस गिलहरी को दूध की लत लग गयी है। रोज़ आती है।

फेलीझा की इस दीवार के पास बाहर की ओर एक नारियल का पौधा बड़ा हो रहा है। उसके पत्तों पर से गिलहरियाँ खपरैल की छत पर आया-जाया करती थीं। कभी छाँव ढूँढ़ते हुए भीतर की बल्लियों पर नाचती रहतीं। कुछ दिन पहले की बात थी। एक गिलहरी बल्ली पर से दौड़ते समय अचानक फिसलकर नीचे गिरी और बेजान-सी हो गयी। फेलीझा ने जल्दी-जल्दी अपना हाथ पानी में डालकर गीला किया और उस पर फेरा, पानी के छींटे मारे। इसी एल्युमिनियम की तश्तरी में थोड़ा-सा दूध डाला और गिलहरी के सामने रख दिया। होश में आते ही गिलहरी को वहीं छोड़ वह दूर चली गयी। गिलहरी पहले डरी हुई-सी थी। फिर धीरे-से दूध चूसने लगी। उसके बाद बड़ी मज़ेदार बात हुई। गिलहरी दीवार पर नहीं चढ़ पा रही थी। वह पूरे घर भर नाचने लगी। फेलीझा ने फिर नारियल के पेड़ के तने की एक बल्ली लाकर उसे दीवार से सटाकर तिरछा खड़ा किया। गिलहरी फटाफट उस पर चढ़कर चली गयी। तब से फेलीझा

रोज़ सुबह चाय में दूध मिलाते समय थोड़ा तश्तरी में भी उड़ेल देती है और स्टूल पर चढ़कर दीवार पर रख देती है। इन दिनों उस गिलहरी के साथ और दो छोटी गिलहरियाँ भी आने लगी हैं।

"इस माँ ने अपने बच्चों को भी दूध की लत लगा दी है।" फेलीझा की बात सुनकर मिंगेल ने पूछा,"दूध की या तुम्हारी?" और यह सुनते ही फेलीझा को लगा जैसे किसी ने उसके दिल पर मोरपंख फेर दिया हो!

मिंगेल ने चाय का कप धोकर रख दिया। फिर पकने रखे हुए आमों पर से धान के सूखे पुआल को हटाकर उन्हें देखने लगा।

"सुनती हो फेलीझा, कल तक ये आम पक जायेंगे। मुझे लगता है कि इनमें से पचास आम हमें बेच देने चाहिए। तुम्हारा क्या ख़याल है?"

"पचास ही क्यों? सब बेच देते हैं। कौन खायेगा इतने आम?" फेलीझा ने कहा।

"तुम्हें बहुत पसन्द हैं न? पच्चीस रख देते हैं।"

"नहीं। रखने ही हैं तो पाँच बस हैं। चार हम दोनों के लिए और एक गिलहरी को।" फेलीझा ने कहा।

"ऐसा है तो कल सुबह ही लेकर जाता हूँ। सुना है वास्को में आम के अच्छे दाम मिलते हैं। पहली गाड़ी से ही निकलता हूँ। बस, अच्छे दाम मिल जायें! साथ ही राशन भी ले आऊँगा।" कहते हुए मिंगेल उठ गया।

"मछली लाने जा रहे हो न? दोपहर के खाने की तैयारी करनी है।" फेलीझा ने याद दिलाई।

"रहने दो। सूखी मछली है न? उसकी करी बनाओ।"

आमतौर पर बाज़ार जाकर यहाँ-वहाँ की बातें करने में मिंगेल को बड़ा मज़ा आता था। पर आजकल उसे कोई अपने पास फटकने नहीं देता था। पहले किसी को भी थोड़ी शराब पिलाने पर घंटे भर के लिए वह उसकी बातें सुन लेता था। लेकिन इन दिनों सब उससे मिलने से कतराते थे। शुरू में मिंगेल का हाथ खुला रहता था पर अब वह थोड़ा सँभलकर ख़र्च करने लगा था। किसी को शराब पिलाने की नौबत न आये इसलिए मिंगेल ने शराबखानों में जाना भी बन्द कर दिया। तबसे उसकी बातें सुनने वालों को भी अब फुरसत नहीं मिल पा रही थी।

लेकिन मिंगेल वैसे निराश नहीं हुआ था। नारियल वग़ैरह बेचने के बाद चार पैसे हाथ आते ही वह पव्वा भर फेनी लाकर घर में रख देता। और कुछ ज़्यादा ही अकेलापन महसूस हुआ तो थोड़ी-सी शराब गटक लेता और पीछे की ओर जाते हुए शरीफे के पेड़ पर बैठी मैना से या आम के घने पत्तों के बीच छिपकर बैठ कूक लगाती कोयल से ढेर सारी बातें करने लग जाता। कोई भी न मिला तो फिर बातें करने के लिए कौए भी काफ़ी हो जाते।

घर के पिछवाड़े मुर्गियों का दड़बा था और उससे सटकर ही मवेशी-घर था। जब फेलीझा की तबीयत ने साथ देना छोड़ दिया तब गाय-गोरू बेच डाले थे। इसे वैसे तो अब सात-आठ साल हो चुके थे। फिर भी मिंगेल ने मवेशी-घर सँभाल कर रखा था। फेलीझा कहती थी कि उसे गिरा देते हैं लेकिन मिंगेल ने ही मना किया था। आजकल गाँव में बहुत सारे घाटी मज़दूर आने लगे थे। रहने के लिए झोंपड़ी भी मिल जाये तो पचास-सौ रुपये किराया दे देते। कल अगर मैं न रहूँ तो फेलीझा को एकदम बेसहारा न होना पड़े, झोंपड़ी में कोई रहने आयेगा तो किराया भी मिलेगा और पड़ोस भी... एक दिन जब मिंगेल ने ऐसा कहा तब फेलीझा को बड़ा ग़ुस्सा आया। "क्या तुम्हारे मरने की उम्र पास आ गयी?" कहते हए बिफर पड़ी लेकिन शाम ढलते-ढलते शान्त हो गयी। कहने लगी, "तुम जो कह रहे थे वह सच है मिंगलू। कल अगर मैं मर जाऊँ तो तुम्हारे लिए भी कोई आस-पड़ोस होना चाहिए न? चलो, उस झोंपड़ी की मरम्मत करते हैं।"

हाल ही में नारियल के पत्तों से उसका छत छा लिया है। वहाँ बैठने पर ठंडी हवा का लुत्फ उठाया जा सकता है इसलिए मिंगेल ने वहाँ पर एक आरामकुर्सी भी लाकर रखी है। अब भी मिंगेल मछली बाज़ार जाना टाल कर मवेशी-घर की तरफ़ आ गया।

'कू ऽहू ऽ'

कोयल की कूक कानों में पड़ी। पिछले चार सालों से वह इस कूक को सुन रहा है। शुरू में उसे लगता था कि यह लुसी की पुकार है। वह याद कर रही होगी। लुसी जब छोटी थी तब मिंगेल रोज़ बाबू के ठेले से पकौड़े ले आता था। लुसी को पसन्द थे इसलिए। विक्टर को फिर ग़ुस्सा आ जाता। उसे पसन्द है इसलिए मिंगेल कभी-कभी पैटिस भी ले आता। शायद पैटिस महँगा पड़ता था

इसलिए होगा लेकिन मिंगेल को पकौड़े लाना अच्छा लगता था। अनजाने में मिंगेल ने लम्बी साँस अन्दर खींची। लगा जैसे ताज़े पकौड़ों की सुगन्ध नाक में भर गयी हो।

'कू ऽहू ऽ' लुसी याद कर रही होगी! कोयल की तरह लुसी का गला भी बहुत मीठा था। गिरजाघर के कॉयर में गाते समय भी लुसी की आवाज़ अलग से पहचानी जा सकती थी।

पहले-पहले मिंगेल कोयल के लिए बड़ा अपनापन महसूस करता था। लेकिन एक दिन कॉलेज में पढ़ रही जोस्लीन ने उसे बताया कि कूक लगाने वाला मादा नहीं, नर होता है। ... अगर ऐसा है तो...तो फिर यह विक्टर है क्या? उसे वे पैटिस याद हैं क्या? ...विक्टर ही होगा वह। इसीलिए सामने नहीं आता। दूर छुपा रहकर ही आवाज़ देता है। सोचते हुए मिंगेल अमरूद के पेड़ के पास पहुँचा। झोंपड़ी के उस ओर जो अमरूद का पेड़ था उसके अमरूद पत्थर से गिराने जब बच्चे आते थे तब मिंगेल उन्हें भगाता था। लेकिन पिछले साल अमरूद की चोटी पर मिंगेल ने दो तोते देखे थे। पेड़ पर पके हुए अमरूद कुतर रहे थे। यह दृश्य देखकर कितना ख़ुश हुआ था मिंगेल ! फिर अचानक उसे सूझा था; उसने नारियल के दो खोल लेकर, उन्हें अच्छी तरह घिसकर, खुरचकर साफ़ किया था। और पिछले साल बारिश ख़त्म होते ही अमरूद के पेड़ पर जहाँ डालियाँ मिलती थीं वहाँ जगह बनाते हुए ये खोल रख दिये थे। और अब रोज़ मास सुनने गिरजाघर जाने से पहले वह एक में चावल के दाने और दूसरे में रागी रख देता था। शाम तक दोनों खोल ख़ाली हो जाते।

अब मिंगेल के पास आते ही एक बुलबुल फुर्रऽऽ करके उड़ गयी। लेकिन ऊपर की टहनी पर बैठी मैना वहीं नारियल के खोल के पास बैठी रही। धूप आँखों में आ रही थी इसलिए मिंगेल ने आँखों पर हथेली रखते हुए ऊपर देखा तो पाया कि गर्दन घुमाकर मैना भी उसी की ओर देख रही है। फिर पलभर में ही अनमनापन-सा जताते हुए वह उड़कर चली गयी।

मिंगेल ने बारीक़ी से देखा तो पाया कि दोनों खोलों में अभी तक दाने बचे हुए थे। उसके ऊपर उठाये हुए हाथ को देख मैना भूखे पेट ही उड़कर चली गयी क्या ? यह शंका मन में आते ही मिंगेल खिन्न हुआ। और पिछले क़दमों

से जाते हुए झोंपड़ी के बाहर रखी हुई आरामकुर्सी को छाँव में सरकाकर उस पर बैठ गया।

उस कोयल की अपेक्षा यह मैना ही अच्छी है। ज़रा भी डरती नहीं। पीछे जब झोंपड़ी का छत छा रहे थे तब हाथ के बिल्कुल पास आकर सूखे डंठल, टहनियाँ ले जाती थी। आम पकाने में काम आयेगी यह सोचकर जो सूखी पुआल रखी थी उसमें से बीस-एक पुआल के डंठल इसने आँखों के सामने से ही उड़ा दिये थे। फेलीझा ने कहा भी था, घरौंदा बना रही होगी। आजकल तो मिंगेल के पास आने पर भी उड़कर नहीं जाती थी। घरेलू चिड़िया की तरह आसपास ही मँडराती रहती। वह आती है इसलिए मिंगेल चार दाने ज़्यादा ही खोलों में डालने लगा था।

परसों ही फेलीझा ने कहा था, "अरे, हर दिन मुट्ठी-मुट्ठीभर अनाज खोलों में डालते हो। महीनेभर में किलो से भी ज़्यादा हो रहे होंगे। अब बन्द करो इसे।"

यह सुनकर मिंगेल को ग़ुस्सा आया।

"विक्टर-लुसी घर होते तो उन्हें कितना अनाज लगता इस बारे में ज़रा सोचो और फिर बोलो। यहाँ कितने पंछी अपना पेट भरते हैं देखा है तुमने?" और फिर मन के समाधान को व्यक्त करते हुए उसने कहा था, "पता है फेलीझा, आजकल वह मैना हो या बाक़ी पंछी, मेरे पास आने पर भी उड़कर नहीं जाते।"

लेकिन विक्टर जो एक बार चला गया वह अभी तक नहीं लौटा है। बड़े पैसे वालों के घर पैदा होना चाहिए था।

मिंगेल कोई पैसे वाला नहीं है। दर्ज़ी पिता का एक ही बेटा। पुर्तगाली चार दरजे और आगे की दो कक्षाओं में अंग्रेज़ी पढ़ने तक उसने घुटने टेक दिये थे। थोड़ी जान-पहचान के बल पर वह सरकारी ऑफ़िस में प्यून के रूप में लगा था। तीस साल नौकरी करने के बाद एल.डी.सी. बन सेवानिवृत्त हुआ था तब प्रोविडंट फंड और बाक़ी पैसा जोड़कर चालीस हज़ार रुपये हाथ में आ गये थे। पहली बार वह इतने पैसे एकसाथ देख रहा था। लेकिन पैसे देखकर भी उसका दिमाग़ ठिकाने पर रहा। सिर के बोझ अभी तक कम नहीं हुए थे। लुसी की शादी पहले ही हो गयी थी इसलिए उसकी चिन्ता नहीं थी। लेकिन मकान ढहने से पहले उसकी मरम्मत करनी बाक़ी थी। कुछ समय पहले उसने ऑफ़िस से कुछ क़र्ज़ा लिया था और घर के पीछे की थोड़ी ज़मीन भी भाटकार

से ख़रीदकर अपने नाम कर ली थी। उस कर्जे को चुकाकर हाथ में आये थे चालीस हज़ार—जिनसे गिरने की कगार पर पहुँची घर की मिट्टी की दीवार, जिसका एक खम्भा तिरछा हो गया था वह बरामदा, बाग़ का काम, विक्टर की पढ़ाई...और सबसे महत्त्वपूर्ण था उसका और फेलीझा का भविष्य।

मिंगेल सोच ही रहा था कि रिटायर होने के बावजूद उसमें अभी भी दम बाक़ी है इसलिए कहीं दूसरी नौकरी मिलती है तो देख लेनी चाहिए तभी विक्टर ने अपनी बात सामने रखी।

"पाय, मैंने सोच लिया है। समन्दर के किनारे मैं शैक लगाने वाला हूँ। यह बिज़नेस एकदम मस्त है ! बहुत सारे टूरिस्ट भी आने लगे हैं।"

विक्टर का उत्तेजित चेहरा देखकर मिंगेल को आश्चर्य हुआ था। पल भर के लिए मन में आया, यह मुझसे पूछ रहा है या मुझे बता रहा है?

"अरे लेकिन अभी तुम्हारा कॉलेज..."

"पाय, कॉलेज में टाइम वेस्ट करने से अच्छा है अभी से बिज़नेस में पड़ जाना। बी.कॉम करके बेकार घूमने से अच्छा है अपना बिज़नेस करें!"

"अरे, लेकिन यों ही ..."

"यों ही नहीं पाय। मुझे एक शैक मिल रहा है। यह चान्स फिर से नहीं मिलने वाला।" विक्टर बड़े उत्साह के साथ, जोश में बोल रहा था।

"और उसके लिए पैसे कहाँ से लाओगे?" मिंगेल ने सीधे पूछा।

"तुम्हारे पास हैं ना! तुम क्या करोगे उन पैसों का? बैंक में रखकर दस परसेंट इंटरेस्ट खाओगे? उससे अच्छा है मुझे दे दो। दो साल में दुगना करके देता हूँ।"

मिंगेल को जवाब नहीं सूझ रहा था। शैक! बेंजामीन के बेटे ने शैक लगाया था। सुना है कि वहाँ नशीली दवाएँ भी बेचते हैं। आँखों में पानी लाकर बेंजामीन बता रहा था, ड्रग्स बेचते-बेचते बेटा भी ड्रग्स लेने लगा था! बेकाबू हो गया है अब! मिंगेल को विक्टर की चिन्ता होने लगी।

"बेटा, तुम इसमें मत पड़ो। शैक चलाकर किसी का भला नहीं हुआ है।" मिंगेल ने समझाने का प्रयास किया।

विक्टर पहले आश्चर्य जताते हुए और फिर ग़ुस्से में बोला, "किसने कहाँ है तुमसे? शैक चलाकर लोगों ने हज़ारों में पैसे कमाये हैं। शैक लगाने का

लायसेंस पंचायत से लेने के लिए लोगों में होड़ लगी है और तुम कह रहे हो, किसी का भी भला नहीं हुआ है?"

मिंगेल को कुछ भी सूझ नहीं रहा था। घर की मरम्मत, बाग़ का काम, बुढ़ापे की बीमारियाँ ...लेकिन विक्टर अपनी बात पर अड़ा हुआ था। किसी भी तरह हठ छोड़ने के लिए जब वह तैयार नहीं हुआ तब फेलीझा से सलाह लेकर उसने निर्णय सुनाया।

मिंगेल का इनकार पाते ही विक्टर आग-बबूला हो गया।

"तुम ही खाओ वो पैसे। मुझे उनमें से फूटी कौड़ी भी नहीं चाहिए। लोग अपने बच्चों के भविष्य के लिए अपनी ज़मीन, बाग़ तक बेच देते हैं। और तुम पैसे होने के बावजूद नहीं दे रहे हो? तुम्हें क्या लगा—अगर तुमने नहीं दिये तो मेरा काम नहीं होगा? देखना तुम, मैं वह शैक लिए बग़ैर नहीं रहूँगा। मुझे तुम्हारी भीख नहीं चाहिए और दया भी नहीं चाहिए। मैं आज से—नहीं—अभी से जा रहा हूँ यहाँ से। और कभी भी इस घर में पैर नहीं रखूँगा।"

और सच मांय की विनती की परवाह किये बिना कपड़े-लत्ते बाँधकर, विक्टर घर छोड़कर चला गया। घर सूना करके चला गया। मिंगेल के दिल में ख़ालीपन भरकर चला गया। मोहपाश की नाल तोड़कर चला गया।

दो दिन राह देखने के बाद भी जब विक्टर नहीं आया तब मिंगेल को ग़ुस्सा आया। वह गाँवभर यह कहते हुए घूमने लगा कि बेटा आवारा बन गया है। उसका कुछ नहीं सुनता है। बड़ी हेकड़ी दिखाता है। बुरे काम की लत लग गयी है उसे। बुरे धन्धे में पड़ना चाहता है। उसने बेटे को कितना समझाया, रोका ... सुबह आधा पाव, शाम को आधा पाव शराब पीना और बे-सिर-पैर की बातें करते रहना। मिंगेल की ओर से गला गिला करने का मौक़ा मिलने के कारण सुनने वाले भी मिल जाते। लेकिन तीन-चार महीने जब इसी तरह बीत गये तब फेलीझा ने उसके होश ठिकाने लाये। थोड़ी फेनी लाकर घर में रखी और घर की मरम्मत के काम में हाथ डाला। मिंगेल ने भी काम पूरा करने में अपना हाथ बँटाया। फिर बाग़ का काम शुरू किया। खोदना, क्यारियाँ बनाना, खाद डालना... जैसे ही काम शुरू हुआ वैसे ही बकबक करने के लिए कम समय मिलने लगा।

इस बीच बेटे की बातें कानों में पड़ जातीं। बेटे ने बीच पर शैक डाला है। शैक अच्छा चल रहा है...पंजाब से रसोइया लेकर आया है। रात को होटल पर ग्राहकों की भीड़ जमा होती है। सुनकर अच्छा लगता था और गुस्सा भी आता। शैक चलाना अच्छे लोगों का काम नहीं है। वहाँ नशीली दवाइयों का व्यापार चलता है। विक्टर भी करता होगा। एक दिन जब कानून के पंजे में फँसेगा तब मुश्किल में पड़ेगा। अगर ऐसा हुआ तो—मिंगेल ने तय करके रखा था—अच्छे से अच्छा वकील करके उसे छुड़ाकर रहेगा। उसके बाद विक्टर शैक की राह नहीं पकड़ेगा।

...विक्टर ने मोटरसाइकिल ली है...साल होते-होते कोलवा में एक होटल चलाने को लिया है। गाँव के कुछ लोग वहाँ नौकरी करने लगे हैं...बेटे ने एक प्राइवेट टैक्सी ली है...सुना है कि मड़गाँव बैंक में एक अकाउंट खोला है... पड़ाव-दर-पड़ाव ख़बरें कान में पड़ती रहतीं।

विक्टर की तरक़्क़ी की बातें सुनकर मिंगेल ख़ुश होता था। लेकिन शंकाएँ पीछा नहीं छोड़ती थीं। कैसे कह सकते हैं कि शैक पर नशीली दवाइयाँ नहीं बेचते हैं? कैसे कह सकते हैं कि बैंक से बड़ा क़र्ज़ नहीं लिया होगा? ...लेकिन एक बदलाव ज़रूर आया था। अब मिंगेल बेटे के बारे में लोगों से बात नहीं करता था। लोग ही बेटे की बातें उसे बताने लगे थे।

ग़लती बेटे की थी या उसकी यह सवाल मिंगेल को सताता रहता। जवाब ढूँढ़ने के लिए वह फेलीझा के साथ बहस करता। जिस दिन किस तरह अपनी ग़लती नहीं है यह ज़ोर देकर बता देता उस दिन फेलीझा बेटे का कहना मान लेते तो अच्छा होता यह कहकर दोष अपने सिर लेती। और जिस दिन बेटे को समझने में ग़लती कर गया कहते हुए मिंगेल ख़ुद को ही बुरा-भला कहना शुरू कर देता तब फेलीझा बेटे से किस तरह ग़लती हुई है यह समझाना शुरू कर देती।

मानुएल भाटकार को अपने वकील बेटे की मारुति गाड़ी में घूमते हुए देखता तो मिंगेल को उससे जलन होने लगती। लेकिन जब सुनता कि जुआंव का पूरा घर-बार अपने नाम पर कराके उसके बेटे ने जुआंव को वृद्धाश्रम भेज दिया है तब 'मैं बच गया' कहते हुए लम्बी साँस छोड़ देता।

जो हुआ सो हुआ। मिंगेल का मन करता कि पिछला सब कुछ भूल-भालकर बेटा उसके पास चला आये। एक-दो बार विक्टर के कानों में यह बात पहुँचाने के उद्‌देश्य से उसके दोस्तों से भी यह बात कहीं थी। लेकिन विक्टर नहीं आया। गाँव में आता और चला जाता। लेकिन मिलने नहीं आता था। चर्च के फेस्त के दिन ज़रूर आ जाता और फेस्त के जजमान के यहाँ खाना भी खाता। लेकिन माँ-बाप का हाल-चाल तक पूछने नहीं जाता। किसी से उनके बारे में जानने की कोशिश तक न करता।

दूर से कोई आवाज़ दे रहा है यह ध्यान में आते ही यादों के जंगल में खोया हुआ मिंगेल होश में आ गया।

"ओ मिंगलू ऽ !"

"साल्वादोर की आवाज़ सी लग रही है।" यह कहते हुए मिंगेल जल्दी-जल्दी आरामकुर्सी से उठने लगा। छाँव में रखी हुई कुर्सी पर अब धूप फैल चुकी थी। उसे हैरानी थी कि उसे इस बात का ज़रा भी अहसास नहीं हुआ था। उसकी समझ में आया कि बहुत देर तक बैठे रहने की वजह से उसकी कमर दर्द करने लगी है। कमर पर हाथ रखते हुए पैर उठाता तब तक फेलीझा पिछले दरवाज़े के पास पहुँच गयी।

"अरे, क्या बहरे हो गये हो? या फिर आँख लग गयी थी? वह सालू कब से तुम्हें आवाज़ दे रहा है।"

"आता हूँ, आता हूँ। अभी सुना मैंने। कमर ज़रा दर्द करने लगी इसलिए..." कहते हुए मिंगेल सामने के दरवाज़े पर आ गया।

सालू बीड़ी फूँकते हुए बरामदे में बैठा था। उसने लम्बे पैरों वाली पैंट घुटनों तक चार उँगलियाँ ऊपर तक काट कर उसकी हाफ पैंट बनाकर पहनी थी। माथे पर एक पुरानी हैट पहनने के कारण वह तियात्र के कॉमेडी पात्र-सा दिख रहा था। सालू को हमेशा इसी पहनावे में देखता आया था इसलिए उसके इस अवतार की आदत होने के कारण हँसी नहीं आती थी।

"सालू, वैसे कभी बुलाने पर भी नहीं आते हो! आज इस तरफ़ कैसे आना हुआ?"

मिंगेल ने ताना देते हुए ही स्वागत किया।

"तुम बुलाओ और मैं न आऊँ? कुछ भी मत बोलो। पिछले साल जब तुमने बुलावा भेजा था तब मेरी हालत बड़ी ख़राब थी। कटहल के पेड़ से गिरने

के कारण बीस दिन बिस्तर पर पड़ा रहा। तब कहाँ आये थे तुम ख़बर लेने?" बीड़ी का टुकड़ा फेंकते हुए सालू ने जवाबी ताना दिया।

मिंगेल ने हार मानते हुए कहा, "रहने दो। अब कैसे आना हुआ?"

"महादेव ने मुझसे कहा..."

बरामदे में तशरीफ रखते हुए अचरज में पड़े मिंगेल ने पूछा, "क्या कहा उसने ?"

"परसों महादेव तुम्हारे आम निकालने आया था न? उसने बताया कि तुम्हारा एक माड़, नारियल का पेड़ सूख रहा है।"

"हाँ, हाँ। बड़ा अच्छा माड़ था। कब मुडल का रोग लगा पता ही नहीं चला। एकबारगी पचास नारियल के फल दे देता था। पिछले साल मार्च में आख़िरी बार फलों की तुड़ाई की थी। पहले पके नारियल गिरने शुरू हुए और देखते-देखते छोटे फल और पत्ते झड़कर एकदम गंजा हो गया।" मिंगेल जैसे सालू से नहीं बल्कि अपने-आप से ही बात कर रहा था। "पता नहीं किसकी बुरी नज़र पड़ी उस पर!"

"तने के बल्ले करोगे तो इन दिनों अच्छे पैसे मिल सकते हैं। एक बार बारिश ख़त्म होते ही मुफ़्त में दोगे तो भी कोई नहीं लेगा। मैं करूँ क्या?"

पत्तों के गुच्छे के बिना खड़ा वह खूँटे-सा माड़ मिंगेल की आँखों के सामने आ गया। बात सही थी। माड़ तो मर ही गया है। आँधी-तूफ़ान में अगर गिर गया तो डर है कि कुछ और भी तोड़ सकता है।

"देखो मिंगेल , मुझे बड़े से बल्ले चाहिए। तुम्हारा नारियल का पेड़ बहुत अच्छा है। देखा है मैंने उसे। अगर देने के लिए तैयार हो तो समझो सौ में मुझे पहुँच गया। कल ही काटने आ जाता हूँ।" सालू ने व्यवहार की बात की।

"सौ में क्या होता है सालू?" मिंगेल को और की आशा हुई। 'पूरे तने के दो बड़े शहतीर होंगे। एक शहतीर से पाँच-पाँच बल्ले तो बन ही जायेंगे। डेढ़ सौ में लेते हो तो ले लो। नहीं तो रहने दो..."

"नहीं होगा बाबा।" यह कहकर सालू सीधे उठ गया। "मुझे ज़रूरत थी इसलिए आया था। कहीं और ऐसे ही बहुत से बल्ले मिल जायेंगे। मुझे दो शहतीर चाहिए थे इसलिए माड़ ढूँढ़ रहा हूँ। लेकिन डेढ़ सौ कुछ ज़्यादा हो गये हैं। रहने दो। रेमेद के पास है। वह सौ में देने के लिए तैयार है।"

मिंगेल की आँखों के सामने सौ का नोट नाचने लगा। इससे महीने भर का राशन आ सकता है यह सोचते हुए उसने सालू को रोक लिया। “रुक जाओ न सालू। तुम्हें ना कहकर मैं भला दूसरे को क्यों दूँगा? तुम ही ले लो वह माड़।”

सालू ने सीधे जेब में हाथ डाला। पचास का नोट लेकर मिंगेल के हाथ पर रखते हुए कहा, “ये पेशगी रखो। बाक़ी पचास काटने के बाद दे दूँगा। कल सुबह आता हूँ मज़दूर लेकर।”

“नहीं, नहीं। कल मुझे वास्को जाना है। परसों आना नहीं होगा क्या?” मिंगेल ने विनम्र भाव से पूछा।

पलभर अनमनापन दिखाकर फिर सालू ने सिर हिलाया। “परसों तो परसों। लेकिन और आगे मत बढ़ाना।”

“परसों किसी भी समय आ सकते हो। एकदम पक्का!” यह कहकर मिंगेल सालू के दूर पहुँचने तक वहीं खड़ा रहा। आज का दिन उतना बुरा नहीं था...

दूसरे दिन मास से वापस आते ही उसने बर्तन में से चावल के दाने निकालकर काँव-काँव करने वाले कौओं के सामने बिखरा दिये। लेकिन दाने चुगने आयी कौओं की भीड़ से बातें करने के लिए न रुककर, वह अन्दर चला आया। आम एकदम सही पक गये थे। और चार दिन ऐसे ही रहते तो सिकुड़ जाते। उनमें से पन्द्रह-बीस अच्छे-अच्छे आम फेलीझा के लिए अलग निकालकर रखे। बाक़ी के गिन लिए। साठ और नौ। भारी मन से अलग निकाले हुए आमों में और छह आम मिलाकर पचहत्तर किये। फेलीझा ने जो चाय दी थी उसे हलक के नीचे उतारकर वह जल्दी-जल्दी बाहर निकला।

गाड़ी लेट होने की वजह से वास्को स्टेशन पर उतरने तक धूप सिर पर आ गयी थी। इसके आगे अब ग्राहक मिलने में कितना समय लगेगा कहा नहीं जा सकता, बाहर आते समय यह सोच ही रहा था कि स्टेशन मास्टर ने आवाज़ दी। मिंगेल ने जल्दी-जल्दी टिकट बाहर निकाला। लेकिन स्टेशन मास्टर थैली में रखे आमों के दाम पूछ रहा था।

मिंगेल उलझन में पड़ गया। वास्को में मुसाराद आम के दाम भला क्या होंगे? गाँव के नुक्कड़ पर तीस रुपये भी मिले तो बहुत था। लेकिन वास्को में...

“सायब, पचास रुपये डझन हैं ये। आप पाँच कम देना...”

"पचास? चालीस में भी कोई नहीं लेगा ये। अच्छी तरह बताओ।" मास्टर ने कहा।

रात को फेलीझा ने कहा था कि सब बेचने पर कम-से-कम दो सौ तो मिलने चाहिए।

इतने में और दो व्यक्ति आकर आम देखने लगे। मास्टर को शायद यह अच्छा नहीं लगा।

"कैसे दिये?" एक ने पूछा।

"पचास में बाबा।" मिंगेल ने उनसे पीछा छुड़ाने के लिए कहा।

"बड़े अच्छे है रे!" दूसरे ने कहा।

"मुझे एक डझन दे दो।" पहले व्यक्ति ने जेब से थैली निकाली।

"मैंने सब ले लिए हैं।" मास्टर ने कहा और मिंगेल का थैला लिए स्टेशन के ऑफ़िस में चला गया। गिनने के बाद बोला, "पैंतालीस में दे रहे हो न? छह डझन के दो सौ सत्तर बनते हैं। ये लो पैसे। बाक़ी बचे तीन भी ऊपर से डाल देना।"

बाजार गया होता तो शायद ज़्यादा पैसे मिल सकते थे। लेकिन यही रास्ते पर जो मिले थे वे भी कुछ कम नहीं थे। इसलिए तुरन्त वापसी की गाड़ी पकड़कर मिंगेल दोपहर ख़त्म होने के पहले ही घर वापस पहुँचा।

फेलीझा ने खाना खा लिया था। देर किये बिना उसने मिंगेल को चावल-करी परोसी। खाने के बाद मिंगेल ने फेलीझा के लिए अलग रखे आमों में से एक अच्छा-सा पका हुआ आम निकाला और काटा। लेकिन फेलीझा ने ख़ुद खाने की बजाय पहली फाँक दीवार के ऊपर रख दी—गिलहरी के लिए।

रोज़ दोपहर के खाने के बाद आराम करने की आदत क्यों बदले यह सोचकर देर होने के बावजूद मिंगेल बिस्तर लगाकर लेट गया। जब आँख खुली तब शाम हो चली थी। मिंगेल ने मिट्टी के बरतन में से ठंडा पानी पीया। फिर जिस सूखे पुआल में आम पकने रखे थे उसे इकट्ठा किया और जाकर उसे मवेशी घर में डाल दिया। पुआल लेकर बाहर आते ही मैना फुर्र करके सामने से उड़कर अमरूद के पेड़ पर बैठ गयी।

अरे! आज वास्को जाने की गड़बड़ी में मैं नारियल के खोलों में दाने डालना ही भूल गया। इस बात का अहसास होते ही वह जल्दी-जल्दी भीतर

चला गया। धान का बर्तन अब ख़ाली हो चला था। राशन के चावल भी ख़त्म होने को आये थे। कल लाने चाहिए, यह सोचते हुए मिंगेल ने मुट्ठीभर चावल और मुट्ठीभर रागी के दाने निकाले और बाहर आकर नारियल के खोलों में डाल दिये।

जब मिंगेल वहाँ था उसी समय मैना फट् से आ गयी। पीली चोंच खोल में डाली और निगलने के लिए रुके बिना फुर्र करके पंख पसारते हुए दूर चली गयी।

'कु ऽहूऽ'

मिंगेल की नज़र आम की तरफ़ चली गयी। नासपीटा कहीं का। कभी दिखाई नहीं देता। मेरे जाने के बाद खोल में रखे हुए दाने ले जाता होगा क्या? क्या इसे भूख नहीं लगती? या बाहर ही पेट भर मिल जाता है? फिर चिल्लाता क्यों है? अब भी कहीं जाकर छिप गया है। उस आम की टहनियों के बीच होगा।

आरामकुर्सी पर बैठते हुए मिंगेल ऊँची आवाज़ में बोला, "तुम छिपकर क्यों बैठे हो? सामने आ जाओ ना! क्या मैं तुम्हें खा जाऊँगा? हाथ तक नहीं लगाऊँगा। सिर्फ़ एक बार अपना मुखड़ा तो दिखाओ।"

फेलीझा तभी सूअरों का खाना लेकर उन्हें बुलाने घर के पिछवाड़े आई थी। मिंगेल की बातें सुनकर ज़ोर से हँस दी और फिर कड़वाहट में बोली, "इसके बच्चे इसके सामने नहीं आते। ये पंछी भला क्यों आयेंगे?"

मिंगेल खौल उठा। "तुम भी वैसी ही हो। तुम कहाँ उन्हें सँभालकर रख सकी हो? तुम्हीं ने सत्यानाश कर डाला उनका। उनसे अच्छे ये मेरे पंछी हैं!" और बोलते-बोलते उठकर घर के अन्दर चला गया। वास्को जाते समय जो पैंट पहनी थी उसकी जेब से दो रुपये निकालकर कमीज़ की जेब में रखे। घर के पिछवाड़े फेलीझा 'बाऽ बाऽ' करती हुई सूअरों-कुक्कड़ों को आवाज़ दे रही थी। उसकी आवाज़ से अपनी आवाज़ ऊँची करते हुए मिंगेल ने कहा—"सुनोऽ मैं ज़रा नुक्कड़ से हो आता हूँ।"

अपना ग़ुस्सा ठंडा करने वह इनास के शराबखाने पर चला गया है यह पहचानकर फेलीझा उसके वापस आने तक उसे बुरा-भला कहती रही।

सुबह मास से वापस आने, कौओं को दाने डालने, चाय पीने तक सालू आ पहुँचा। साथ में दो मज़दूरों को लेकर आया था। चाय का कप जल्दी-जल्दी धोकर रखते हुए मिंगेल ने पैरों में जूते चढ़ाये।

"अरे, तुम क्यों आ रहे हो? वे माड काट लेंगे। उनका काम आज ख़त्म नहीं होने वाला है।" सालू ने कहा।

"रहने दो। मैं बस यों-ही आ जाता हूँ। घर में भी मुझे ऐसा कौन-सा बड़ा काम है?" यह कहते ही सब साथ ही पिछवाड़े की तरफ़ से बाग़ में आ गये।

माड़ देखकर एक मज़दूर ने कहा, "बढ़िया पेड़ है। नीचे के आधे हिस्से के छह बल्ले होने ही चाहिए। ऊपर के आधे हिस्से के पाँच बल्ले तो निकल ही आयेंगे। वे भी लम्बाई में दस हाथ से कम न होंगे!"

मिंगेल के सामने इस तरह की बातें करना सालू को पसन्द नहीं आया। मिंगेल को कल के स्टेशन मास्टर का चेहरा याद आया।

"वह बाद में देखते हैं।" सालू ने कहा। "नीचे के हिस्से के बल्ले करते हैं। ऊपर के हिस्से के दो शहतीर—आठ हाथ के। रॉकी, तुम ऊपर चढ़ो।"

इतने में कहीं से मैना उड़कर आ गयी। "अरे तुम कहाँ छिपी बैठी थीं? कल शाम को जो दाने डाले थे वे ख़त्म किये क्या?"

सालू और दूसरों की समझ में कुछ नहीं आया। मैंने यों-ही इतनी ऊँची आवाज़ में बात की, यह सोचकर मिंगेल शर्मिन्दा होते हुए चुप हो गया।

देखते-देखते गोल बाँधी रस्सी कन्धे पर डाले रॉकी नारियल के पेड़ पर चढ़ने लगा। ऊपर पहुँचा। उसे और ऊपर जाते देखकर सालू ने कहा, "अरे बस हुआ। और ऊपर क्यों जा रहे हो?"

"चुपऽ रहो भाटकारा! ऊपर मैना ने घरौंदा बनाया है। लगता है चूज़े हैं।" रॉकी और भी ऊपर चढ़ने लगा।

चूजें? मेरी मैना ने निकाले हैं! और यह रॉकी उन चूजों को हटाने ऊपर जा रहा है !

"ऐऽ ऐऽ रॉकी। नीचे उतरो। पहले नीचे उतरो।" धमकाते हुए-सा मिंगेल चीख़ पड़ा।

मज़दूर आधे रास्ते पर ही रुक गया। "हो-हल्ला मचाओगे तो उड़कर चली जायेंगी भाटकारा। तुम्हें चाहिए तो रखो तुम्हारे लिए।"

"नहीं, नहीं। तुम पहले नीचे उतर जाओ। उतरने को कह रहा हूँ न! जल्दी उतरो।" मिंगेल ऐसे छटपटा रहा था जैसे किसी ने उसे सूली पर चढ़ा दिया हो।

रॉकी उतरने लगा। सालू अचरज में पड़ गया था और उलझन में भी। मिंगेल के कन्धे को थपथपाते हुए उसने समझाने के स्वर में कहा, "अरे मिंगलू, नारियल का पेड़ काटते ही घरौंदा गिर जायेगा और चूजे भी मर जायेंगे। उससे अच्छा है उन्हें वहाँ से निकालने दो उसे।"

मिंगेल को लगा जैसे किसी ने उसके सिर पर ज़ोर से डंडा मार दिया हो। वह एकदम सुन्न हो गया। मज़दूर नीचे उतर आया है यह देखते ही मिंगेल होश में आ गया। भारी आवाज़ में उसने कहा, "नहीं, नहीं... यह माड़ नहीं काटना है मुझे... नहीं काटना है उसे... वे चूज़े...मेरी मैना के हैं वे..."

सालू की समझ में नहीं आ रहा था कि वह हँसे या रोये।

"अरे मिंगलू, तुम पागल हो गये हो क्या?"

"सालू, तुम ...तुम अभी नहीं, बाद में यह माड़ काटना। इतनी जल्दी नहीं। चूज़ों को उड़ना सीख लेने दो। उसके बाद ले जाना तुम वह माड़। बस थोड़ेऽ दिन और..." मिंगेल ने याचना करते हुए कहा।

"बाद में किसे चाहिए वो? कल ज़ुबान दी और आज उसे फेर रहे हो?" सालू ग़ुस्से में बोला।

"सालू, उपकार करो। छोड़ दो इस माड़ को। मैं तुम्हारे पैसे वापस करता हूँ।"

सालू क्षणभर भौचक्का हो गया। ग़ुस्सा दबाने का यत्न करने के प्रयास में थोड़ी देर के लिए वह चुप रहा, फिर कड़ी आवाज़ में बोला, "और इन दो मज़दूरों की मज़दूरी कौन देगा? उनके पैसे अगर तुम दे देते हो तो मैं चला जाता हूँ रेमेद के पास। बेकार में मेरे दो दिन ख़राब किये।"

ग़ुस्से में ही सही, लेकिन सालू ने हामी भर दी यह देखकर मिंगेल ने मज़दूरों से विनती की, "सुनो, मैं ग़रीब आदमी हूँ। लेकिन तुम्हारा समय मैंने बरबाद किया यह भी सही है। तुम्हें आने-जाने का ख़र्चा दे दूँगा। पर उपकार करो मुझ पर।" मिंगेल ने मज़दूरों के सामने हाथ जोड़े। मज़दूर एक-दूसरे को देखते रहे। प्रार्थना करते-करते मिंगेल घुटनों के बल गिरने लगा तो रॉकी ने उसे रोक दिया।

"देखो भाटकारा, हम लालची नहीं हैं। लेकिन हमारी आधे दिन की मज़दूरी जा रही है। कम-से-कम आधे दिन के पैसे तो दे दो।"

अस्सी रुपये की दिहाड़ी पर आये हुए मज़दूरों के सामने गिड़गिड़ाकर एक-एक को पच्चीस रुपयों पर राज़ी किया। जल्दी-जल्दी घर में गया। फेलीझा को अन्दाज़ा हो ही चला था। उसके चेहरे की उत्सुकता को अनदेखा करते हुए मिंगेल ने सन्दूकची में रखे हुए पैसे निकाले। सालू के पचास सालू को दे डाले। पचास मज़दूरों को दे दिये। उनके जाते ही वह जल्दी-जल्दी अन्दर आया और फेलीझा से कहने लगा, "फेलीझा सुनती हो, मेरी उस मैना ने चूज़े निकाले हैं। उस मुए नारियल के पेड़ की चोटी पर जो खोखल है उसमें घरौंदा बनाया है।"

सौ रुपये डुबो देने के कारण फेलीझा की डाँट सुनने के लिए तैयार मिंगेल के कानों में फेलीझा के उत्तेजित शब्द आ पड़े—"और तुम्हें पता है मिंगलू-गिलहरी ने वह पूरी फाँक खा ली। और आम काटोगे क्या? आज दो फाँकें रख देते हैं..."

जूतों के फीते बाँधे ही नहीं...

जूते पास खींचकर, पैरों पर मोज़े चढ़ाये और पहनने जाऊँ तो देखा फीते सूराख़ों से बाहर निकले हैं।

लिखने का मूड ही नहीं बन रहा था। सुबह से पेपर नहीं पढ़ा। टी.वी. नहीं देखा।

"ये क्या हो रहा है ? शाम होने आ रही है। और तुम कहाँ निकल पड़े?" राजी के चेहरे पर बड़ा प्रश्न चिह्न था !

"आज कहानी लिखकर ख़त्म करनी ही है। सम्पादक को ज़बान दी है न?"

"अब कहाँ बाज़ार में मिलने वाली है क्या कहानी? या समन्दर किनारे?"

"आइडिया! समन्दर किनारे जाकर बैठने में भी फ़ायदा है। मेरी 'लहरें' कहानी मुझे समन्दर किनारे ही सूझी थी।"

और राजेश्वरी को 'राजी' कहकर पहली बार इसी समन्दर किनारे पुकारा था। उस शाम मेरा 'राजी' कहकर बुलाना उसे बहुत अच्छा लगा था। सही है कि आजकल दूसरों के बीच कहने पर ज़रा नाराज़ हो जाती है। लेकिन मैंने बुलाना नहीं छोड़ा था।

"जीजा जी क्या कहकर बुलाते हैं तुम्हें?" मैंने जिस नाम से उसे बुलाया था उसे सुनकर एक दिन मेरी साली ने उससे पूछा था—मेरे ही सामने। तो राजी बोली, "जो भी मुँह में आता है वह कह देता है। कभी 'ईश्वरी' कहकर बुलाता है तो कभी 'राजी'। गनीमत है 'रोज़ी' कहकर नहीं बुलाता।"

बीवी को 'रोज़ी' कहकर बुलाना मेरे नसीब में नहीं था...सिक्स्थ क्लास से रोज़ी और मैं साथ-साथ पढ़े थे। लेकिन बातचीत ज़्यादा नहीं थी। वह क्लास की स्कॉलर थी। इसलिए होगा शायद, मैं अन्तर बनाये रखे, दूर ही रहता था।

पप्पा ने मुझे नयी साइकिल ला दी थी। वह दिन अभी तक मुझे याद है। स्कूल छूट गया था। दोस्तों के साथ हँसी-मज़ाक़ करते-करते समय कब बीता कुछ पता ही न चला।

भूख से जब पेट कुलबुलाने लगा तब मैंने साइकिल निकाली। पैडल मारते हुए तेज़ी से जाने लगा। मोड़ पर बेकरी के पास पहुँचा तब सामने से सहेलियों के साथ बातें करते हुए जा रही रोज़ी को देखा।

रौब से उसे कट मारते हुए साइकिल सीधी कर रहा था कि एकदम सामने से एक कुत्ता आ गया। उसे भी कट मार के साइकिल सीधी करने जा ही रहा था कि रास्ते के किनारे, पिछली सीट पर बँधी टोकरी सहित पाव वाले की जो साइकिल खड़ी थी, उसका निशाना साध लिया। और फिर सीधे धड़ामऽऽ!

घुटना ऐसा ज़ख्मी हुआ कि खड़ा तक नहीं हो पा रहा था। इस प्रसंग को रोज़ी ने देखा था इसलिए मैं थोड़ा झेंप गया। "कुछ नहीं, कुछ नहीं" कहते हुए मैं उठने की कोशिश कर ही रहा था कि रोज़ी दौड़ते हुए वहाँ आ गयी। मेरा हाथ पकड़कर उठाया। क्या खड़ा हो सकता हूँ? पूछा। उसी ने साइकिल खड़ी की। मुझे साइकिल की डंडी पर बिठाकर वह हैंडल हाथ में पकड़े चलने लगी। रोज़ी की सहेली भी उसकी मदद कर रही थी इसलिए आसानी हो रही थी।

जिसने कभी साइकिल न चलाई हो उसके लिए हैंडल को पकड़कर साइकिल खींचते हुए ले जाना आसानी से नहीं आता। मुझे डर था कि मैं फिर से ज़मीन पर आ पटकूँगा। लेकिन रोज़ी ने ज़रा भी झिझक नहीं दिखायी। बाद में मुझे पता चला कि वह भी साइकिल चलाना जानती है। सहेली का घर रास्ते में ही था इसलिए वह चली गयी। हम जब घर पहुँचे तब आई मेरी राह देखते हुई दरवाज़े पर ही खड़ी थी। घुटना ज़ख्मी होने की वजह से मुझे रोना आ रहा था। लेकिन रोज़ी के सामने रोने में शर्म महसूस हो रही थी। आई मेरा हाथ पकड़कर मुझे अन्दर ले गयी।

"मैं जा रही हूँ मांय !"

"वह 'आई' है !" माँ को मैं 'आई' कहकर बुलाता हूँ इस बात को जैसे मैंने स्पष्ट किया।

"भीतर आओ न? कुछ खाकर चली जाना।"

"नहीं, आई। देर हो गयी है। मांय परेशान हो रही होगी।" कहते हुए रोज़ी चली गयी।

दूसरे दिन स्कूल जाते समय रोज़ी एक टिफिन लेकर आयी। "मांय ने रागी का मीठा, तिंझान दिया है। शरीर के दर्द को मिटाने में बहुत अच्छा है ये।" मैं और दो दिन स्कूल नहीं जा पाऊँगा इसका शायद उसे पता चल गया था!

"किसकी बेटी हो तुम?" पप्पा ने उसकी जानकारी हासिल की।

"रॉकी इनास की दूसरी बेटी हूँ मैं। यहीं सुकण्या बांद पर रहते हैं हम।" वह पीछे मुड़कर स्कूल के लिए भाग गयी। माँ कहने लगी, "बड़ीऽ अच्छी लड़की है!"

"और स्कॉलर भी है! फर्स्ट नहीं तो सेकंड आती ही है।" मैंने गर्व से बताया।

तब से मैं भी कुछ कम नहीं हूँ ये दिखाने का मेरा प्रयास प्रारम्भ हुआ। रागी के तिंझान का शायद अच्छा प्रभाव पड़ा होगा; थोड़ा-बहुत चलना आने लगा। दूसरे दिन मैं जल्दी ही घर से निकला। अपने ज़ख्मी पाँव को लिए, लँगड़ाते-लँगड़ाते स्कूल पहुँचा। किसी और से पूछने के पहले ही रोज़ी ने पिछले दिनों मुझसे जो मिस हुए थे वे सब नोट्स मुझे ला दिये। अनजाने ही पढ़ने में मज़ा आने लगा। मैं उस फाइनल में रैंक में आ गया और आगे ये सिलसिला जारी रहा।

स्कूल छूटने के बाद थोड़ी देर के लिए रुकना और फिर आगे पैदल जा रही रोज़ी को लिफ्ट देना ये भी बाद में रोज़ की बात हो गयी। जब आठवीं में था तब एक दिन जगदीश ने मुझसे पूछा—

"तुम्हारा बर्थ डे कब है?"

"15 दिसम्बर। क्यों रे?"

"रोज़ी तुमसे बड़ी है। उसका बर्थ डे पीछे अगस्त में हो गया।"

"पता है मुझे। तो क्या हुआ?"

"तुम्हें चलता है तो ठीक है।" लगा जैसे जगदीश गाल ही गाल में हँस रहा है।

"तो फिर क्या सोच रखा है? विवाह कर रहा है या काज़ार?" जगदीश दुबारा हँसा-मज़ाक़ में? खिल्ली उड़ाते हुए? या फिर मुझे मूर्ख समझकर, मैं नहीं जान पाया। लेकिन कुछ समय बाद पता चला, जगदीश रोज़ी पर लाइन मार रहा था।

कहानी में उपकहानी आ गयी।

जूतों के फीते केवल खुले हुए ही नहीं थे बल्कि उलझे हुए भी थे। फीता खोलने के लिए हाथ बढ़ाया तो ध्यान में आया—जेब में रुमाल नहीं डाला था।

"राजीऽ, ए राजी—"

कहते हैं कि कहानी में उपकहानी उपस्थित होते ही कहानी रूठकर कहीं जाकर छिप जाती है।

अब ये राजी कहाँ पहुँची? वह भले न हो लेकिन उसकी भी एक कहानी है ही। पर कभी लगा नहीं कि बता दूँ। क्योंकि वह प्रेम की, प्रेम भंग की या प्रेम की सफलता की है ये मैं अभी तक नहीं जान पाया हूँ। परमेश्वरी से शुरू होकर राजेश्वरी तक आकर ख़त्म हो चुकी यह कहानी हाल-फ़िलहाल, उकताहट लाने वाले, बोरिंग उपन्यास-सी लगने लगी है। सही है कि शिकायत करने जैसा कुछ भी नहीं है राजी में। लेकिन मन में आये बग़ैर नहीं रहता—उसकी जगह परमेश्वरी होती तो?

छरहरे बदन की लेकिन पतली नहीं। गोरी नहीं लेकिन काली भी नहीं, नाटी तो बिल्कुल नहीं, लेकिन ऊँचे क़द की भी नहीं कह सकते। आकर्षक पर सुन्दर नहीं। मीठी लेकिन नाज़-नखरों वाली नहीं। देखते ही प्यार में पड़ गया था मैं। फिर एक दिन उसी ने मुझसे पूछा था—"प्यार किसे कहते हैं पता है तुम्हें?"और मेरी विकेट उड़ा दी थी।

"कभी प्यार हुआ है तुम्हें?"

तब तक उसके साथ खुलकर बात करने का साहस मुझमें आ गया था।

"हाँ। तुमसे।"

"वह आकर्षण है। प्यार नहीं।"

"ऐसा क्यों कह रही हो?" मैंने ज़िद करते हुए पूछा।

पल भर रुककर उसने कहा, "मेरे राजनीतिक-सामाजिक विचारों के बारे में जानते हो तुम?" उत्तर की प्रतीक्षा किये बिना उसने आगे पूछा, "जब मुझे कुछ सही नहीं लगता है तब मैं लड़ती हूँ—जानते हो तुम?" और फिर अगला सवाल फेंका। "हो सकता है कि तुम मुझे पसन्द करते हो। लेकिन क्या तुम्हें पता है कि मैं तुम्हें पसन्द करती हूँ या नहीं ?"

तो ऐसी थी परमेश्वरी, देखते ही जो मुझे अच्छी लगी थी। कॉलेज के आख़िरी साल में जॉइन हुई थी। तेज़ चाल वाली, अपने भीतर खोयी रहने वाली।

कभी लाइब्रेरी में दिख पड़ती, कभी कॉरिडोर में अकेले चलते हुए। नयी थी फिर भी उसमें जो आत्मविश्वास था वह मुझे भा गया था। उससे मिलने के लिए मैं तरस रहा था। मज़े की बात ये थी कि मेरे कुछ करने से पहले ही वह मुझसे मिलने आ पहुँची।

"मुझे कोंकणी सीखनी है। सिखाओगे?" उसने अंग्रेज़ी में सवाल किया। ध्यान उसके उच्चारों के तमिल सुर की ओर जाने की वजह से पहले मैं थोड़ा सकपका गया। फिर पूछा, "मैं कोंकणी पढ़ाता हूँ यह तुम्हें किसने बताया?"

"राजेश्वरी ने बताया कि तुम कोंकणी लेखक हो।" राजेश्वरी नाम परिचित नहीं लगा। होगी कोई। कॉलेज का वह आख़िरी साल था। तब तक मैं लिखने लगा था और कुछ प्रोफ़ेसर भी कहने लगे थे कि आगे चलकर नाम करेगा।

"मैं लिखता हूँ। पढ़ाता नहीं।" मैंने शान से कहा।

शायद ज़्यादा तान गया था। उसकी आँखों में आहत होने का भाव दिख गया।

"ट्यूशन नहीं माँगा है। हैल्प माँगी है। लेकिन रहने दो। फॉरगेट इट!" वह जाने के लिए पलट गयी और मेरे दिल की धड़कनें थम गयीं। आगे बढ़कर उसकी राह रोकते हुए मैंने कहा, "सॉरी, परमेश्वरी। प्लीज़..."

झट् से आँखों में आँखें घुसाये उसने पूछा, "तुम्हें मेरा नाम किसने बताया?"

उस सवाल से मैं हड़बड़ा गया। "अं...उस राजेश्वरी ने।" फेंक दिया।

बाद में वही बोली, "इसके आगे तुम सिर्फ़ कोंकणी में बोलना। मैं समझ लूँगी। शुरू में मैं अंग्रेज़ी में बात करूँगी। पर बाद में प्रयत्न करूँगी कोंकणी में बोलने का।" हमारे बीच समझौता हुआ।

पढ़ना-लिखना सिखाना शुरू करने के लिए कहाँ बैठें? उसी ने सुझाया, "वैसी जगह कॉलेज में मिल पाना कठिन है। उससे अच्छा है कि यहाँ से पाँच मिनट की दूरी पर जहाँ मेरा घर है वहीं बैठते हैं। हर बुधवार-शनिवार को एक-एक घंटा।"

पहली बार उसी के साथ गया। उसने चाबी से फ्लैट का दरवाज़ा खोला। घर में दूसरा कोई नहीं था। हाल ही में चेन्नई से ट्रान्सफर होकर आया हुआ पिता बैंक गया था और माँ किसी काम से पणजी गयी थी। केवल हम दोनों ही हैं इस अहसास से मेरा दिल धड़कने लगा।

"अकेली ही हो?"

"तुम हो न साथ?"

मेरा दिल कुछ ज़्यादा ही धड़कने लगा।

इतने में बैल बज उठी। अब और कौन आया? दोनों को देखकर क्या कहेगा? परमेश्वरी आराम से उठ गयी। दरवाज़ा खोला। "आओ, राजेश्वरी।"

वह मेरी और राजी की परमेश्वर ने—सॉरी, परमेश्वरी ने कराई हुई पहली मुलाक़ात थी। उसके उपरान्त मुलाक़ातें होती रहीं। हमेशा दोनों साथ घूमतीं। परमेश्वरी के आकर्षण में मैं मिलने जाता तो उसके साये जैसी राजेश्वरी उसके साथ होती। फिर मुझे भी आदत हो गयी। इतनी कि किसी दिन परमेश्वरी नहीं मिलती तो भी राजेश्वरी से मिलकर समाधान मिल जाता।

दूध की प्यास छाछ से पूरी करने जैसा!

कोंकणी सिखाने के बहाने परमेश्वरी से ख़ूब बातें हो जातीं। लेकिन वह अकेले कभी नहीं मिलती थी। मन की बात बताना नहीं हो पा रहा था। बात लेकिन चारों ओर फैल गयी थी। एक दिन जिओग्राफी के सर फातर्पेकार मिले। "ये फाइनल ईयर है तुम्हारा, ख़बर है न रे?"

"हाँ सर।"

"नहीं, देख रहा हूँ कि दो-दो को लेकर घूम रहे हो, इसलिए कहा।" सर जिओग्राफी के लेकिन दुनिया भर का इतिहास खोजने की गन्दी आदत है।

"वह मद्रासी बड़ी तेज़ है।"

उसके मुँह से टपकती लार को देखकर पता चल रहा था कि फातर्पेकार दरअसल 'ज़बरदस्त माल' कहना चाहता था। "बाप ट्रांसफर होकर आया है। चार-पाँच सालों में वापस जायेगा। तब तक मज़े लूटो तुम।" कहते हुए गाल ही गाल में हँसता हुआ आगे बढ़ गया।

माँ के कान में भी शायद कुछ भनक पड़ गयी थी। उसने भी कहा—"तुम किसी घांटी की लड़की को कोंकणी पढ़ा रहे हो क्या? सँभलकर रे बाबा, भरोसे लायक नहीं होती हैं वे।" काम की तलाश में घाटियाँ पार कर गोवा आने वाले लोगों को तुच्छतापूर्वक 'घांटी' कहा जाता था, जो मुझे बिल्कुल पसन्द नहीं था।

लेकिन यह घांटी मद्रासी लड़की मुझे बहुत पसन्द है इस बारे में माँ को बताने के झंझट में मैं नहीं पड़ा। और बताया नहीं वह अच्छा ही किया। क्योंकि बाद में जो हुआ वह कुछ और ही था।

कॉलेज ख़त्म हुआ। रिजल्ट हुआ। मुझे नौकरी भी मिल गयी। परमेश्वरी अच्छे से कोंकणी पढ़ने-लिखने लगी। पहले की तरह हमारा हफ़्ते में एक बार हर शनिवार को मिलना जारी था। राजेश्वरी के पिता राजनीति में जाकर नेता बने थे। वे इस मत के थे कि वह नौकरी न करे। परमेश्वरी महिला संघटन में स्वयंसेवी के रूप में काम कर रही थी। मैंने भी लेखक के रूप में नाम कमाया था।

उस शनिवार हमेशा की तरह जब मैं परमेश्वरी के फ्लैट पर पहुँचा तो राजेश्वरी ने दरवाज़ा खोला। वह भी नाइटी में। पता चला कि परमेश्वरी अपने माता-पिता के साथ बेलगाम गयी थी और रात को वापस आने वाली थी।

"तुम क्यों नहीं गयीं?" मुझे पूरे मन से लगा था कि राजेश्वरी को बेलगाम भेजकर परमेश्वरी को रुकना चाहिए था। मन की बात ताड़ती हुई सी राजेश्वरी बोली, "तुम जानते हो, परमेश्वरी को तुमसे अकेले मिलने में डर लगता है। मैंने कहा, अगर ऐसा है तो मैं मिलती हूँ अकेले। मुझे अच्छा चान्स मिला।"

और सचमुच उसने अच्छा चान्स लिया।

उस दिन मैंने पाया या खोया था यह मैं नहीं जान सका।

इतवार को मछली बाज़ार में फातर्पेकार मिला। "एक बात बताओ, तुम्हारे कुल-देवता कौन हैं?"

जाति पूछने का ये तरीक़ा मुझे ज़रा भी पसन्द नहीं है। चुप रहा।

"मुझे पता है। तुम्हारे रवळनाथ हैं। तुम्हारे उस गर्लफ्रेंड के—मद्रासी नहीं रे, दूसरी—उसके देवता कौन हैं?"

मुझे ग़ुस्सा आने लगा था। "सर, मेरा देवता वग़ैरह से कोई लेना-देना नहीं है।"

"तुम्हें अगर देवता से कोई लेना-देना नहीं है तो जाति से भी कोई लेना-देना नहीं होगा। लेकिन उस लड़की की...; जहाँ तक मैं जानता हूँ—उसका दादा मोची था फातर्पे में—" सत्यानाश हो उस फातर्पेकार का।

अब वह कड़वी याद थूक डालने का मन किया।

"फीता दे दो ना राजी ऽ" ज़ोर से बोला।

अन्दर दोनों बच्चे ताल पर बोल रहे थे—"रिंगा रिंगा रोज़ीस, पॉकेट फूल ऑफ़ पोसीस—" और बैंड मास्टर की शान से राजी सिखा रही थी—"रिंगा, रिंगा, रोज़ी—"

रोज़ी तो मुम्बई पहुँच गयी थी। और परमेश्वरी—हमारी शादी होने पर जल्दी ही पिता का तबादला पणजी हुआ और वह वहाँ गयी। वैसे भी वह क्रान्तिकारी क़िस्म की थी! मांडवी की हवा लगने पर और ज़्यादा सोशल हुई। बीच-बीच में उसके फ़ोन आ जाते। मुझे कम, राजी को ही ज़्यादा।

उलझा हुआ फीता सुलझ गया था। जूते नीचे रखकर फीता बाँधने जा रहा था तब राजी फीते लेकर आ गयी।

"कितनी बार बुलाया तुम्हें? मुझे लगा तुमने सुना ही नहीं।"

"जूते को ब्रश तो लगाना चाहिए था। मैं लगाऊँ?"

"नहीं, नहीं। जाने तक आने का समय हो जायेगा। रहने दो।"

सच, नये जूते अब लेने ही होंगे... "राजी याद है न तुम्हें, हम नये शूज़ लेने गये थे पिछले इतवार को। घंटा भर ढूँढ़े थे हमने। आख़िर जब मुझे पसन्द आये तब—"

सुनने के लिए राजी वहाँ थी ही नहीं। अन्दर "रिंगा रिंगा रोज़ीस..." चल रहा था।

नये शूज़ लेंगे कहकर राजी ही मुझे मूड में लाकर बाटा शॉप ले गयी थी। ये नहीं वो लो, वो नहीं इसे देखो ऐसा करते-करते क़रीब दस जोड़ी जूते तो पहनकर देखे होंगे। इस बीच राजी ने ख़ुद के लिए सैंडल्स देखने शुरू किये थे। "ये जोड़ी लूँ या ये जोड़ी?" उसने पूछा। मैं बोला, "तुम्हें कौन-से अच्छे लगे ?" राजी ने बताया, "ये अच्छे लगे। लेकिन अगर तुम्हें पसन्द नहीं आये तो—"

"नहीं, सच कहता हूँ— मुझे भी वही ज़्यादा अच्छे लगे।"

एक का चुनाव हो गया था। लेकिन मेरे ख़ातिर एक भी जोड़ा मन मुताबिक नहीं मिला था।

इतवार होने के कारण ग्राहकों की भीड़ थी। इतने में नन्दन आ पहुँचा। पत्नी को साथ लिए। मैंने राजी से परिचय कराया। "ये नन्दन है। मेरा पुराना कलीग। अब मुम्बई रहता है।"

"ये उसकी पत्नी है—रोज़ी।"

"कब आये गोवा?"

"तीन दिन हो गये। हॉलिडे। तुम लोग क्या सैंडल्स लेने आये थे?"

"नहीं। हम आये थे मेरे लिए शूज़ लेने। मीनव्हाइल सैंडल्स लिए हैं। अब मेरे लिए शूज़ ढूँढ़ रहे हैं। जैसे चाहिए वैसे नहीं मिल रहे हैं।"

"फॉर्मल या कैजुअल?" रोज़ी ने पूछा।

"कैजुअल ही चाहिए। अच्छे से-"

"गो फॉर अपबीट—न्यू मॉडल।" और रोज़ी ने अधिकार से सेल्समैन को फर्मा दिया—"दिखाओ रे!"

"बाय द वे, तुम जानते हो?" रोज़ी की ओर अभिमान से देखते हुए नन्दन ने बताया, "रोज़ी इज़ नाउ अ फूटवेअर एक्सपर्ट वर्किंग फॉर बाटा इंडिया। पिछले साल के बेस्ट सेलिंग मैन्स फूटवेअर्स—नेचर पावर, बेस्ट फीट, ये इनहाउस ब्रैंड उसी ने डिजाइन किये थे।"

मुझे ख़बर ही नहीं थी। मेरी आँखें अचम्भित होकर फैल गयीं। "वाउ! वॉट एन अचीवमेंट!"

राजी आँखें झपकाती हुई रोज़ी की ओर देख रही थी। अन्दर से जूतों का नया जोड़ा आ गया। पहनकर देखने से पहले ही मुझे पसन्द आया।

"पहनकर देखो तुम! लेकिन आय एम शुअर, इट विल सूट यू!" रोज़ी ने विश्वासपूर्वक कहा।

मैंने शूज़ पहनकर देखे। चलकर देखा। "वाउ!" मुझसे शब्द फूटा। इतने में राजी आगे आ गयी। "दिखाओ मुझे?" उसने वे जूते हाथ में लिए। हाथ में लिया, बारीकी से तोला और मुँह टेढ़ा किया।

"अच्छेऽ हैं, कम्फर्टेबल।" मैंने धीरे-से अपनी पसन्द ज़ाहिर की।

"नहीं चाहिए।"

"क्यों?"

"प्राइस देखा?"

"देखा था मैंने—3999। लेकिन कुछ देर पहले तुमने जो पसन्द किये थे वे इससे भी महँगे थे न!"

"अब ये मुझे पसन्द नहीं आये।" 'मुझे' पर ज़ोर देकर राजी ने कहा। शायद रोज़ी ने सुना होगा। "ठहरो। और एक मॉडल दिखाती हूँ।"

"रहने दो। देर हो गयी। बच्चे रुके होंगे। बाद में फिर से आयेंगे हम।" ऐसा कहते हुए ख़ुद ने जो सैंडल्स पसन्द किये थे उन्हें भी न लेते हुए राजी बाहर आ गयी। रोज़ी-नन्दन को ठीक से बाय भी करने नहीं दिया।

गाड़ी स्टार्ट करके मैंने स्पष्ट कह दिया—"धीस इज़ नॉट फेअर, राजी। जानती हो तुम, वे शूज़ कितने कम्फर्टेबल थे? ऐसे कितनी देर हो जाती हमें?"

"मुझे ज़रा भी पसन्द नहीं आये वे। उसकी आँखें देखी थीं? तुम्हें देखते ही कैसे चमक उठी थीं ! जैसे परमेश्वरी को देखते ही पहले तुम्हारी चमक उठती थीं, वैसे !"

मैं हैरत में पड़ गया! राजी को इतनी जलन हो गयी उससे? और अगले ही क्षण मैं ख़ुश हो उठा। कितनी पजेसिव हो गयी थी राजी ! सीधे मालिकाना हक जता रही थी मुझ पर!

परमेश्वरी का नाम मुँह में आया और अचानक राजी का मूड बदल गया। "ए, मैं तुम्हें बताना ही भूल गयी!" उत्साहित होकर बताने लगी। "तुमने आज टी.वी. ही नहीं देखा। कल पणजी में म्हादय नदी के सन्दर्भ में जो रैली निकाली गयी थी वहाँ परमेश्वरी ने भाषण दिया था। चेस्ट कोंकणी में। हज़ारों लोगों के सामने कैसे दिल से बोल रही थी पता है? कोई नहीं कहेगा कि ये गोंयकार नहीं है। छी ! मुझे वहाँ होना चाहिए था।" और घर पहुँचने तक सिर्फ़ परमेश्वरी का आख्यान...

तब से अब तक जूते लाने जाना हो ही नहीं पाया।

इतने में राजी पहुँच गयी—

"ये क्या? अभी भी महाशय फीता बाँध रहे हैं? बाहर देखा है तुमने? कितना अँधेरा फैला है?"

"फीते बाँध नहीं रहा हूँ! खोल रहा हूँ।" कहते हुए मैंने जूते निकाले।

"और तुम्हारी कहानी?"

तभी जेब का फ़ोन बज उठा।

सम्पादक—"आज रात तक भेज रहे हो न कहानी? कहानी नहीं तो जो कुछ है उसे लिखकर भेज देना।"

यही सब लिख डाला और सम्पादक को लिखा—

"जो सूझा वो लिखा। ये कहानी है या कुछ और इसे तुम तय करना।"

मौत नहीं आ रही इसलिए!

दोपहर हो गयी थी। धूप एकदम जान की दुश्मन बनी-सी शरीर के टुकड़े नोच डाल रही थी। नीचे तपी हुई ज़मीन और ऊपर आग उगलता सूरज। चूल्हे पर रखे 'धोंडस' की तरह सब जीव सेंके जा रहे थे। चारों ओर तेज़ गर्मी...

मई ख़त्म हो चुका है। जून भी ख़त्म होने आया है। बारिश का नामो-निशान नहीं है। धरती तप रही है। पानी के लिए तरस रही है। प्यास से तड़प रही है। बड़ी आस लिए आकाश की ओर आँखें लगाये बैठी है। लेकिन आकाश में एक भी बादल नहीं दिख रहा। रुआँसी होकर नज़रें हटाती है। बहाने के लिए आँखों में एक गिला आँसू तक नहीं आता।

आम, कटहल, बरगद, नारियल...बेचारे सब मुर्झा गये हैं। सब पत्ते झड़ गये हैं और जिन पर कुछ बचे हैं वे भी सूख गये हैं। और पेड़! मौत नहीं आ रही इसलिए जी रहे हैं। बड़े वृक्षों की ये स्थिति है। घास और झाड़ियों का तो हाल ही न पूछो! घास ने धरती को कब का अलविदा कह दिया था। उस जगह पर अब सिर्फ़ रेत नज़र आती है। और झाड़ियाँ ? उनकी जगह पर दिख रहे हैं सीधे छड़ीनुमा तने।

खेत और मैदान एक से लग रहे हैं। कुएँ एक के बाद एक सूख गये हैं। तालाब सूख गये हैं। वहाँ का कीचड़ तक सूखकर पत्थर बना है। गाँव में रहने वाली मनुष्य जाति गाँव छोड़ दूर चली गयी है। सब पंछी दूर देस चले गये हैं। मवेशी सारे अपने प्राण त्याग चुके हैं। जो जीव जीवित बचे हैं मौत की राह देख रहे हैं।

और ऐसे समय दोपहर की चिलचिलाती धूप में बिना ज़हर वाली, एक मादा पनिया साँप, अपने बच्चे को साथ लिए कहीं जा रही है। बड़ी तेज़ी से !

ऐसी स्थिति में भला कोई चल भी सकता है? ऊपर से ये ठहरी साँप ! उसका चलना मतलब पूरा शरीर भूमि से सटाकर, रेंगते हुए चले जाना। शरीर एकदम झुलस रहा होगा। लेकिन मादा साँप इसे महसूस कर रही हो ऐसा नहीं लग रहा। वह बच्चे का ख़याल रखते हुए आगे बढ़ती जा रही है। कोई देखेगा तो उसे पागल कहे बिना नहीं रहेगा। लेकिन...वहाँ है कौन उसे देखने वाला?

वह खेत में से, मैदान में से, बाँध पर से गुज़र रही है। बीच में नारियल का पेड़ दिखने पर पलभर उसकी छाँव में रुक कर गहरी साँस छोड़ती है और फिर बच्चे को लिए आगे बढ़ने लगती है। कहाँ जा रही है ख़ुद वह भी नहीं जानती!

चलते-चलते वह एक खेत के पास पहुँचती है। बाप रे ! कितना बड़ा खेत है ये! लेकिन सोचने का समय नहीं और धूप में रुके रहने की स्थिति नहीं। बाँध पर से उतरकर वह अब मेंड़ पर से गुज़रने लगती है। हाय अम्मा ! अगर वहाँ उसे कोई देखने वाला होता तो उस पर तरस खाकर यह कहे बग़ैर नहीं रहता— "अरी मादा साँप, ऐसी झुलसाने वाली दोपहरी में तुम क्यों जा रही हो? उस पार कैसे पहुँचोगी तुम? जान से हाथ धो बैठोगी! पीछे मुड़कर इस बाँध पर आ जाओ। शाम होने तक इस बरगद के पास रुकी रहना..." लेकिन मादा साँप इसे न सुनती। वह इन बातों की तरफ़ ध्यान ही न देती। ज़्यादा से ज़्यादा जाते समय बोल देती—"अरे बाबा, सुस्ताने के लिए समय किसके पास है? और चलते-चलते मौत आ भी गयी तो किसे परवाह है? अब मौत नहीं आती है इसलिए..."

इस खेत की मेंड़ें भी तहस-नहस हो चुकी हैं। सिर्फ़ रेत ही लगती है शरीर को। जलती हुई रेत! मादा साँप को याद आता है—एक दिन चने वाले जुझे के घर में चूहे का बच्चा पकड़ने गयी थी वह। वहाँ उसने पास से देखा था। जुझे ने एक बड़ा मिट्टी का बर्तन आग पर रखा था। उसमें रेत डाली थी। वह गर्म होते ही उसमें उसने चने डाले थे और फिर ...चलते-चलते उसका शरीर काँप उठा। उस गर्म-गर्म रेत में वह भी चने की तरह–

हुश्य! मादा साँप ने आह भरी। वो देखो बाँध। बाँध के किनारे ही एक 'बिबो' का पेड़ है। ज़रा छाँव मिल जायेगी। मादा साँप ने अपनी चाल तेज़ की और वह बाँध पर पहुँच गयी। ज़ोर लगाकर ऊपर चढ़ी। पेड़ के नीचे पहुँच गयी। अरे, बच्चा कहाँ गया? अरे! अभी तो यहीं था! वह एकदम डर गयी।

बाँध पर से दौड़ पड़ी। देखा, बच्चा नीचे ही रह गया था। ऊपर नहीं चढ़ पा रहा होगा कहते हुए मादा साँप ने नीचे छलाँग लगाई। अरे! यह अभी भी इस तरह निढाल क्यों पड़ा है? शरीर को मुँह से छुआ तो पाया...

भारी मन से मादा साँप ऊपर चढ़ आयी। बच्चे को साथ लेकर ऊपर चढ़ने की ताक़त उसके शरीर में नहीं बची थी। वह जाकर पेड़ के नीचे बैठ गयी। सोचते-सोचते अतीत में खो गयी। उसे एक-एक बात याद आने लगी।

जब तक उस बच्चे का बाप था तब तक मादा साँप को किसी भी चीज़ की कमी महसूस नहीं हुई। जो भी माँगती वह ला देता उसे। कितना प्यार करता था वह बच्चों से। लेकिन भगवान से यह देखा न गया। एक दिन वह खाना ढूँढ़ने बाहर गया था। जब उसे बड़ी प्यास लगी तब पानी ढूँढ़ने लग गया। एक घर के पास ग़ुसलखाने में एक बड़ा भांड़ा था। बेचारा, प्यास का मारा! पेटभर पानी पी लूँगा सोचकर उसने अपना सिर भांड़े के भीतर डाल दिया। इतने में एक दुष्ट मनुष्य ने उसकी पीठ पर लाठी से वार कर दिया। उसकी पीठ की हड्डी टूट गयी। उसी हालत में किसी तरह छिपते-छिपते वह घर पहुँचा। बहुत उपाय किये—लेकिन...

मादा साँप को लगा था कि अब वह भी मौत को अपना ले...क्या करना है ज़िन्दा रहकर? लेकिन नहीं ! मरते समय पति ने उससे कहा था, इन बच्चों की अच्छी तरह से देखभाल करते हुए उन्हें बड़ा करना। हाँ, सही है! इन दो बच्चों की ख़ातिर मुझे ज़िन्दा रहना ही होगा। लेकिन नसीब ही खोटा निकला!

गर्मी का मौसम कब का ख़त्म हुआ था लेकिन अभी तक बारिश शुरू नहीं हुई थी। कुएँ सूख गये। तालाब सूख गये। पानी की एक बूँद तक मिल पाना मुश्किल था। ऐसी कठिन परिस्थिति में तरह-तरह के उपाय करते हुए मादा साँप ने अपने बच्चों की देखभाल की थी। ख़ुद भूखी रही। लेकिन उन्हें कभी भूखा नहीं छोड़ा। पर पानी... धरती ख़ुद पानी के लिए तरस रही थी। ऐसी स्थिति में वह कहाँ से पानी ला देती? पानी-पानी कहते हुए एक बच्चा चला गया। बचे दो। बच्चा और माँ। पूरा गाँव ख़ाली हो गया। नाग, धामन वग़ैरह सब साँप चले गये। बस, यह मादा पनिया साँप छोड़कर! बेचारी इस आस में पीछे रह गयी थी कि आज नहीं तो कल बारिश आये बिना नहीं रहेगी। लेकिन जब स्थिति असहनीय हो गयी तब वह भी निकल पड़ी। जो था वह सब पीछे

छोड़कर बच्चे को साथ लिए वह चल पड़ी...लेकिन अब, वह बच्चा भी उसे छोड़कर चला गया था!

मादा साँप की आँखों से दो आँसू झर गये।

"क्यों रो रही हो तुम मादा साँप?" अचानक आवाज़ सुनाई दी—स्नेह से भरी आवाज़। उसे याद आयी—अपने पति की। उसकी आँखों से दो आँसू और झर गये।

"देखो, ऐसे मत रोना!"

मादा साँप ने आश्चर्य से देखा। बाँध पर कोई नहीं था। एक पेड़ तक नहीं। एक 'बिबो' पेड़ छोड़े तो। कहीं 'बिबो' का पेड़ ही तो नहीं न?

"हाँ, मैं वही 'बिबो' बोल रहा हूँ। तुम क्यों रो रही हो?"

भरी हुई आँखों से मादा साँप ने उस पेड़ की तरफ़ देखा। उसे लगा जैसे उसका दु:ख एकदम हल्का हो गया हो। एक लम्बी साँस छोड़ते हुए उसने पूरा क़िस्सा पेड़ को बता दिया। सुनकर 'बिबो' पेड़ को बहुत बुरा लगा। लेकिन वह भी क्या करता? गहरी साँस छोड़ी और चुप रहा। मादा साँप ने पूछा, "बिबो भैया, क्या तुम अकेले ही रहते हो यहाँ? ऊब नहीं जाते?"

"क्या करूँ? पहले मेरे साथ लताएँ थीं, झाड़ियाँ थीं, उस किनारे एक नारियल का पौधा भी था। लेकिन...लेकिन आज मैं यहाँ अकेला ही रह गया हूँ। दिन गिन रहा हूँ। उस नारियल के पौधे की याद आते ही मन बड़ा उदास हो जाता है। अभी तक उस पर फल भी नहीं निकले थे। चला गया बेचारा!"

"बिबो भैया, पूछ रही हूँ इसलिए नाराज़ मत होना। ऐसी स्थिति में तुम कैसे जी रहे हो?" मादा साँप ने पूछा।

कुछ देर चुप रहकर बिबो पेड़ ने जवाब दिया। "मेरे जीवन में अब कोई अर्थ नहीं रहा है। मैं अच्छी तरह जानता हूँ, कल किसी भी दिन, मैं भी मर सकता हूँ। मैं जी रहा हूँ, मादा साँप...मौत नहीं आ रही इसलिए जी रहा हूँ!"

बिबो मौत नहीं आ रही है इसलिए जी रहा था! और मैं भी मौत नहीं आ रही है इसलिए जी रही हूँ। नहीं! मैं अपने बच्चों के लिए जी रही हूँ—लेकिन अब मेरा बचा ही कौन है? क्यों जिऊँ मैं?

"मैं समझता हूँ। मादा साँप, तुम्हारी बात मैं समझता हूँ। अब मेरी बात सुनो। इस संसार में कई जीव हैं। बहुत सारे ऐसे हैं जो निराश हैं। बहुत सारे अपना कर्म,

अपना कर्तव्य पूरा कर चुके हैं, ज़िन्दगी जी चुके हैं। लेकिन वे मौत का विचार नहीं करते। वे चुपचाप जीते चले जाते हैं। मौत की राह देखते-देखते। तुम्हें मरना नहीं चाहिए। मेरी बात सुनो। यहाँ से पूरब की ओर सात-आठ कोस बाद एक तालाब है। छोटा-सा है। तुम वहाँ जाकर रहो। अभी तक वहाँ कोई नहीं पहुँचा है और नहीं लगता है कि कोई पहुँच भी पायेगा। तुम वहाँ जाकर रहना। चलो, अब मौत नहीं आ रही इसलिए तुम्हें जीना होगा।"

मादा साँप उठी, बिबो को देखकर उसकी आँखें भर आयीं।

"मादा साँप, मेरा एक काम करोगी?"

"बताओ, तुम जो कहोगे उसे मैं करूँगी। बताओ, क्या मैं यहीं रुकी रहूँ?"

"नहीं मादा साँप, यहाँ रहीं तो तुम ज़िन्दा नहीं रह पाओगी। तुम्हें जाना ही होगा। लेकिन उससे पहले मेरा एक काम करना..." पेड़ की आवाज़ काँप उठी... "महीना हो गया, मेरे पास कोई जीव नहीं आया है। आज तुम आयी हो। उपकार करो, बस एक बार मेरे शरीर पर मुक्त होकर घूम लो। तुम्हारे स्पर्श को मुझे महसूस करने दो।"

सरसराते हुए मादा साँप पेड़ पर चढ़ गयी। चोटी तक पहुँच गयी। कन्धे पर चढ़ी। हाथ पर घूमी। अपना दुख भूलकर खेली। नाची। फिर नीचे आ गयी। बिबो का पेड़ ख़ुशी से झूम उठा। मादा साँप ने एक बार अपने बच्चे को जी भर कर देखा और फिर बिबो को दिल से अलविदा कहकर पूरब दिशा की ओर मुँह करते हुए चल पड़ी।

वहीं चिलचिलाती धूप। शाम का समय पास आ रहा है लेकिन ज़मीन उतनी ही गर्म है। सूरज डूबने जा रहा है। देखते-देखते शाम हो आती है। धूप कम होने लगती है। ग़ायब हो जाती है। लाल किरणें धरती पर फैल जाती हैं। रोज़ इस समय दुल्हन की तरह दिखने वाली धरती आज बिस्तर पर पड़े मरीज़-सी दिख रही है। प्रकृति की यह खस्ता हालत देखते हुए मादा साँप आगे बढ़ती है। साँझ हो जाती है। रात आगे बढ़ती है। सुबह हो जाती है। मादा साँप को नींद आने लगती है। लेकिन झपकी लेने जैसी स्थिति नहीं है। सोने गयी और वहीं एकदम गहरी नींद आ गयी तो? पहले उस तालाब के पास पहुँचना चाहिए। आशा! उसने किसे छोड़ा है?

फिर दोपहर! ज़रा भी आराम न करते हुए मादा साँप चलती रहती है। दोपहर ख़त्म होती है। शाम हो जाती है। और... अरे वाह ! ये पेड़ ऐसे कैसे ज़िन्दा रह पाये? चारों और सूखी लकड़ियों जैसे पेड़ और उनके बीच हरे पत्तों से भरे पेड़ कैसे आ गये? हैरान हुए मादा साँप आगे बढ़ने लगती है।

...ये तो वही तालाब है ! तालाब के किनारे लगे पेड़ हैं ये, इसीलिए अच्छे से जी पाये ! चलो ! पहुँच गये आख़िर! वाह ! और पानी भी देखो कितना साफ़ है! कुछ देर चकित होकर मादा साँप वहीं खड़ी हो जाती है। फिर एकदम होश में आकर आगे बढ़ती है। पानी के पास पहुँचती है। प्यासी जीभ से पानी छूते ही उसे याद आती है...घरवाले की—वह पानी पीते समय ही मर गया था ! बच्चों की- पानी के लिए तड़प-तड़पकर उन्होंने संसार छोड़ दिया था! और बिबो पानी न होने की वजह से मर रहा है—मौत की राह देख रहा है। मौत नहीं आ रही इसलिए जी रहा है!

अँधेरा हो जाता है। रात धीमे-धीमे क़दम उठाती हुई आती है। मादा साँप आगे बढ़ती है। पानी में चली जाती है। बड़े दिनों के बाद आज वह पानी देख रही है। पेटभर पी लेती है। नाचती है, खेलती है, तैरती है। और फिर आँखें मूँदने लग जाती हैं। मादा साँप सो जाती है!

घस् घस्! घस् घस्! तड़के ये कैसी आवाज़ आ रही है यह देखने के लिए सिर ऊपर उठाकर देखे तो इन्सान दिख जाते हैं। डर से मादा साँप सिर अन्दर कर लेती है। फिर से सिर ऊपर उठाती है। देखती है कि पानी की धारा बह रही है और वह पानी एक ट्रक पर रखी टंकी में पड़ रहा है। मादा साँप के एकदम ध्यान में आता है। उसने इससे पहले देखा था, खेतों में पंप लगाकर पानी बाहर निकाल लेते हैं वे! सत्यानाश हो इस मनुष्य जाति का। पता नहीं कहाँ से उन्हें पता चल गया ! भगवान जाने! अब ये पानी वे ले जायेंगे। थोड़ा-थोड़ा करते हुए ख़त्म हो जायेगा ये पानी ! और...और...फिर—

पानी की सतह कम होती है। आधी होती है। थोड़ी रह जाती है। और—"अरे वो देखो पानी का साँप।" कोई चिल्लाता है।

"अरे, लाठी ले आओ!...तुम इस ओर आओ..."

मादा साँप आँखें बन्द कर लेती है। उसे याद आता है... पति जैसी ही मौत उसे भी मिलने वाली है यह सोचकर पलभर अच्छा लगता है। बच्चों की

याद आती है—अच्छा हुआ, पहले चले गये वे! और वह बिबो! अभी भी वह मौत की राह देख रहा होगा! मौत नहीं आ रही इसलिए...

आं...

"शाबाश, झटके में ख़त्म कर दिया तुमने!"

मैं

"मैं तुम बनूँगा और मैं भी रहूँगा।" मैंने उससे कहा था। शायद सपने में। क्योंकि वैसे उसने कभी प्रत्यक्ष मुझसे बात नहीं की थी। दरअसल वह सचमुच मुझसे मिला भी था या नहीं इसे लेकर भी मुझे सन्देह है। वह मुझसे मिल चुका है यह कह पाना भी कम मुमकिन है। लेकिन यह भी निश्चित रूप से नहीं कहा जा सकता। लेकिन कहा तो है ! एक हो सकता है। ज़मींदार के घर नया-नया टी.वी. आया था और उसे देखने आवो के साथ गया था। वहीं पहली बार उसे देखा होगा।

आवो और मैं ज़मींदार के घर की बैठक के कोने में उकड़ूँ बैठे थे। ज़मींदार आरामकुर्सी पर और उसके घर वाले सोफ़ा-कुर्सियों पर फैले हुए बैठे थे। वह बैठक मेरे लिए नयी थी, आवो के लिए नहीं। वह उनके घर काम करती थी। उस बैठक में झाड़ू लगाती ही होगी। टी.वी. पर वह दिख गया। मेरा ही हमउम्र। उसने हाफ पैंट पहनी थी। मैंने भी पहनी थी। उसने शर्ट पहना था। मेरे बदन पर भी शर्ट था। उसके पैरों में जूते थे। मेरे पैर मिट्टी से सने थे। फ़र्क़ सिर्फ़ इतना ही नहीं था। उसका शर्ट एकदम सफ़ेद और चमकीला। मेरे शर्ट का रंग पहचाना नहीं जाता था। दो बटन भी टूट गये थे। उसकी पैंट इस्त्री की हुई। मेरी सिलवटों से भरी और पिछवाड़े फटी हुई। वह दिखने में गोल-मटोल और सुन्दर। मैं गन्दा और बहती नाक वाला। मुझे उससे रश्क नहीं हुआ। बीच में उसकी नज़र मुझ पर पड़ गयी। मैं झट से उठकर खड़ा हुआ। वह मुझे देखकर मुसकुराया। आवो ने मेरा हाथ पकड़कर खींचा। दुबारा उकड़ूँ बिठाया। वह मुझसे कुछ कहना चाहता था। लेकिन उसकी माँ उसे वहाँ से खींचकर ले गयी। आवो मुझे लेकर घर आ गयी।

उसे सपने में देखने के लिए मैं जल्दी सो गया। उसकी तरह मुसकुराने की कोशिश करता हुआ। सुबह उसे आते हुए देखा। ज़मींदार के घर जा रहा होगा ये सोचकर मैं अपने मिट्टी के घर के दरवाज़े के बाहर ही खड़ा रहा। वह मुझे देखकर मुसकुराया। मैं भी मुसकुराया—ठीक उसकी तरह। वह ज़मींदार के घर नहीं गया। उस घर के पीछे वाले हमारे मिट्टी के घर की दिशा में चलते हुए आ गया। मैंने तुरन्त अपनी नाक से बहने वाले पानी को सुड़ककर अन्दर खींचा और नाक शर्ट की आस्तीन से पोंछ डाली।

"तुम इतने साफ़ कैसे ?"

कहा कि वह नहाकर आया है। मैंने कहा, "मैं भी नहाऊँगा।"

उसे साथ लेकर नदी पर चला गया। लगायी डुबकी पानी में। उसे आने के लिए कहा।

"डर लगता है। मुझे तैरना नहीं आता।"

मैंने तैरकर दिखाया। पानी में गोता लगाकर काफ़ी समय बाद सिर ऊपर उठाया। नदी के किनारे वाले पेड़ पर चढ़कर पानी की तरफ़ झुकी डाली पर चला गया। उसे आने के लिए कहा।

"मुझे पेड़ पर चढ़ना नहीं आता।"

मैंने डुबकी लगायी। काफ़ी देर तक तैरता रहा। पहली बार शरीर को बहुत रगड़-रगड़कर नहाया।

भूख लगी। उसे साथ लिए घर आया। आवो ने भाकरी थापकर सेंक दी थी। एक ही थी। उसे एक टुकड़ा दिया। उसे वह बहुऽत अच्छी लगी।

"तुम्हारे यहाँ नहीं बनाते हैं?"

उसने गर्दन हिलाते हुए ना कहा।

"तो फिर तुम क्या खाते हो ?"

"ऑमलेट-पाव।"

मैंने गुल्ली डंडा निकाला। "चलो, खेलते हैं।"

"इस तरह का खेल खेलना मुझे नहीं आता।"

"अरे गुल्ली को ऐसे हल्के से डंडा लगाना होता है और जैसे ही वह ऊपर उछले वैसे ज़ोर से डंडा ठोंकना है, बस हो गया।" लेकिन वह नहीं समझ पाया।

"तो तुम क्या खेलते हो?"

"कैरम, फुटबॉल।"

फिर हम पिछवाड़े की तरफ़ के जंगल में चले गये। तरह-तरह के बेर ...काण्णां, चुन्नां, चारां, बेर... उसने भी बड़े मज़े लेकर खाये। झाड़-झंखाड़ों में से घूमते हुए उसका सफ़ेद शर्ट गन्दा हो गया। वह अस्वस्थ हुआ।

"घर चलता हूँ।" कहा कि मैं पहुँचाने आता हूँ फिर भी नहीं रुका, गया।

"मैं तुम बनूँगा और मैं भी रहूँगा।" ऐसा मैंने उससे कहा था या मैंने मुझसे ही कहा था? मुझे पक्का नहीं पता। बहुत दिनों तक उससे मिलना नहीं हुआ। या फिर मिला हो, याद नहीं आ रहा। लेकिन मैंने जो उससे कहा था वह अच्छी तरह मन में रह गया। उसके जैसा बनूँगा। पढ़ना चाहिए। मन लगाकर पढ़ा। कपड़े साफ़ होने चाहिए। मैं घिसकर-रगड़कर, खँगालकर चमकाने लगा। नवोदय स्कूल पहुँचा और पैरों में जूते आ गये। वहाँ कभी-कभी ऑमलेट मिल जाता। लेकिन जब छुट्टियों में घर आता तब आवो के हाथ की भाकरी खाने को मिल जाती। होस्टल में शॉवर था। लेकिन छुट्टी कब पड़ेगी और नदी में डुबकियाँ लगाने का मौक़ा कब मिलेगा इसकी राह देखता रहता। स्कूल में कैरम, फुटबॉल खेलता। लेकिन उसमें गाँव के गुल्ली-डंडे-सा मज़ा कभी नहीं आया।

"मैं सिखाऊँ?" कान में पूछता।

"मुझे आता है। लेकिन...मन नहीं लगता।"

"तुम्हें अभी तक तैरना नहीं आता?" वह जब कभी मिलने आता तब मैं पूछ पड़ता।

उसका चेहरा मुर्झा जाता।

एक दिन उसने पूछा, "तम्हारी नाक अब नहीं बहती?"

जब से वह मिला था तब से मेरी नाक का बहना बन्द हुआ था, जब उससे ये कहा तब वह ख़ुश हुआ।

एक दिन उससे पूछा—"छुट्टियों में घर जाऊँगा। तब हम जंगल चलेंगे। चलोगे ना?"

उसके शरीर के रोंगटे खड़े हुए। "नहीं, कपड़े गन्दे होंगे।" और मुझसे पूछा, "तुम्हारे कपड़े भी गन्दे हो जायेंगे। तुम्हें चलेगा ?"

"हो जायेंगे। लेकिन बाद में मैं उन्हें धो दूँगा। उसके बाद फिर से चमकदार—"

"मुझे कपड़े धोना नहीं आता।" वह झेंप गया। मुझे उस पर दया आयी।

परीक्षा के दिनों में होस्टल में रहा नहीं जाता था। फैन की हवा भी गर्म महसूस होती। छुट्टियाँ पड़ने पर अपने घर, मिट्टी के घर पहुँचते ही नारियल के पत्तों के बीच से भीतर आने वाली ठंडी हवा पल भर में मेरी थकान भगा देती।

आवो ने रागी की आंबील बनायी थी। उसे पीकर मैंने गुल्ली-डंडा निकाला। बाहर आकर देखा, वह मेरा इन्तज़ार कर रहा है। अभी भी वह सिर्फ़ मुझे खेलने के लिए कहता लेकिन ख़ुद नहीं खेलता। खेलते-खेलते नदी के पास पहुँच गये। गुल्ली उछली और जैसे ही डंडा मारा, गुल्ली हवा से होड़ करते हुए दूर जाकर नदी में गिर गयी। मैंने कपड़े उतारे और नदी में डुबकी लगायी। गुल्ली जैसे मेरे लिए ही रुकी थी। तैरते-तैरते मेरे हाथों में आ गयी।

"तुम आ जाओ। डरो मत। पानी कम है।"

"नहीं, मुझे जुकाम हो जायेगा।"

आबो ने खेत की खुदाई कर रखी थी। मुझे लेकर खेत पर गया। आबो लँगोट बाँधे फावड़े से खोद रहा था। मेरे हाथ में भी फावड़ा थमाकर मुझे मेंड़ बनाने के लिए कहा। वह आकर खड़ा है और मुझे काम करते ताक रहा है, ऐसा मुझे लगा। या फिर वह आया ही नहीं था? पता नहीं। जब पहली बारिश में हम खेतों में उतरे थे तब भी उसे छाता लेकर आते हुए मैंने देख लिया था। उसके बाद वापस कब चला गया पता ही नहीं चला। मैं उसे बताने के लिए रुका था—खेतों के टुकड़ों में पानी भर जाते ही वहाँ उतरने में कितना मज़ा आता है!

ये मज़ा आगे बढ़ता ही चला गया।

स्कॉलरशिप मिली और मैं कृषि महाविद्यालय में पढ़ने गोवा के बाहर चला गया। बड़भागे को बीच में ज़रा अपना मुखड़ा तो दिखाना चाहिए था न! कोर्स ख़त्म होने तक नहीं दिखाया। या फिर चोरी-छिपे आकर चला जाता था, इसे जानने का कोई रास्ता नहीं था। लेकिन आख़िरी दिन आ गया। वह भी रात को। शायद सपने में होगा।

"दो बार आकर चला गया। तुम गहरी नींद में थे।"

हो सकता है। क्योंकि सचमुच वहाँ खेतों में, बाग़ों या नर्सरी में मज़ा तो आता था लेकिन थकान भी बहुत हो जाती। बाद में बड़ी गहरी नींद आ जाती।

"क्यों चाहिए ऐसा मज़ा? डिग्री मिलने के बाद क्या? गोवा आने के बाद कृषि अधिकारी बनकर मेरी तरह कुर्सी गर्म करते हुए बैठना, बस यही ना?" इतना कहकर मेरी ओर पीठ करके चला गया। मुझे उससे कहना था—तुम्हारे कारण ही तो मैं इतना कुछ कर पाया। टी.वी. पर तुम मुझे देखकर मुसकुराये थे उसी पल मैंने तय किया था—मैं तुम बनूँगा, तुमसा पहनूँगा, तुमसा मुस्कुराऊँगा, तुमसा पढ़ूँगा...

कॉलेज ख़त्म करके घर पहुँचने पर बारिश शुरू हुई। बीज बोया, पौध रोपी, निराई-गुड़ाई की...खेत में सोना उगला और आबो के झुर्रियों से भरे चेहरे पर तृप्ति भरा हास्य फैला। उस रात आबो ने मुझे बताया—तुम अब नौकरी करो, नया घर बनाओ।

उसे वो पता चला—करो अर्जी, फिर सीधे अफ़सर। बनाओ घर। अच्छी-सी ईंटों और कांक्रीट वाला। मैं हँस पड़ा। घर तो बनाऊँगा ही। मंज़िल वाला लेकिन मिट्टी का। नौकरी करूँगा, लेकिन मेरी-अपनी...मयड़े के केले, वाणावली के नारियल के पौधे, आगशी के बैंगन, उतर्डे के तरबूज़, खोल की मिर्ची, अंत्रुज के खीरे...सब बढ़िया होगा... उस रात सो गया बेरों के बिछौने पर, अरवी के ढेर पर, मौलसिरी की सेज पर ...सुबह उठकर आवो की बनायी आंबील सुड़ककर आया तो देखा कि वह बाहर ही खड़ा था। रातभर सोया नहीं होगा शायद।

"एक बात क़बूल करने आया हूँ। मुझे तुमसे जलन होती है। तुम्हें भले मुझसे नहीं होती हो—"

"क्यों ? उल्टा मुझे तुम्हारा शुक्रगुज़ार होना चाहिए। अगर तुम मेरे जीवन में न आते तो मैं बहती नाक वाला, गन्दा और अनाड़ी ही रह जाता। तुमने मुझे सपना दिया इसलिए मैं..."

"याद है मुझे। तुम्हें 'मैं' बनना था..." पलभर रुककर आगे बोला, "तुमने मेरा अहंकार जगाया। तुम पर दया दिखाते हुए मैं तुम्हारे सामने शान जताता रहा। लेकिन...तुमने मुझे हरा दिया।"

"मैंने कभी ऐसा नहीं सोचा।"

"पता है मुझे। अब जब तुम्हें खेत में काम करते हुए देखता हूँ तब मैं अपने आप पर शर्मिन्दा हो जाता हूँ। मैं कुर्सी पर बैठे-बैठे कमाता हूँ। गोवा की

महानता के गीत गाता हूँ और उसी गले से भविष्य की चिन्ता व्यक्त करने लगता हूँ—पेट फट जाने तक खाने के बाद पादने की तरह! तुम्हारी लहराती हुई फ़सल को देखा और तुम जिसे 'मज़ा' कहा करते थे, वह क्या है इसे समझ गया। तुम 'मैं' बनोगे इस भ्रम में मैं मेरी सफ़ेदपोशी के गुमान में जीता रहा। लेकिन तुमने जो आगे कहा था उसे भूल गया। 'मैं तुम बनूँगा और मैं भी रहूँगा।' तुमने कहा था। तुम्हारे भीतर का वह 'मैं' मुझे चैन से रहने नहीं दे रहा।" चलता हूँ कहने के पहले ही चला गया।

उसके बाद वह मुझे सहसा कहीं दिखाई नहीं दिया। नज़रों से दूर, दिल से दूर-सा आज मैं उसे भूल चुका हूँ। लेकिन कभी-कभी याद करते हुए वह आ जाता है... आ जाता होगा! मेरे पाँव ज़मीन पर टिके हुए हैं ये देखता है और चुपचाप चला जाता है।

बर्गर

"क्या कहा? तुमने शर्मिला को खाने दिया?" फूटते हुए पटाखे-सी मम्मा चीख़ पड़ी। "और उसने वह खा लिया?" पीछे दूसरा भी फूटा।

"उसमें क्या है? मेरी फ्रैंड है वह!" आयरीन तैश में आकर बोल गयी।

"अरे, पर वह हिन्दू है!"

"हिन्दू हो गयी तो क्या हुआ? वह जब पुलाव लेकर आयी थी तब मैंने नहीं खाया क्या? हम हमेशा शेयर करते हैं मम्मा !" आयरीन ने अपना आवेश बनाये रखा।

"बेटा, लेकिन हिन्दू लोग बीफ नहीं खाते। तुम्हारा दिया हुआ बीफ बर्गर उसने खा लिया है, इस बारे में अगर उसके घरवालों को पता चल गया तो वे नहीं छोड़ेंगे। शर्मिला को भी और तुम्हें भी।"

"लेकिन..." अब आयरीन का जोश ज़रा कम हुआ। फिर भी ओढ़े हुए आवेश के साथ पूछा, "अगर उसने बीफ खाया तो क्या होगा ?"

"पाप लगेगा!"

"उसी को लगेगा? और मुझे नहीं?"

"क्योंकि उनके भगवान ने उन्हें बीफ खाने से मना किया है।" मम्मा ने समझाते हुए कहा।

"लेकिन हमें तो सिखाया है—भगवान एक ही है।"

अब मम्मा ग़ुस्सा हो गयी। "तुम मुझे अपना ज्ञान मत देना। जब डैडी आयेंगे तब उनसे ही पूछ लेना।"

शर्मिला को बीफ बर्गर खाने पर पाप लगेगा, शर्मिला के घर वाले उसे नहीं छोड़ेंगे ये सुनकर आयरीन बहुत सहम गयी थी। फिर भी डैडी आते ही

उनसे पूछ लूँगी, यह सोचते हुए वह होमवर्क करने बैठ गयी। स्कूल बैग खोला तो उसमें ऊपर ही एक किताब रखी थी। परसों ही शर्मिला ने उसे दी थी।

शर्मिला को पढ़ना बहुत पसन्द है। उसके पिता उसके लिए अच्छी-अच्छी किताबें ख़ास ले आते थे। आयरीन को भी किताबें पसन्द हैं। लेकिन एनिड ब्लिटन और बार्बरा कार्टलैंड छोड़कर उसने और कुछ नहीं पढ़ा था। पिछले साल जब वह आठवीं में थी तब से उसे इन्हें पढ़ने का चस्का लगा था। लेकिन हाल में जब से उसकी शर्मिला से दोस्ती हुई थी तब से पढ़ने की दिशा बदल गयी थी। सबसे पहले शर्मिला ने उसे चार्ल्स डिकन्स की 'ऑलिवर ट्विस्ट' दी थी। उसके बाद दुमास इस लेखक की 'थ्री मसकिटिअर्स' दी। छोटी-सी अब्रिज्ड किताब। बार-बार पढ़ने का मन हो ऐसी। अब आयरीन भी अच्छे और बुरे साहित्य के बीच का फ़र्क़ समझने लगी थी। आजकल जैसे ही इंटरवल हो जाता, आयरीन और शर्मिला किताबों के बारे में बातचीत करने लग जाते। शर्मिला कोंकणी किताबें भी पढ़ती थी। मनोहर राय की कविताएँ पढ़कर सुनाती। सैल नामक लेखक की कहानियाँ पढ़ती। शर्मिला की वजह से आयरीन भी कोंकणी साहित्य पढ़ने लगी। शर्मिला से बातें करते-करते इंटरवल चुटकी में ख़त्म हो जाता।

"सुनो ! तुम अब नाइन्थ में पहुँच चुकी हो। आगे एस.एस.सी. आने वाला है ! इन किताबों को पढ़कर अपना टाइम बर्बाद मत करना। अच्छी परसेंटेज चाहती हो तो अभी से कॉन्सेनट्रेट करो।" मम्मा बता रही थी। लेकिन आयरीन को कोई चिन्ता नहीं थी। जबसे शर्मिला से दोस्ती हुई थी तब से पहले से भी ज़्यादा मार्क्स मिलने लगे थे। आयरीन का मैथ्स एकदम बढ़िया था। सौ में से एक-दो मार्क्स भी कम मिलते तो वह नाराज़ हो जाती। शर्मिला की अंग्रेज़ी और कोंकणी इन दोनों विषयों पर अच्छी पकड़ थी। आयरीन की वजह से अब शर्मिला का गणित सुधर गया था और शर्मिला के कारण आयरीन को अंग्रेज़ी और कोंकणी में ज़्यादा मार्क्स मिलने लगे थे। इतनी अच्छी दोस्ती बन रही थी वहाँ बीच में अचानक ये क्या उपस्थित हो गया था ?

स्कूल पिकनिक के लिए उन्हें 'काबु द रामा' ले गये थे। वहाँ पर उन्होंने बचपन में पढ़ी 'कैसल स्टोरीज़' को याद किया था। बड़ा मज़ा आया था। दोपहर को भूख लगने पर सब बच्चे अपने साथ जो खाना लाये थे उसे खाने

बैठ गये। तब शर्मिला के साथ आयरीन भी एक इमली के पेड़ तले धूप-छाँव का खेल देखते हुए, बातें करते-करते खाने बैठ गयी थी। शर्मिला की माँ ने उसे पुलाव बनाकर दिया था। उसने बड़ा आग्रह करते हुए पुलाव आयरीन को परोसा था। ऊपर से शर्मिला ने पूछा था, "तू क्या लायी है? बड़ीऽ अच्छी ख़ुशबू आ रही है।"

आयरीन ने सीधे वह जो बर्गर ले आयी थी उसे शर्मिला की प्लेट में रखा। सिर्फ़ कहने के लिए शर्मिला ने कहा था, "अरे, नहीं। तुम खाओ।" और आयरीन ने भी कहने के लिए कहा था, "तुम खाओ। मैं दो लेकर आयी हूँ।"

उस समय आयरीन ने सोचा तक नहीं था कि बात यहाँ तक पहुँच जायेगी। भले जान-बूझकर किया नहीं गया हो लेकिन पाप तो पाप ही होता है। अगर शर्मिला को घर में डाँट पड़ी तो!

डैडी आ गये। लेकिन आयरीन उनसे कुछ कहे इससे पहले मम्मा ने सब बता डाला।

"डैडी, मुझे नहीं पता था कि उनके यहाँ नहीं खाते।" आयरीन ने इतना-सा मुँह बनाते हुए कहा।

"तो फिर उसने कैसे खाया?"

हाँ। डैडी ने जो कहा वह भी सही था। शर्मिला वह बर्गर कैसे खा गयी?

"तुमने उसे बताया था न कि वह बीफ बर्गर है?" जब डैडी ने यह पूछा तब रुआँसा चेहरा लिए बोली, "नहीं डैडी। मैंने सिर्फ़ बर्गर कहा था। मुझसे ग़लती हो गयी।"

"ग़लती दोनों से हुई है। रहने दो। अब उसे वह 'बीफ बर्गर' था वग़ैरह बताने मत जाओ।" डैडी की बातों से आयरीन के मन का समाधान नहीं हुआ।

"और उसके पाय को पता चल गया तो क्या वह उसे डाँटेगा ?"

"पर जब तुम बताने जाओगी तब डाँटेगा न ?"

"और डैडी, बीफ खाने से क्या उसे पाप लगेगा? अगर ऐसा हुआ तो वह मुझसे बात तक नहीं करेगी..."

आयरीन के दिमाग़ में हलचल मच गयी। कितना बढ़िया गया था आज का पिकनिक वाला दिन! मेरी इत्ती-सी भूल की वजह से अब शर्मिला को सज़ा भुगतनी पड़ेगी।

वैसे आयरीन को सपने देखने की आदत है। लेकिन आज का सपना भयानक था। एक ओर शर्मिला की माँ और दूसरी ओर से पिता बेचारी को भरपूर डाँट रहे थे। बाहर बारिश और बादलों की गड़गड़ाहट थी। शर्मिला उनके सामने घुटने टेके रो रही थी। माफ़ करने के लिए प्रार्थना कर रही थी। "मुझसे ग़लती हो गयी। मेरा गुनाह माफ़ करो। आयरीन ने धोखे से खिलाया इसलिए खा गयी मैं। आगे से कभी बीफ नहीं खाऊँगी...इसके आगे आयरीन से दोस्ती भी तोड़ दूँगी। उसके साथ कभी बात नहीं करूँगी।" इतने में धड़ाम से आवाज़ आयी और बिजली गिर गयी...

आयरीन की आँखें चुँधिया गयीं। कान सुन्न हो गये। कहाँ गिरी होगी बिजली? शर्मिला पर तो नहीं न? कहाँ होगी शर्मिला? जब आँखें खुलीं तब आयरीन पसीने से लथपथ हो गयी थी।

सुबह उठने पर भी मन का तूफ़ान नहीं थमा था। शायद अब तक मम्मा और डैडी ये बात भूल चुके होंगे। आयरीन ने भी मानो कुछ भी नहीं हुआ हो जैसे बर्ताव करने का प्रयास किया। कल पिकनिक हुई थी इसलिए आज स्कूल की छुट्टी थी। ऊपर से कल इतवार था। अब सीधे सोमवार को शर्मिला को अपना चेहरा दिखाऊँगी, ऐसा सोच ही रही थी कि मोबाइल बज उठा। बजते ही जान गयी किसका होगा। उठाने का धीरज नहीं हो रहा था। रिंग बजती रही। हर रिंग के साथ आयरीन का कलेजा भी थोड़ा-थोड़ा ऊपर उछलने लग जाता था।

"अरे, तुम्हारा फ़ोन बज रहा है। उठा लो न?" अन्दर से मम्मा बोली। आयरीन ने उसे कट किया। अगली साँस छोड़ने तक मोबाइल फिर से बजा। मम्मा के कुछ कहने से पहले ही आयरीन ने उसे कट कर दिया और सीधे स्विच ऑफ़ करके रखा। वैसे भी एक शर्मिला छोड़े तो उसे फ़ोन करने वाले बहुत थोड़े थे।

ब्रेकफास्ट के लिए मम्मा ने कल फ्रिज में रखा हुआ बर्गर निकालकर अवन में गर्म किया और आयरीन के सामने रखा। उस पर नज़र तक न पड़े इसका ख़याल रखते हुए उसने बर्गर को दूर धकेला और टेबल पर रखा उंडो, पाव उठाकर चाय में भिगोकर खा लिया। मम्मा आगे कुछ कहे इससे पहले वह किताबें लेकर बैठ गयी।

शर्मिला ने जो किताब दी थी उसे पढ़कर वापस करना था। शर्मिला पहले की तरह बात करेगी क्या? नहीं तो फिर किताब कैसे वापस करूँगी? रहने दो! किताब लौटाने के बहाने बात तो हो ही जायेगी। और कुछ कहा भी तो फिर माफ़ी माँग लूँगी। वैसे शर्मिला किसी बात को दिल पर लेने वालों में से नहीं है। लेकिन अगर उसके घरवालों ने उसपर दबाव डाला हो तो? मुझे पता था कि वह हिन्दू है। लेकिन हम दोनों आपस में इतने घुल-मिल गये थे कि वह मुझसे अलग है ये कभी महसूस ही नहीं हुआ। जो मैं खाती हूँ उसे अगर वह खाये तो उसे पाप लग सकता है, इस बारे में मुझे कभी भी किसी ने कुछ नहीं बताया था। और अगर कोई बता भी देता तो मुझे वह सच नहीं लगने वाला था। अगर उसे बर्गर अच्छा नहीं लगा होता तो बात समझ में आ जाती। लेकिन शर्मिला को वह इतना अच्छा लगा था कि मुँह दुखने तक वह उसकी तारीफ़ करती गयी थी। मैंने मम्मा को बताया था कि शर्मिला को बर्गर बहुत पसन्द आया था। शर्मिला ने भी अपनी माँ को बताया ही होगा। उसने भी पूछा होगा कि बर्गर कैसा था? क्या कहा होगा शर्मिला ने ? और अगर माँ को पता चला तो? शर्मिला के पिता उसका ख़ूब लाड़ करते हैं। लेकिन उसने पाप लगने वाला काम किया है यह जानते ही क्या वे चुप रहेंगे? किस तरह की सज़ा देंगे वे शर्मिला को ?

"अरे, क्या हुआ है तुम्हें? सुबह बर्गर नहीं खाया। अब कह रही हो कि खाना नहीं चाहिए !"

मम्मा को अच्छा लगे इसलिए आयरीन ने थोड़ा खाना खा लिया। इतने में डैडी हाफ डे लिए घर आ गये। आते ही मम्मा ने उन्हें बता दिया।

"कल उस हिन्दू फ्रैंड को इसने बीफ खिलाया और देखो, अब ये उसी का टेंशन लिए बैठी है।"

डैडी हँस पड़े। "कोई बात नहीं, आयरीन! तुमने भ्रष्ट करके उसका धर्म बदल दिया न? अब अच्छा-सा क्रिश्चन दूल्हा देखकर उसकी शादी करा देंगे!"

डैडी मज़ाक़ कर रहे हैं या सचमुच गम्भीरता से कह रहे हैं, इसे आयरीन नहीं समझ पायी। इस बारे में सीधे पूछने का मन कर रहा था। लेकिन फिर बिना कुछ कहे ही वह अन्दर चली गयी।

मैंने शर्मिला का धर्म भ्रष्ट किया? मतलब, सच में क्या किया? 'भ्रष्ट करना' सुनने में अच्छा नहीं लगता है। मैंने उसे भ्रष्ट किया मतलब क्या मैंने

उसे बर्बाद कर दिया? डैडी कह रहे थे कि अच्छा-सा क्रिश्चन लड़का देखकर उसकी शादी करा देंगे! भला ऐसा भी कोई कर सकता है? शादी तो अपनी ख़ुशी से होनी चाहिए। डैडी ही कहते रहते हैं कि अब दूल्हा ढूँढ़ने के दिन चले गये। किताबों में भी यही पढ़ने मिल जाता है। बेचारी शर्मिला के साथ कुछ भी बुरा न हो!

शाम को आयरीन तैयार होकर बाहर आयी। "कहाँ जा रही हो आयरीन?" मम्मा ने आश्चर्य से पूछा। फिर अपना शक ज़ाहिर करते हुए पूछा, "उस फ्रैंड के घर?"

"चर्च जा रही हूँ। मास सुनने।" और आयरीन बाहर चली गयी। इतवार का मास सुनने जो नहीं पहुँच पाते उनके लिए आजकल शनिवार की शाम को मास रखा जाता है। उसमें ज़्यादा लोग नहीं होते।

जितना हो सकता था उतना एक चित्त होकर आयरीन ने मास सुना। सब लोग बाहर जाने तक वह रुकी रही। पादरी के सहायक भी अन्दर चले गये। अब पादरी अकेले रह गये थे।

"फादर, मुझे कनफेशन करना है।"

पादरी कुछ देर तक देखते रहे। फिर उन्होंने सिर हिलाया।

"आओ।" दोनों आमने-सामने बैठ गये। फिर आयरीन उठ गयी और फादर के सामने घुटने टेक कर बैठ गयी। हाथों से क्रूस का चिह्न बनाते हुए फादर ने पूछा,

"बेटी, तुमने पिछली बार कनफेशन कब किया था?"

उन्हें जवाब देकर आयरीन ने आगे कहा, "फादर, कल मेरे हाथों एक ग़लती हो गयी।"

"बोलती जाओ। भगवान पर भरोसा रखो और अपना दिल खोल दो। तुम्हें माफ़ी मिलेगी।" फादर के सुकून भरे शब्दों ने आयरीन को धीरज दिया।

"कल हम पिकनिक पर गये थे। मेरे साथ मेरी फ्रैंड शर्मिला थी। साथ-साथ खाना खा रहे थे। मैंने अपना बीफ बर्गर उसे दे दिया और उसने वह खा लिया। मुझे पता नहीं था कि वे नहीं खाते हैं। ग़लती हो गयी, फादर। ईश्वर, मुझे बख़्श दे। मैं पापी हूँ।"

फादर के चेहरे पर मुस्कान फैल गयी। "इतना ही न? चिन्ता की कोई बात नहीं। ये तो छोटी-सी भूल है। तुमने माफ़ी माँग ली। दिल साफ़ हो गया।"

"लेकिन फादर, पाप उसे लगेगा? ग़लती तो मुझसे हुई है न ?"

फादर ने उसे आगे बोलने नहीं दिया। बख़्श देने की प्रार्थना करते हुए कहा, "ज़्यादा सोचो मत बेटी। सब ठीक हो जायेगा! तुम शान्ति से चली जाना। ईश्वर ने तुम्हें माफ़ कर दिया है।" और फादर कनफेशन विधि को पूरा करके वहाँ से चले गये।

लेकिन कैसे? उसके घर वाले उसे माफ़ कर देंगे क्या ? और क्या भगवान उसे बख़्श देंगे? ऐसी ही बातें सोचते हुए वह घर आ पहुँची। जब काफ़ी रात हो चुकी थी तब फिर से—

इस बार शर्मिला के सामने आयरीन घुटनों के बल बैठकर बख़्श देने के लिए याचना कर रही थी। और शर्मिला उसे धकेल रही थी। "ग़लती तुम्हारी है। और सज़ा मुझे? देखो, देखो इसे।" शर्मिला की पीठ पर, हाथ-पाँव पर निशान उठ गये थे। "सो सॉरी, शर्मिला। किसने मारा तुम्हें? अरे रे, बेचारी तुम... मार तो मुझे पड़नी चाहिए थी..." इतने में कोई चिल्लाया, "तुम भी मार से नहीं बचोगी।" लम्बा-चौड़ा, मोटी लाल आँखों वाला वह आदमी शर्मिला का पिता ही होगा। "तुमने भ्रष्ट किया न उसे?" नहीं... नहीं... नहीं... "तुमने धर्म भ्रष्ट किया, तुमने धर्म भ्रष्ट किया..." और उसके हाथ का डंडा ऊपर उठने लगा। गले तक पहुँच चुकी चीख़ दबा डालने की आयरीन ने कोशिश ज़रूर की, लेकिन—

"क्या हुआ बेटी? बुरा सपना देखा होगा!" कहते हुए मम्मा ने उसे गले से लगा लिया। आयरीन को रोना आया। "अरे पागल, सपना देख रही थीं तुम! चलो, हो गया। ख़त्म हुआ वह। उठो। थोड़ा पानी पिओ और अब सो जाओ।"

इतवार को भी फ़ोन ऑफ़ ही रखा उसने। शर्मिला ने फ़ोन किया तो उससे क्या कहेगी? माफ़ी माँगनी ही है तो कल जब आमने-सामने मिलेंगे तब ही माँग लूँगी। और मान लो, शर्मिला ही यहाँ आ गयी तो? और अगर माँ-बाप को साथ ले आयी तो? वे लोग अगर डैडी-मम्मा के साथ झगड़ने लगे तो? उससे अच्छा है—आज का दिन सेलिना आंटी के यहाँ जाकर रहूँ तो कैसा हो? लेकिन फिर डैडी-मम्मा को उनके जबड़े में फेंकने जैसा होगा न? रहने दो— उस रात वह मम्मा से लिपटकर ही सो गयी। शायद मम्मा पास थी इसलिए होगा, सपने पास तक नहीं फटके। लेकिन बेसुध नींद भी नहीं आयी।

सुबह स्कूल जल्दी पहुँचने के बावजूद असेम्बली शुरू होने तक वह शर्मिला से मिलना टालती रही। शर्मिला कहाँ होगी इसका अन्दाज़ा लगाया। शायद वह आयरीन को ही ढूँढ़ रही थी। उससे नज़रें चार होने से पहले ही आयरीन ने नज़र घुमाई। असेम्बली ख़त्म होते ही वह सैंड्रा के साथ बातें करती हुई आगे बढ़ने लगी। शर्मिला उसे बुला रही थी, पर उसको अनसुना करते हुए वह क्लास के अन्दर चली गयी। उसके बैठने तक शर्मिला दौड़ते हुए आ पहुँची। "ए आयरीन, कल-परसों कहाँ गयी थी तू? कितने फ़ोन किये तुम्हें ? ...और ये क्या? आँखें देखकर तो लगता है कि ठीक से सोयी भी नहीं हो? आं...समझ गयी...समझ गयी। पढ़ना शुरू करने पर किताब नीचे रखने का मन नहीं होता है न? रात को कितने बजे सोयी? पढ़ना ख़त्म हुआ?"

जवाब देने के लिए आयरीन अपना मुँह खोले उससे पहले ही टीचर अन्दर आ गयी और शर्मिला अपनी जगह पर जाकर बैठ गयी।

"अच्छा है! बर्गर का विषय नहीं निकाला। इसका मतलब उनके घर कोई हंगामा नहीं हुआ।" निश्चिन्त मन से आयरीन ने पढ़ाई की किताब बाहर निकाली।

इंटरवल में आयरीन के उठने से पहले ही शर्मिला उसकी बगल में आ धमकी और उसका हाथ खींचते हुए, "आओ, तुमसे कुछ पूछना है।" कहते हुए उसे बाहर ले गयी।

"एक बात बताओ, वह बर्गर–"

आयरीन के दिल की धड़कन रुक गयी !

"—किसने, तुम्हारी मम्मा ने बनाया था?"

क्या जवाब दे आयरीन की समझ में नहीं आया। लेकिन झूठ बोलने की तो आदत ही नहीं थी। "हाँ।"

"कैसे बनाते हैं ?" शर्मिला की आवाज़ में कुतूहल था। शायद उसकी माँ को शक हुआ होगा। इसलिए सच्चाई निकलवाने के ख़ातिर इस तरह पूछने के लिए कहा होगा...

"अरे, मैं नहीं जानती हूँ।"

"ऐ ऽबाद में फ़ोन करती हूँ तुम्हें! मम्मा से पूछकर बताना हाँ! मैंने मम्मी से कहा है—वैसा ही बर्गर बनाकर देने के लिए। क्या बताऊँ, कितना अच्छा लगा था वो आयरीन! वाउ! यम्मी!"

और सचमुच शाम को उसका फ़ोन आ गया। झूठ बोलने की आदत न होने पर भी आयरीन ने झूठ ही बोला ..."सॉरी, मम्मा बाहर गयी है। लेकिन मैंने न, उनसे पूछा था। कह रही थी कि किसी भी पेस्ट्री शॉप में मिल जायेगा..."

"बर्गर मिल जाते हैं यार। लेकिन जो मम्मा ने बनाया था वह कौन-सा बर्गर था?"

एकदम सकपका गयी। लेकिन कोई तो जवाब देना था। "मुझे भी पता नहीं है। लेकिन ट्राय करके देखो न?"

दूसरे दिन किताब लौटाने के बहाने किताब पर ही बोलती रही।

"जानती हो, डैडी ने पूछा,'क्या पढ़ रही हो?' मैंने कहा 'प्राइड एंड प्रेजुडीस'। डैडी चौंक गये। कहने लगे, 'किताब दिखाओ।' मैंने दिखायी। 'गुड, इसी तरह की किताबें पढ़नी चाहिए।' बाद में उन्होंने ही मुझे बताया कि ये किताब अब्रिज्ड और इज़ी अंग्रेज़ी वर्जन वाली है। बड़ी होते ही ओरिजिनल पढ़ने के लिए कहा।"

"हाँ रे। मेरे पप्पा भी यही कहते हैं। चार्ल्स डिकन्स का वह 'ऑलिवर ट्विस्ट' पढ़ा था न हमने! उनकी और भी कई अच्छी-अच्छी किताबें हैं। पप्पा ने कहा है कि उन्हें वे बाद में लाकर दे देंगे।"

शर्मिला के घर कुछ भी पता नहीं चला है। सच! लेकिन आयरीन के मन का अपराध-बोध कम नहीं हुआ। शर्मिला को पता चले या न चले उसे अब पाप तो लगा ही होगा। और अगर आज नहीं तो कल उसे पता चल गया तो?

उस दिन आयरीन ने मम्मा के पास इस विषय को उठाया। उन्होंने कहा, "तुम उस फ्रैंड से ज़रा दूर ही रहो तो अच्छा होगा। कल अगर उनके घर कोई हंगामा हुआ तो वे तुम्हें ज़िम्मेदार ठहरायेंगे। अभी से दूर रहने की आदत डाल दो।"

मम्मा की सलाह आयरीन को पसन्द नहीं आयी लेकिन उसकी व्यावहारिकता वह समझ गयी। दूसरे दिन से वह दूर-दूर रहने लगी। जब शर्मिला पास आ जाती तो वह ऐसे दिखाती मानो किसी तीसरे के साथ बातचीत में मशगूल हो। टिफिन खाने के समय तो दूर ही रहती। लेकिन शर्मिला को अलग कर पाना इतना आसान नहीं था। पिछले साल भर से वे इतना क़रीब आ गयी थीं कि अब यह दूरी सहन नहीं हो रही थी। एक दिन जब आयरीन खा रही थी

तब शर्मिला आ गयी। उसे पास आते हुए देखकर आयरीन ने अपने टिफिन में से आख़िरी क्रोके पूरा मुँह में घुसा दिया।

"अरे, पेटू, ठीक से खाओ। और ये देखो मेरी मम्मी ने खीरे और सूजी का केक, तवसळी बनायी है।" कहते हुए तवसळी का टुकड़ा, आयरीन के टिफिन में रख दिया। उसे खाते समय अपनी आँखें क्यों भर आयी हैं, इसे आयरीन नहीं समझ पायी।

दूसरे दिन सुबह स्कूल पहुँचते ही शर्मिला दौड़ते हुए आ गयी। "तुम्हें सरप्राइज़ देने वाली हूँ। इंटरवल में मिलेंगे।"

कोई ख़ुशी की बात होगी। उत्सुकता के कारण क्लास में ध्यान हीं नहीं लग रहा था। पहला पीरियड ख़त्म होते ही आयरीन शर्मिला के पास चली गयी।

"क्या है? बताओ ना!"

शर्मिला ने स्कूल बैग में हाथ डालकर दिखाया। 'एनिमल फार्म।' इतने में टीचर आ गयी। आयरीन अपनी जगह पर दौड़ी। पिछले दो दिनों से शर्मिला इसी किताब पर बात कर रही थी। एक फार्म में रहने वाले तरह-तरह के जानवरों की कहानी थी उसमें। कह रही थी कि सार्कास्टिक है। इन्सानों की तरह ही रहने वाले, झगड़ने वाले, पैर खींचने वाले, स्पर्द्धा करने वाले...आयरीन का भी उसे पढ़ने का मन हुआ।

इंटरवल होते ही शर्मिला उसे खींचते हुए बाहर ले गयी।

"सरप्राइज़!"

"एनिमल फार्म न?"

"नो माई डियर! बर्गर! तुम्हारी मम्मा ने जैसा बनाया था बिल्कुल वैसा।" ऐसा कहते हुए उसने बॉक्स खोला। "हमारे पास ही एक पेस्ट्री हाउस है। मैं माँग रही थी इसलिए परसों पप्पा लेकर आये थे। मैंने कहा ऐसा वाला नहीं। जो आयरिन ले आयी थी वह अलग ही था। 'तो फिर वो बीफ बर्गर होगा'—कहकर पप्पा ये बर्गर ले आये। देखो तो एकदम उसी बर्गर जैसा स्वाद लगा। देखो, देखो। मैं दो ले आयी हूँ। एक मेरे लिए और एक तुम्हारे लिए।"

आयरीन चौंककर सुनती रही। फिर धीरज दिखाते हुए उसने पूछा, "क्या तुम्हारे घर बीफ बर्गर खाते हैं?"

"हाँ ! दादी तो नहीं खाती, लेकिन हम सब बड़े चाव से खाते हैं!"

जेंटलमैन चोर

कुछ आवाज़ हुई और आँख खुल गयी। बत्ती जलाकर घड़ी देखी तो डेढ़ बज गया था। बत्ती बुझा ही रहा था कि फिर से आवाज़ सुनायी पड़ी। लगा जैसे कोई नीचे किचन में चीज़ें उलट-पलट रहा हो। इस अकेले आदमी के साथ और कोई नहीं रहता—बिल्ली तक नहीं। मैं उठ गया।

मेरा यह घर मतलब बस नीचे किचन और बैठने का कमरा। वहीं खाने की मेज़। ऊपर मेरा सोने का कमरा और ग़ुसलखाना। लोग इसे 'ड्युपलेक्स बंगला' वग़ैरह कहते हैं। कहने दो। मेरे लिए यह घर है। इस घर में मेरे खर्राटों और काग़ज़ पर क़लम घिसने की आवाज़ छोड़कर कभी कोई दूसरी आवाज़ सुनायी नहीं देती थी। मेरी जिज्ञासा जाग गयी। गिनकर चार और घूमकर सात, कुल ग्यारह सीढ़ियाँ उतरकर नीचे आ गया। बेचारा अँधेरे में टॉर्च लिए दराज़ में कुछ ढूँढ़ रहा था। मैंने बत्ती जलायी। वह एकदम चौंक गया। या वैसा नाटक किया होगा? क्योंकि मैं तो दबे पाँव बिल्कुल नहीं उतरा था!

"हैलो, क्या ढूँढ़ रहे हो ?"

मुझे यों ही लगा काला टी-शर्ट और काली पैंट उसके शरीर पर नहीं फब रही है।

"देख रहा था—कुछ है तो।" नज़र से सीधे नज़र मिलाते हुए उसने कहा।

"खाने के लिए ?"

"कुछ भी—"

"भूख लगी है?"

वह ख़ामोश...

"कौन हो तुम?"

"चोर"

"चोर की तरह तो नहीं लग रहे।"

"क्या चोर के सींग निकले होते हैं?"

"लेकिन देखने पर चोर नहीं लग रहे—"

"तुमने चोर देखे हैं?"

मैं सकपका गया। मैंने सिर्फ़ नाटक-सिनेमा में और अख़बार में आने वाले फ़ोटो देखे थे।

"क्या खाओगे?" मैंने नज़रें चुराते हुए पूछा।

"क्या है?"

"तैयार कुछ नहीं है। बना सकते हैं।"

"क्या?"

"मेरा ऑमलेट बढ़िया बनता है—मतलब मुझे ऐसा लगता है।"

"खाकर बता दूँगा... कैसा लगता है।"

मैंने फ्रीज खोलकर दो अंडे बाहर निकाले।

"तुम्हारे फ्रीज में कुछ नहीं है।"

"फिर ये अंडे कहाँ से निकाले मैंने?"

"चीज़, बटर, केक..."

"वहाँ रखे फल नहीं देखे तुमने? एप्पल है, पपीता है।"

"छुरी नहीं मिली—"

"बिना छुरी के घूमते हो ? कैसे चोर हो तुम ?"

"मैं हत्यारा दिखता हूँ ?"

"अरे, कम-से-कम डराने के लिए तो होनी चाहिए न?"

"क्या तुम छुरी से डर जाओगे?"

"मेरी छोड़ो। लेकिन दूसरों को..."

"डरपोक को डराने के लिए छुरी की ज़रूरत नहीं पड़ती।"

प्याज़, मिर्च, टमाटर काटते हुए उसने पूछा, "घर में और कोई नहीं ?"

"कोई भी पुलिस बुला सकता है इसलिए डर रहे हो ?"

उसने कुछ नहीं कहा। थोड़ी देर में बोला, "तुम इस दड़बे में रहते हो? कहीं बाहर नहीं निकलते ?"

"मुझे पब्लिक में जाना पसन्द नहीं।" अरे, ये क्या! ये सब मैं इसे क्यों बता रहा हूँ ? शायद... उस पाखंडी समाज से दूर भागने वाले मुझ जैसे को यह चोर जेंटलमैन लगा होगा।

काटने का काम ख़त्म होते ही उसमें अंडे मिलाकर फेंटे और तवे पर डालते हुए मैंने पूछा–

"सब घरों को छोड़ तुम इस घर मैं कैसे घुसे?"

"तुम्हारा ताला कमज़ोर था—खोलने में आसान।"

"लेकिन मेरे पास चोरी के लायक कुछ नहीं है। क्या ले जाओगे?"

"जो भी मिले—"

मैंने नज़रें घुमाकर आस-पास देखा। टी.वी. ? वह तो एकदम बड़ा और भारी था। किताबें ? उनका मोल यह क्या जाने ? पैसे ?

"आख़िरी सौ का नोट कल ही ख़र्च किया। चिल्लर बची है। दे दूँ?" ऑमलेट वाला प्लेट उसके सामने रखते हुए पूछा।

नहीं। ऑमलेट की ख़ुशबू नाक में भरते हुए वह बोला, "बैस्ट ऑमलेट—"

"खाने के पहले ही ?"

"चोर का नाक बढ़िया होना चाहिए। फिर बास से ही पता चल जाता है।"

वह बड़े चाव से ऑमलेट खा रहा था। मुझे लगा कि बस उसे यों ही देखता रह जाऊँ। पल भर रुककर मैंने पूछा, "तुम क्या काम करते हो?"

खाते-खाते वह हँसने लगा। ठसका लगने तक हँसा। मैंने पानी का गिलास उसके सामने रखकर पूछा, "हँसे क्यों ?"

"क्या काम करते हो यह चोर से पूछने वाले शायद तुम ही पहले हो।" पानी का घूँट लेकर उसने आगे पूछा, "स्कूल में पढ़ाते समय कभी टीचर से पूछता है कोई, कि तुम क्या करते हो ?"

बेसिन के पास जाकर उसने हाथ धोये। मुझे उस पर तरस आ गया। "सॉरी मिस्टर चोर, तुम्हें यहाँ कुछ भी नहीं मिला।"

"मिला न! फर्स्ट क्लास ऑमलेट और—"

"और क्या?"

"नया परिचय—तुम्हारा।"

"परिचय हो गया ? बताओ तो सही कि मैं कौन हूँ ?"

"फ्रान्ज़।" पल भर की भी देरी न करते हुए उसने बताया।

"वह मेरा नाम नहीं है।"

"मैंने नाम नहीं बताया है। मैंने परिचय बताया है।" और आगे बिना कुछ कहे वह उठकर बाहर चला गया।

"अरे, रुको, जेंटलमैन—" वह दरवाज़े के पास रुक गया। ताले की ओर उँगली से इशारा किया और जेब में से चाबियों का गुच्छा निकालकर बोला, "ताला नहीं तोड़ा है। मास्टर की लगाकर खोला है। तुम फिर से इस्तेमाल करो।"

फिर से इस्तेमाल करो मतलब जब दुबारा आयेगा तब इसे कोई तकलीफ़ न हो, क्या यही कहना चाहता है? अगर ऐसा है तो—"ऐ ऽ जेंटलमैन चोर, कभी भी आ जाओ। घर तुम्हारा ही है—"

मेरे शब्द उसके कान में पड़ने से पहले ही वह बाहर के अँधेरे में गुम हो गया। जेंटलमैन मनुष्य इस संसार में आसानी से नहीं मिलते हैं। जेंटलमैन चोर तो न के बराबर। लिखने के लिए एक अच्छा विषय मिला इसलिए मैं ख़ुश हो गया। उस रात मुझे बढ़िया नींद आयी और नींद में सपने आये—जेंटलमैन चोर के!

सुबह-सुबह प्रकाशक का फ़ोन आया, "सर, एक कॉलेज ने आपको निमन्त्रण भेजा है। मुझे रिक्वैस्ट किया है आपसे—"

"मैंने तुम्हें बताया था कि मेरा फ़ोन, पता, फ़ोटो वग़ैरह की कोई जानकारी किसी को भी नहीं मिलनी चाहिए, इसके बावजूद ?"

"इसीलिए तो उन्होंने मुझे—"

"देखो, अगले एक महीने तक, तुम भी मुझे मरा हुआ मान लेना। नो फ़ोन! समझे ?"

मुझे उस जेंटलमैन के सम्मोहन से बाहर ही नहीं निकलना था। मैं पूरी तरह अभिभूत हो चुका था।

अगले कुछ दिनों में मेरी संवेदनाएँ अधिकाधिक तीव्र होती चली गयी। मैं आविष्ट-सा हो गया और मेरी तन्द्रा लग गयी। महीना ख़त्म होने तक उपन्यास के क़रीब दो सौ पन्ने लिख डाले। आख़िरी पड़ाव पर पहुँच गया था। सृजन की अस्वस्थ विह्वलता ने मुझे अपनी गिरफ़्त में ले लिया था और मेरी जैसे समाधि लग गयी थी। ऐसी अवस्था में मुझे झट् से कुछ भी सुनायी नहीं देता। लेकिन उस दिन पड़ोस में मच रहे शोर के कारण मेरा चित्त विचलित हो गया।

मैं ग़ुस्से से उबलता हुआ उठ गया। नीचे जाकर दरवाज़ा खोला। पड़ोसी के दरवाज़े के सामने दस-पन्द्रह लोग जमा हुए थे। हर कोई चिल्ला रहा था। मेरे कुछ भी पूछने से पहले ही पड़ोसी मुझे टोककर बोला, "क्या यह सही है कि तुम इसको जानते हो?"

पड़ोसी किसी की कॉलर पकड़े हुए था। उसके हाथ से छूटने की ज़रा भी कोशिश न करते हुए, सीधी नज़रों से वह मेरी तरफ़ ही देख रहा था। पहचानने में देर नहीं लगी। अचानक मेरी नस-नस फड़कने लगी। मुझे उत्तेजित करने लगी।

"कौन है ये? क्या तुम इसे जानते हो ?" पड़ोसी मुझी को धमकी देता हुआ-सा पूछ रहा था।

"हाँ, हाँ। वह जेंटलमैन है—" मुझसे जवाब फूट पड़ा।

"क्या? वह मेरी साइकिल चोरी करने आया था। रंगे हाथों पकड़ा गया। क्यों है न?" पड़ोसी उसी से हामी भरवाने लगा।

मुझसे देखा नहीं गया। "छोड़ दो उसे।"

"छोड़ दूँ? और तुम इस बदमाश को जेंटलमैन कहते हो?"

"आय मीन, वह जेंटलमैन चोर है...छोड़ दो उसे। प्लीज़..." मैंने विनती की। मुझे विचित्र नज़रों से देखते हुए ही सही लेकिन कुछ देर बाद पड़ोसी ने उसे छोड़ दिया। अच्छा हुआ!

"ऐ जेंटलमैन चोर, यहाँ आओ, अन्दर आओ।" दो क़दम आगे बढ़कर मैं उसे खींचकर अन्दर ले आया।

"साइकिल ही चाहिए थी तो मुझसे माँग लेते।"

"तुम्हारे पास कहाँ है ?"

"है न!" मेरी नज़रें ढूँढ़ने लगीं।

"थी।"

"मतलब ?"

"स्क्रैप में दी। आठ दिन हुए।" नज़र से नज़र मिलाकर उसने कहा। मुझे उस पर प्यार आ गया। "कॉफ़ी लोगे?"

"ऑमलेट खाकर देख लिया। अब कॉफ़ी लेने के लिए कह रहे हो?"

"ऑमलेट चाहिए क्या ?"

"नहीं। कॉफ़ी पीकर देख लेता हूँ।"

जब मैं कॉफ़ी बनाने गया तब उसने फ्रीज खोल दिया।

"वाह! चलो, अच्छी तरक़्क़ी हुई है!" कहते हुए उसने चीज़ स्लाइस निकाला।

"चीज़ बिस्कुट के साथ खाओ। दे दूँ ?" कॉफ़ी का मग उसके सामने रखते हुए मैंने कहा।

"राइस क्रैकर नहीं है तुम्हारे पास? मुझे मीठे बिस्कुट पसन्द नहीं।" सिर्फ़ चीज़ खाते हुए उसने कहा।

"चीज़ और कॉफ़ी!" मैंने मुँह बिगाड़ते हुए कहा।

वह हँस पड़ा।

"क्यों हँसे?"

"तुम और मैं वैसे ही चीज़ और कॉफ़ी! क्या ग़लत हुआ?"

उसकी कॉफ़ी ख़त्म होने तक मैं ध्यान देकर उसे निहारता रहा।

"फ्रान्ज, तुम्हारा किचन तो देख लिया मैंने। ऊपर का घर नहीं दिखाओगे?"

"ऊपर कुछ नहीं है।"

"ऐसे कह रहे हो जैसे यहाँ कोई तिज़ोरी रख छोड़ी हो तुमने! अब जब आ ही गया हूँ तो देख लेता हूँ।" और मुझसे पहले वह ऊपर पहुँच गया।

कमरे में पड़ी कॉट देखकर उसने पूछा, "डबल बैड? कोई और रहता है तुम्हारे साथ?"

"नहीं।" मैंने गर्दन हिलाई।

"कॉट तो बड़ी है। मैं साथ रहने आ जाऊँ ?"

"क्या तुम गे हो ?"

वह हँस पड़ा। "पुरुष का पुरुष के साथ बैड शेयर करने के लिए उसका गे होना ज़रूरी है ऐसा कोई क़ायदा है क्या?" कहते-कहते वह बिस्तर पर लेट गया। मैं परेशान हो उठा।

"मेरे बिस्तर पर कोई भी आकर सो जाये यह मुझे अच्छा नहीं लगता।" सीधे कह डाला।

वह एकदम उठ गया। मेरी मेज़ के पास रखी हुई कुर्सी पर जाकर बैठ गया। और दोनों कान पकड़कर बोला, "सॉरी, सर।"

"कम ऑन, मुझे अच्छा नहीं लगता, बस इतना ही कहा है मैंने—"

"मैं तो एकदम डर गया। उस थप्पड़ की याद आ गयी।" बिना कान छोड़े उसने कहा।

"पर मैंने तुम्हें थप्पड़ कब मारा ?"

"मुझे नहीं। उस गब्बर को—"

"तुम कैसे जानते हो ?"

"मैं वहाँ था—" कान छोड़कर उसने कहा। "उस बदमाश गब्बर को अच्छा सबक सिखाया तुमने। लेकिन कहते हैं कि वह तो दूसरा एपिसोड था। पहला मुझसे छूट गया था। बताओगे? पहली बार क्या हुआ था?"

मैं पूरी तरह भूल चुका था।

प्रकाशक से मिलकर वापस लौटने तक दोपहर हो गयी थी। खाने के लिए गब्बर के होटल चला गया था। बिल आया। ढाई सौ रुपये। जेब में हाथ डालने पर पता चला कि वॉलैट घर पर भूल आया हूँ। गब्बर के पास जाकर कहा कि बाद में लाकर दे देता हूँ। तो उसने सीधे गाल पर थप्पड़ जमा दिया। जब घर जाकर पैसे ले आया तब गब्बर गल्ले पर बैठा था। आसपास भीड़ जमा थी।

"वापस आ गये?" मुझे देखकर गब्बर ने पूछा।

"पैसे देने थे—कितने थे?"

"गुड। मुझे नहीं लगा था कि वापस अपना चेहरा दिखाओगे। दे दो। दो सौ पचास।"

दो सौ पचास उसके हाथ में रख दिये। "दो सौ पचास देने बाक़ी थे इसलिए थप्पड़ ले लिया। अब तुम्हारे दो सौ पचास तुम्हें पहुँच गये इसलिए अपना थप्पड़ भी वापस ले लो।" कहते हुए मैंने वहीं उसके गाल पर थप्पड़ रसीदा।

जेंटलमैन मज़े लेकर सुन रहा था। "तुम जानते हो, गब्बर का थोबड़ा देखकर सब ख़ुश हो गये थे उस दिन।"

"उस दिन तुम थे वहाँ?"

उसने सिर हिलाया।

"इसका मतलब उस रात तुम जब चोरी करने आये थे तब मुझे पहचान गये थे।"

"नहीं। लेकिन बाद में याद आया।"

"अब पक्का विश्वास हो गया न?" अचानक याद आया कि मैं लिखना बीच में ही छोड़ आया था। इसे अलविदा कहने का समय आ गया था।

"तुम चाहते हो कि मैं यहाँ से चला जाऊँ, राइट?"

"वापस लौट आओ यह भी चाहता हूँ।"

"मिलते हैं—बहुत जल्द!" वह उठा। "ज़रा एक काम करोगे? बाहर रास्ते तक मेरे साथ चलोगे?"

"पड़ोसी से डरते हो? चलो।"

उसे बाहर छोड़ते समय मैंने पूछा, "तुम्हें क्या कहकर पुकारूँ?"

"जैसे अब तक पुकारते आये हो वैसे ही—जेंटलमैन चोर!"

वह चला गया। मेरे लिए एक स्ट्रांग कॉफ़ी बनायी और मग लेकर ऊपर गया। देखूँ तो—

सिर पर हाथ दे मारा। टेबल पर रखी उपन्यास के स्क्रिप्ट की फ़ाइल ग़ायब थी। दौड़कर बाहर चला गया। लेकिन वह कहीं भी आँखों को दिखायी नहीं दिया।

शाम को फ़ोन आया। "हैलो !"

"कौन बोल रहा है?"

"जेंटलमैन चोर।"

"मेरी फ़ाइल ले गये हो न तुम?"

"चोरी की है।"

"ज़्यादती हो गयी। मैं तुम्हें जेंटलमैन समझ रहा था।"

"इतने में राय बदल गयी?"

"तुम्हें उसकी क़ीमत पता है? मेरी महीने भर की मेहनत बेकार—"

"पहले ही नतीजे पर मत पहुँचो। तुम्हें फ़ाइल चाहिए न?"

"ऑफ कोर्स! और जल्दी—"

"डरो मत। मिल जायेगी।"

"लेकिन कब?"

"सोमवार को।"

"सोमवार को? आं—सोमवार तो कल है। ओके। इन्तज़ार करूँगा।" साँस रोककर कहा।

"आओ और ले जाओ।"

"तुम ले गये थे, तुम लाकर दो।"

"नहीं। ले जाने के लिए तुम्हें यहाँ आना पड़ेगा।"

"यहाँ, मतलब कहाँ?"

"सेंट्रल बस स्टैंड पर। शटल सर्विस के टिकट काउंटर पर। दोपहर बारह बजे।"

वह रात चिन्ता में ही बिता दी। क्या चाहता होगा वो ? उसे पता भी है क्या उस फ़ाइल की क़ीमत?

सुबह बैंक जाकर पैसे ले आया—ज़्यादा ही। बारह बजने के पहले बस स्टैंड पर पहुँच गया। रुकना पड़ा।

"बारह मतलब बारह।" काउंटर पर रखी घड़ी दिखाकर उसने कहा।

"स्क्रिप्ट?"

"धीरज रखो। आओ।"

उसी ने ऑटो रिक्शा बुलाया। "मिरामार।"

"देखो जेंटलमैन, सीधे बताओ। तुम्हें क्या चाहिए?"

"तुम्हारे पास क्या है?"

मैंने वॉलैट निकालकर उसे दे दिया।

वह हँस पड़ा। "तुम्हारे सारे पैसे ले लिए तो भी तुम पुलिस में जाकर शिकायत नहीं करोगे इसका मुझे पूरा भरोसा है। लेकिन जिस फ़ाइल में तुम्हारी जान अटकी है वह फ़ाइल खो गयी है ऐसा अगर किसी ने तुमसे कहा तो क्या करोगे?"

"क्या कर सकता हूँ? तुम ही बताओ।" असहाय होकर मैंने कहा।

"अगर मैं तुमसे कहूँ कि वह फ़ाइल सचमुच मुझसे खो गयी है, तो क्या करोगे?"

मैं ख़ामोश रहा।

"नाराज़ हो मुझसे?"

मेरा पूरा उत्साह ठंडा पड़ चुका था। अनजाने लम्बी साँस छोड़ी।

"क्या कहूँ? जाने दो। बेचारे पाठक बच गये।" मैं उदास हो मुस्कुराया।

रिक्शा कॉलेज के फाटक के पास रुक गया।

"फ़ाइल है या नहीं,जल्दी बताओ।"

"आओ तो सही।"

"तुम्हारा यहाँ कौन-सा काम है?"

"मैं यहाँ सिखाता हूँ।"

"चोरी करने?"

"अंग्रेज़ी लिटरेचर।"

"लेकिन तुम तो—"

"लेखक, शिक्षक चोरियाँ नहीं करते? फिर अगर चोर लिटरेचर सिखा रहे हैं तो क्या बिगड़ गया?"

"देखो, मुझे जल्दी जाना है। तुमने फ़ाइल देने की बात कहकर बुलाया है। दे दो और मुझे विदा करो—"

"और पाँच मिनट। उसके बाद फ़ाइल ले लेना और चले जाना।" कहते हुए वह मुझे साथ लिए एक क्लास के अन्दर चला गया। "बी.ए. फाइनल की क्लास है ये। आओ।"

"गुड डे, सर।" कहते हुए सब बच्चे उठकर खड़े हो गये।

"यू मे सिट डाउन प्लीज़।" बच्चे बैठ गये।

"देखो, जेंटलमैन, तुम जानते हो, मुझे इस तरह पब्लिक के बीच जाना पसन्द नहीं है। न जान न पहचान। तुम क्या सोचकर—"

"लेकिन वे सब तुम्हें जानते हैं।"

"और इस जेंटलमैन चोर को भी ?"

"पूरी तरह। वे सब जानते हैं। तुम्हारी और मेरी पहली मुलाक़ात; गब्बर एपिसोड; कल का पूरा क़िस्सा—"

"पर वे सब मुझे कैसे जानते हैं ?"

"उन्हीं से पूछ लेते हैं।" और उसने विद्यार्थियों से पूछा, "यू नो हिम, राइट?"

"येस, सर।" एक सुर में बच्चों ने कहा।

"कौन है ये?"

"काफ्का!"

यासीन, ऑस्टिन, यतिन

"यासीन मियाँ, गोवा बड़ा ख़ूबसूरत है ही। पर आपकी वजह से और बेहतर लगा। आपके साथ घूमने में बहुत मज़ा आया। अगले साल बच्चों को साथ लेकर आना है तो आपको पहले इत्तला दूँगा। आप ही की गाड़ी लेकर घूमेंगे हम।" डिपार्चर गेट के बाहर गाड़ी के रुकने तक उस सैलानी ने अपनी बात ख़त्म की।

"आप सिर्फ़ फर्माइये, जाफ़र साब, बन्दा हाज़िर रहेगा!" ड्राइवर सीट से उतरकर उसने कहा। डिकी खोल दी। सामान उतारा। दौड़कर जाते हुए ट्रॉली ले आया और ट्रॉली पर बैग रखें।

इतने में सिक्योरिटी ने सीटी बजाई। "जाता हूँ, जाता हूँ" कहते हुए उसने विनम्रता से जाफ़र से कहा, "विदा चाहता हूँ साब।"

जाफ़र ने बीवी की पर्स में हाथ डालते हुए पाँच सौ का नोट निकालकर उसके हाथों में रखते हुए कहा, "ये आप रखिये। हमारी 'ख़ुशी' है।" उसने भी 'ना-ना' करते हुए पैसे ले लिए। "अच्छा, तो अगले साल फिर मिलेंगे न, यासीन मियाँ?"

"इंशाल्लाह!" दोनों हाथ ऊपर उठाते हुए उसने कहा।

"खुदा हाफ़िज़।"

"खुदा हाफ़िज़।" और गाड़ी में बैठकर उसने स्टार्टर घुमाया। सिक्योरिटी की तरफ़ देखकर हाथ से "थैंक्यू" व्यक्त करने वाला इशारा किया और गाड़ी नीचे की तरफ़ ले गया।

जाफ़र और बीवी उससे बेहद ख़ुश हुए थे। उसने उन्हें बहुत अच्छे-से घुमाया था। पहले ही बता डाला था कि गाईड वग़ैरह की कोई ज़रूरत नहीं होगी। तब उन्हें उसकी बात पर यक़ीन नहीं आया था। लेकिन जब उसने मुख्य

पर्यटन स्थलों के साथ-साथ और भी बहुत-सी बातें बतायीं, जगहें दिखायीं तब वे दोनों उस पर फिदा हो गये थे। इदालकांव महल उन्हें बाहर से ही दिखाया था लेकिन आदिलशाह के शासन को मदान्ध आल्बुकॅर्क ने कैसे हथिया लिया था इसका रसभरा वर्णन उसने किया था। मुसलमानों का क़त्ल करने वाले पुर्तगाली कितने 'बेरहम' थे ये सुनकर जाफ़र के शरीर के घने, रूखे बाल भी सिहरते हुए सीधे खड़े हो गये थे। बातचीत करते समय गुजरात की दंगल में मुसलमानों के साथ हुए बर्बर व्यवहार को भी याद किया गया था। फोंडा की साबा मस्जिद का इतिहास यासीन को ज़ुबानी याद था, उसे उसने फर्राटे से सुनाया था। और गोवा मुक्त होने के बाद कहाँ-कहाँ नयी मस्जिदें खड़ी हुई हैं, फल और सब्ज़ी का धन्धा मुसलमान कैसे बड़ी सफलता से चला रहे हैं, आजकल हिन्दुत्ववादी कैसे हुल्लड़बाज़ी करने लगे हैं और इसके बावजूद गोवा के मुसलमान कैसे विवेकपूर्ण तरीक़ा अपनाते हुए सुरक्षित रह रहे हैं इसका बड़ा मन लुभावना वर्णन प्रस्तुत किया। जाफ़र की अड़चन ध्यान में आते ही उसने उन्हें भरोसे लायक वे जगहें दिखायीं जहाँ हलाल खाना मिलता था। "यासीन मियाँ, आप बड़े तेज़ दिमाग़ हैं।" "आप इन्सान बहुत अच्छे हैं यासीन मियाँ!" इस तरह उनकी ज़ुबान से अपनी प्रशंसा करवा लेते हुए उसने तीन दिन तक उन्हें घुमाया।

इस स्विफ्ट को लिए चार साल हो गये थे। ढाई साल के भीतर ही सभी किश्तें भर दी थीं इसलिए अब गाड़ी की चिन्ता मिट गयी थी। लेकिन पणजी के आस-पास कहीं अपना एक फ्लैट हो यह उसका सपना अभी तक सपना ही था। उसे विश्वास था—अच्छे बर्ताव से, मीठा बोलकर, होशियारी से और ग्राहक के मन-मुताबिक काम करने पर बढ़िया फल ज़रूर मिलता है। जाफ़र से पहले मिलने वाले ज़्यादातर ग्राहक ऐसे ही उससे ख़ुश हुए थे। गोवा आने वाले पर्यटकों को मज़ा करना होता है। हँसते-खेलते चार दिन बिताने होते हैं। उनकी जेब झेल सके उतने ख़र्चे में वे अपना खाना-पीना चाहते हैं। मीठा बर्ताव करने पर उनके दम पर अपने खाने-पीने का ख़र्चा तक निकल आता है इस बात को पहचान लेने के कारण वह ग्राहक के मन-मुताबिक बर्ताव करते हुए उन्हें ख़ुश रखता। वह साथ होने के कारण अपना समय अच्छा गया और चार पैसे भी बच गये इस बात से समाधानी होकर फिर वे उसे टिप्स दे देते। कोई कंजूस

भी पचास-सौ तो दे ही देता और जाफ़र जैसा कोई होता तो पाँच सौ पक्के थे। आठ घंटों के लिए गाड़ी किराये पर लेने की बात तय हुई हो और अगर नौ घंटे हो गये हों तो भी वह शिकायत नहीं करता। फिर वे कहते—अच्छा ड्राइवर है आं!

ड्राइवर ! जब स्कूल में था तब उसे होशियार विद्यार्थी के रूप में सब जानते थे। अगर कोई पूछता कि बड़ा होने पर क्या बनेगा तो उसका जवाब होता 'मैं प्रोफ़ेसर बनूँगा।' कोंकणी के साथ ही वह मराठी भी अच्छी तरह समझता था। हिन्दी और अंग्रेज़ी उसके पसन्दीदा विषय थे। लेकिन एस.एस.सी. के बाद घर के बिगड़े हालात की वजह से आगे की पढ़ाई नहीं हो सकी। पहले खान पर 'मास्टर' के रूप में रहा। वहाँ फुरसत का समय काफ़ी मिलता था। तब पढ़ने का चस्का लग गया। अंग्रेज़ी, हिन्दी, कोंकणी, मराठी। पगार लेकिन बहुत कम थी। फिर ट्रक वालों की कमाई देख नौकरी छोड़कर उसने भी ट्रक लिया। मन लगाकर ड्राइविंग सीखी। बाक़ी ड्राइवर जहाँ छह ट्रिप्स लगाते वहाँ इसकी सात-आठ होने लगीं। लेकिन दो सालों के भीतर उसे खाँसी आनी शुरू हुई। डिज़ल की बास और धूल की मार! डॉक्टर ने पूछा, "ट्रक छोड़ रहे हो या जान?"

ट्रक बेचकर प्राइवेट गाड़ी ली। गाँव में, आस-पास गाड़ी किराये पर चलाने लगा। लेकिन पुलिस सताने लगी। बीच में पणजी के टैक्सी स्टैंड के ड्राइवरों से जान-पहचान हुई। उन्हीं की पहचान से पहले दूसरे की गाड़ी चलाने को ली। फिर बैंक से कर्ज़ा लेकर ये स्विफ्ट ली। सीज़न हो या न हो, टूरिस्टों का भाड़ा न मिला हो ऐसा एक भी दिन नहीं जाता। फॉरेन टूरिस्ट मिलने पर तो मज़े ही मज़े हो जाते। उसकी अंग्रेज़ी तो अच्छी थी ही। पहले फिरंगियों के उच्चारण समझना मुश्किल हो जाता। पर बाद में आदत हो गयी। पणजी के मकान मालिक से, लुईस भाटकार से, थोड़ी पुर्तगाली भाषा भी उसने सीख डाली। लेकिन आजकल यूरोप के सैलानियों का आना बहुत कम हुआ था। उनकी जगह अंग्रेज़ी न समझने वाले पोलिश और रशियन आने लगे हैं। अब वह रशियन भाषा भी सीख रहा है। लेकिन इन लोगों की गोरी चमड़ी से ख़ुश नहीं हो सकते। बला के कंजूस होते हैं। मोल-तोल करने में एकदम होशियार होते हैं। उनके मुक़ाबले हमारे इंडियन सैलानी हज़ार गुना अच्छे होते हैं।

बस, उन्हें ख़ुश रखना आना चाहिए। ग्राहक के मन मुताबिक़ अपना रंग बदलना आना चाहिए!

डिपार्चर के पास जाफ़र को छोड़कर नीचे आते समय अरायवल के पास टैक्सी वालों की भीड़ देखकर उसे यह लगे बिना नहीं रहा कि लौटते समय भी कोई ग्राहक मिल जाता तो उतना ही फ़ायदा हो जाता। मोल-तोल करके थोड़े में ले गया तो भी दोपहर की मछली का ख़र्चा तो निकल आता। लेकिन जब से यह नया हवाई अड्डा बना था पुराने तरीक़े बदल चुके थे।

सिग्नल पार कर ही रहा था कि उसका मोबाइल बज उठा। सैबी! उसे याद आयी। जाफ़र को लाते समय कुठ्ठाळी का पुल पार करने के बाद उसने सैबी को ओवरटेक किया था। ख़ाली ही था शायद—गाड़ी धीमे चला रहा था। अब क्यों फ़ोन किया होगा?

"क्या हुआ, सैबी ?"

"आरे मेरे लिए पनौती हो गयी। गाड़ी बन्द हुई है।"

"पेट्रोल ख़त्म हुआ क्या ?"

"नहीं रे। लगता है स्टार्टर चला गया है। उसे जाने दो। मैंने जुझे मैकेनिक को बुलाया है। लेकिन वो आकर गाड़ी ठीक करने तक घंटाभर तो यहीं लगेगा। तुम्हारे साथ कोई है क्या?"

"नहीं। क्यों ? मैं आऊँ क्या?"

"तुम ओवरटेक करके चले गये थे तब देखा था तुम्हें। एयरपोर्ट पर हो न रे? अब कहाँ हो तुम ?"

"हाँ। एयरपोर्ट पर ही हूँ। ग्राहक को छोड़कर वापस लौट रहा हूँ।"

"अब एक काम करना। फिदाल्गो के गैस्ट आने वाले हैं। उन्हीं को लाने जा रहा था मैं। और बीस मिनट में उनकी फ्लाइट पहुँचने वाली है। बॉम्बे से आने वाला जॅट-मिस्टर और मिसेस विक्रम पटेल। 'नेमबोर्ड' मेरे पास है। तुम अब अपने हाथ से ही पेपर पर लिखकर अरायवल के पास खड़े हो जाना। करोगे न मेरा काम ?" सैबी ने उपकार चाहा।

"तुम्हें न कह सकता हूँ, सैबी ?" ख़ुश होकर वह बोला।

"काग़ज़ हैं न तुम्हारे पास ? नाम ठीक से लिखना—विक्रम पटेल। और मैं होटल फ़ोन करके बता दूँगा। किराया तुम ले लेना। लेकिन दोस्त...थोड़ा मेरा भी ख़याल रखना। पाँच सौ बस है। बाक़ी अपने लिए ले लेना। ओके? और कल मैं आ रहा हूँ ये बता देना उन्हें।"

"वो ठीक है रे। मैंने तुम्हारा कहा कभी टाला है?" और गाड़ी को घुमाकर नीचे पार्क करने के बाद वह अरायवल गेट की तरफ़ आ गया। किसी से माँग कर काग़ज़ लिया और उस पर मोटे अक्षरों में लिख दिया—'मि. विक्रम पटेल' और नेमबोर्ड की तरह काग़ज़ लिए सामने जाकर खड़ा हुआ।

विक्रम! पटेल मतलब गुजराती—और निश्चित रूप से हिन्दू। उन्हें मन्दिर दिखाने ही चाहिए। उसके साथ ही हरवळे तीर्थ स्थल और बहला-फुसला कर एक दिन तांबड़ी सुर्ला ले जाना चाहिए...लेकिन ये ग्राहक तो सैबी का है। अगर सैबी ने उन्हें घुमाने ले जाना तय किया हो तो? सैबी से रिश्ता ख़राब किये बिना इन्हीं को वश में कर लूँ तो—

अच्छा हुआ! फ्लाइट समय पर उतर गयी। प्लेकार्ड पर अपना नाम ढूँढ़ते हुए आने वाला अपना प्रवासी पहचानने में देर नहीं लगती। अपना नाम देखते ही उसकी आँखें चमक उठती हैं। एक जवान जोड़ा बाहर निकल रहा था। आदमी की नज़र प्लेकार्ड पर पड़ने से पहले ही औरत की पड़ी। उसने पति का हाथ खींचकर नाम दिखाया।

"सर, इस तरफ़ आइए।" कहते हुए वह सामने आया। औरत के हाथ का बैग अपने हाथ में लिया। आदमी के हाथ का बड़ा बैग लेकर उसके ऊपर औरत का बैग रखा। उन्हें लेकर खम्भे के पास आया और सामान बगल में रखा। "सर, गाड़ी लेकर आता हूँ। स्विफ्ट है। व्हाइट! आप यहीं रुकना और सामान का ख़याल रखना।" और वह दौड़ा।

जवान जोड़ा! वह उससे सटकर जिस तरह इठला रही है उसका मतलब उनकी नयी-नयी शादी हुई होगी। हनीमून के लिए आये होंगे। उसके नखरे लोग देख रहे हैं, नहीं, लोग उसी को देख रहे हैं और ये देखकर वह अस्वस्थ हो रहा था। कोई बात नहीं। ऐसों को कैसे अपना बनाना है यह उसे अच्छी तरह पता है।

गाड़ी उनके पास लाकर वह गाड़ी से उतर गया। सामान डिकी में रखा। उनके लिए पिछला दरवाज़ा खोला। पूरा समय आदमी की ओर देखकर ही बोलने लगा। औरत की ओर ज़रा भी आँख नहीं उठाई। रास्ते में ऊपर के आईने में से भी औरत पर नज़र नहीं डाली।

"सर, आप गुजराती हैं न?"

"क्यों ? आपको गुजराती आती है?"

कोई बुज़ुर्ग होते तो कह देता कि 'थोडु थोडु आवडे छे'। लेकिन अगर ऐसा कह देता तो फिर मैं समझ लूँगा इसलिए पत्नी के साथ बात ही न की तो?

"नहीं तो। बिल्कुल समझतीच नहीं।"

विक्रम आगे कुछ नहीं बोला। उसी ने आगे बताया, "गोवा में हम कोंकणी बोलते हैं। यहाँ के हिन्दू लोगों को हिन्दी आती है। क्रिश्चन लोगों को हिन्दी उतनी अच्छी नहीं आती।" कल सैबी को दूर रखने की ये तैयारी थी।

"सर, कितने दिन रहेंगे आप गोवा में?"

"देखते हैं। कुछ तय नहीं किया है।"

रिटर्न टिकट जेब में होने के बावजूद विक्रम सीधा जवाब देना नहीं चाहता था इसे वह जान गया।

"गोवा बहुत सुन्दर है, सर। आठ दिन रहेंगे तो भी पूरा देख नहीं पाओगे।"

"क्यों ? ऐसा क्या देखने लायक है यहाँ? लोग तो दो दिनों में सब देखकर वापस जाते हैं।"

पक्का विक्रम को किसी ने बताया होगा—गोवा के ड्राइवरों पर विश्वास मत रखना। अब इसी मौक़े का फ़ायदा उठाना होगा।

"सर, वो लोग जो सिर्फ़ टूरिज़्म वाले दिखाते हैं उतना ही देखकर जाते हैं। उसके अलावा जो है वही देखने लायक है। तांबड़ी सुर्ल का नाम सुना है ? वहाँ सैकड़ों साल पुराना शिव मन्दिर है। तेरे खोल नदी पार की तो बॉर्डर के उस पार रेड्डी का गणपति है। सपने में देखा इसलिए खोदा तो इतना बड़ा गणपति निकला। समुद्र किनारे काबु द रामा है। पुराना क़िला।"

शिव मन्दिर, गणपति कहते ही औरत ने गालों को हाथ लगाकर हाथ जोड़े इसे उसने आइने में देख लिया था। बाद में राम का नाम सुनकर भी फिर से उसने हाथ जोड़े थे।

"यहाँ पारोड़ा करके गाँव है। वहाँ चन्द्रनाथ का मन्दिर है—पर्वत के ऊपर। पहले चलकर जाना पड़ता था। अब गाड़ी लेकर जा सकते हैं।"

"ठीक है। सोच लेंगे।" विक्रम उसकी बातों को ब्रेक लगाना चाहता था। अब अगर ज़्यादा तानूँगा तो टूटने का डर है ये सोच ही रहा था कि—

"कितना टाइम लगेगा, पर्वत के मन्दिर जाना हो तो ?" औरत ने पहली बार मुँह खोला। पति को शायद पसन्द नहीं आया हो।

"मेमसाब" उसकी ओर बिना आईने में नज़र डाले ही उसने बताया, "सुबह आठ बजे निकले तो दोपहर तक वापस। बहुत दूर नहीं है।"

"टैक्सी का भाड़ा कितना होता है यहाँ?" विक्रम ने झिझककर ही सही लेकिन पते की बात उठाई।

"होटल वाले बहुत लेते हैं, सर। लेकिन हम अपने हिसाब से लेते हैं। गिराहक अच्छा मिला तो पैसा कम मिला तो भी चलता है।"

"कम माने कितना?" ड्राइवर ठग लेते हैं इसका विक्रम को डर था।

"होटल वाले और बाहर कहीं भी आठ घंटों और अस्सी किलोमीटर के लिए दो हज़ार लेते हैं, सर।"

"और तुम?"

"वैसे हम भी दो हज़ार ही लेते हैं। मार्केट का भाव है न ? लेकिन आप जैसे धार्मिक वृत्ति के श्रद्धालु लोगों के लिए हम डेढ़ हज़ार में भी चलते हैं। लेकिन, ये बात दूसरों को नहीं बताना, सर।"

"मैं किसे बताऊँगा?"

"सर, आज आपको पिकप करने के लिए दूसरा ड्राइवर—सैबी आने वाला था। क्रिश्चन है वह। उसकी गाड़ी रास्ते में बन्द पड़ी इसलिए, उसने मुझे भेजा।"

"चलो, अच्छा ही हुआ।" विक्रम ने लम्बी साँस छोड़ते हुए कहा।

होटल के दरवाज़े पर टैक्सी खड़ी करके उसने सामान उतारा।

"नाम क्या है तुम्हारा?" विक्रम ने पूछा।

"यतिन सर।"

"यतिन ?" और अपना मोबाइल बाहर निकालते हुए वह आगे बोला, "अपना फ़ोन नम्बर दे दो।"

नम्बर बताकर उसने पूछा, "आज शाम बीच पर जाना है तो बताइए, सर। नज़दीक ही है।"

"कितना लेगा?"

"जो मर्ज़ी दीजिए, सर। मैं माँगूँगा नहीं।" और उसने आख़िरी वाक्य छोड़ा, "विश यू हैप्पी गोवा, सर!"

शाम के छह बजे विक्रम का फ़ोन आया। वह उन्हें पहले दोना पावला ले गया। फिर मिरामार छोड़ा। सवा आठ तक वे घूमे। दोना पावला में वहाँ की जानकारी देने के लिए वह उनके साथ घूमा। लेकिन मिरामार उन्हें अकेला छोड़ वह गाड़ी में ही बैठा रहा। वापस आने पर विक्रम ने पैसे पूछे। उसने विनम्रता से कहा, "कुछ भी दीजिए, सर!" वह जानता था, विक्रम ने होटल के काउंटर पर पूछा ही होगा और उन्होंने उसे सात सौ बताया होगा।

विक्रम ने पाँच सौ का नोट दे दिया। "ठीक है ?"

वैसे गाड़ी पन्द्रह किलोमीटर चली थी। "शर्मिन्दा नहीं करना, सर। आपने दिया सो हमने लिया। गुड नाइट सर, गुड नाइट मैडम।" औरत की तरफ़ देखे बिना वह घूमा और किराये के मकान पर पहुँच गया।

दूसरे दिन सुबह टैक्सी खड़ी करते ही सैबी मिल गया। नाराज़ था। लेकिन उससे नहीं, उस पटेल से।

"कैसा आदमी है रे वो? पहले पैसे पूछता है और जवाब देने के पहले ही बताता है—कल की स्विफ्ट ही चाहिए। कहता है, वो ओतिन ही चाहिए। जाओ, जाओ। तू ही अच्छा है उस मक्खीचूस को।"

और सचमुच अगले चार दिन वह उस पटेल दम्पति को लेकर घूमा। सुबह पणजी के महालक्ष्मी मन्दिर में ले जाकर शुरुआत की। दोनों ख़ुश हुए। पणजी से बाहर निकलने से पहले आदिल शाह का महल बाहर से ही दिखाते हुए बताया, "आदिलशाह के मुसलमानी शासन से उकता गये गोवा के हिन्दुओं ने आल्बुकॅर्क को कैसे बुलाया, बाद में वह धोखेबाज़ पुर्तगाली कैसे गोवा वालों की गर्दन पर सवार हो गया, कैसे धर्मान्तरण हुए...ये पूरा इतिहास बताते हुए उन्हें लेकर वह पहले मन्दिरों में घूमा। धर्मांतरण के समय लोगों ने देवताओं को उठाकर अंत्रुज लाकर उनकी स्थापना करने के कारण हिन्दू धर्म

और देवी-देवताओं की रक्षा कैसे हो पायी थी इसका बड़े प्रभावी रूप से वर्णन किया। मन्दिर दिखाकर लौटते समय वह उन्हें गोंयसाहब की चर्च ले गया। हज़ारों हिन्दुओं का धर्म भ्रष्ट करने वाला ज़ेवियर अब सन्त पद पर पहुँच गया है ये बताते ही विक्रम के चेहरे पर उभर आयी तिरस्कार की भावना उसकी नज़रों से नहीं छूट पायी।

बीच में जब मौक़ा मिला तब उसने गुजरात राज्य की प्रशंसा की। पेपर में जो पढ़ा था उसे याद करते हुए गुजरात के विकास पर बात की। महात्मा गाँधी के बारे में जो अभिभान महसूस होता था उसे बता डाला। सरदार वल्लभभाई पटेल तो आपके रिश्तेदार ही होंगे न? ऐसा सवाल भी पूछा और नरेन्द्र मोदी प्रधानमन्त्री बनने के कारण देश का भविष्य अच्छा है, ये भी बोलकर दिखाया।

चार दिन गोवा घूमकर लौटते समय विक्रम ने उसकी दिल खोलकर स्तुति की थी। "तुम जेंटलमैन हो, यतिन। ये हमारी तरफ़ से।" ऐसा कहते हुए जिसे सैबी मक्खीचूस कहता था उस विक्रम ने उसके हाथ में भाड़े के साथ-साथ पाँच सौ का नोट रख दिया था। और वह शुक्रिया कहने के लिए मुँह खोले उससे पहले दूसरा पाँच सौ का नोट हाथों में थमाते हुए कहा, "और ये तुम्हारी भाभी की तरफ़ से !"

पहली बार उसने नज़र उठाकर उसका चेहरा देखा। बड़ी सुन्दर दिख रही थी वो। "थैंक्यू, भाभीजी" कहा और झुककर उनसे विदा ली और वह बाहर निकला।

अब कल का कल देखेंगे यह सोचते समय उसे रास्ते में ही होटल से फ़ोन आया कि वह 'आकर मिल ले।'

"ऑस्टिन कौन है ?" काउंटर पर उसे पूछा गया।

"क्यों, क्या हुआ ?"

"बार्सिलोना से फ़ोन आया है—फ्लावियु पाझ इस आदमी का। वह हमारा ही गैस्ट बनकर पिछले साल आया था। अब अगले महीने उसके फ्रैंड्स आने वाले हैं। उसने कहा है कि ऑस्टिन ड्राइवर ही चाहिए और नम्बर तुम्हारी गाड़ी का दिया है। क्या तुमने कोई ड्राइवर रखा है ?"

"नहीं। हाँ...लेकिन उनका काम हो जायेगा...फ़ोन आये तो बता देना। थैंक्यू।" उसने ख़ुश होकर कहा।

"ठहरो, कल तुम क्या कर रहे हो?"

"कुछ नहीं। कोई ग्राहक हो तो बता देना। नहीं तो बाहर खड़ा रहूँगा।"

"है। लेकिन बड़ी सुबह निकलना होगा। सात बजने से पहले एयरपोर्ट पर।"

"जाता हूँ मैं।"

"ये तख्ती अभी लेकर जाओ।" ऐसा कहकर गैस्ट का नाम लिखी हुई होटल की तख्ती उसके हाथ में देकर कहा, "और उस ऑस्टिन को याद रखना।"

बार्सिलोना का पाझ! उसे याद है। 'बाँ दीय सिन्योर पाझ' कहकर अभिवादन करते ही फ्लावियु पाझ उसके जाल में फँस गया था। उसे उतनी ही पुर्तगाली भाषा आती थी। स्पैनिश फ्लावियु को पुर्तगाली आती होगी ये सोचकर उसने फेंक दी थी और तीर निशाने पर लग गया था।

फ्लावियु स्पैनिश और ईसाई था। उसे जो मिला वो ऑस्टिन था। पाझ पहली बार गोवा आया था। ऑस्टिन ने उसे पूरा गोवा घुमाया। पालासिउ द इदालकांव दिखाकर बताया था—आदिलशाह वाज अ टायरंट। लोगों को बहुत सताता था। जब आल्बुकॅर्क असलहा लिए अरब सागर में पहुँच गया था तब स्थानीय लोगों ने जाकर कैसे उससे प्रार्थना की, वीर आल्बुकॅर्क ने कैसे उस मुसलमान शासक को खदेड़ दिया और पुर्तगालियों ने इस गोवा में कैसे सम्पन्नता लायी इसे जितना उससे सम्भव था उतनी आलंकारिक अंग्रेज़ी भाषा में बताकर ऊपर से कहा था—"पुर्तगालियों का ये ऋण हम कभी भी उतार नहीं पायेंगे। हमारी संस्कृति इंडो-पुर्तगाली है इसलिए हम प्रोग्रेसिव..." सिन्योर फ्लावियु पाझ ऑस्टिन पर बहुत ज़्यादा ख़ुश हुआ था। सां फ्रांसिश्कु शाविएर के मिलाग्र की ख़बर सुनकर तो बहुत अभिभूत हो उठा था। सम्भाजी ने किस तरह बहुत बड़ा सैन्य लाकर गोवा को घेर दिया था। रसद रोक देने पर वायसरॉय ने सान फ्रांसिस्क को कैसे इस संकट से बचाने की ख़ातिर अन्तिम प्रार्थना करते हुए मदद का आवाहन किया था और दूसरे ही दिन मुग़लों द्वारा मराठों पर आक्रमण होने के कारण सम्भाजी कैसे भाग गया था इसका वर्णन सुनकर, ऑस्टिन का ज्ञान देख पाझ अचम्भित हुआ था। लौटते समय जाफ़र के दिये हुए पाँच सौ और विक्रम के दिये हुए हज़ार, फ्लावियु पाझ द्वारा दिये

गये सौ डॉलर के सामने कुछ भी नहीं थे। और अब—खास याद रखते हुए उसने अपने दोस्तों को घुमाने के लिए ऑस्टिन ही चाहिए कहा था, इस बात का उसे अभिमान था।

पिछले तीन सालों में उसने देश की सर्वधर्म समभाव नीति अपनाते हुए सब धर्मों के लोगों के साथ नाता जोड़ा था। धर्म और जाति के कार्ड का उपयोग करके किसी के भी दिल को छुआ जा सकता है इसे वह अनुभव से सीख गया था। उस रात चावल और करी खाने के बाद सोने जाते समय वह सोच रहा था—कल का ग्राहक कौन होगा? समीर ! यानी हिन्दू। मतलब विक्रम के लिए जो किया था वही नाटक फिर से दोहराना पड़ेगा। और वह निश्चिन्त होकर गहरी नींद सो गया।

सुबह हवाई अड्डे पर जाते समय फ़ोन बज गया। विक्रान्त बोल रहा था। "अरे दोस्त हमारे यहाँ बॉम्बे से रिश्तेदार आये हैं। उन्हें ओल्ड गोवा घुमाकर लाना है। आ रहे हो न?"

"कब ?" उसने पूछा।

"आज। नौ बजे आ जाना।"

"सॉरी। मैं एयरपोर्ट जा रहा हूँ। दो दिन बिजी हूँ। और कोई मिलता है तो देख लो। नेक्स्ट टाइम ज़रूर बताना आं, विक्रान्त।"

जब से ये टैक्सी ली थी तब से विक्रान्त उसे नियमित ग्राहक देता रहा है। विक्रान्त! विक्रान्त डायस। वैसे देखा जाये तो ये समीर भी कोई समीर परैरा वग़ैरह हो सकता है। अगर ऐसा हुआ तो उससे किसे मिलना होगा? ऑस्टिन को? उसकी बजाय एयरपोर्ट के बाहर टैक्सी पार्क करके उसने सीधे होटल को फ़ोन लगाया।

"क्या हुआ दोस्त? तुम एयरपोर्ट नहीं गये क्या?"

"कब का पहुँच गया। आपने मुझे जो तख्ती दी है उस पर गैस्ट का नाम सिर्फ़ 'समीर' लिखा है। समीर और भी हो सकते हैं न? उनका सरनेम बता सकते हैं?"

"जस्ट अ मिनट—...अं...समीर...समीर कसबे। लेकिन तुम्हें उससे क्या मतलब? उसका क्या? तुम्हारे पास जो तख्ती है वह होटल की है। हमारा सिर्फ़ एक ही गैस्ट है, समीर।"

उसका काम हो गया था। कसबे! मतलब महाराष्ट्रियन होगा।

सुबह की फ्लाइट वैसे कभी लेट नहीं होती। लेकिन फिर भी पन्द्रह-बीस मिनट राह देखनी पड़ी। उसे लगा था कि समीर के साथ उसकी फैमिली होगी। लेकिन वह अकेला ही था। हमेशा की तरह बड़ी अदब से उसे बाहर लाकर टैक्सी में बिठाया।

लम्बी-चौड़ी देह, घनी मूँछों वाला, बाल क्रॉप किये हुए ये समीर देखने में उग्र सा लग रहा था। लेकिन ऐसों के साथ भी मीठा बोलकर उन्हें अपना बनाना उसके लिए कठिन नहीं था।

"नमस्कार साहेब। अकेले ही आये हैं? कुछ काम, या—?" उसने मराठी में बोलना शुरू किया।

"व्हाट ?" समीर की आवाज़ में एक तरह का घमंड था। किसी-किसी का स्वभाव होता है ऐसा।

"आप मराठी हैं ना साहेब?"

"व्हाय?"

उसने मराठी में 'काय' कहा या अंग्रेज़ी में 'व्हाय' कहा ये उसकी समझ में नहीं आया।

"सॉरी, सर। युवर नेम, सर। कसबे, कसबेकर आर मराठी, आय मीन महाराष्ट्रियन नेम्स..."

"सो व्हाट?" वो बात को विस्तार से जानना चाहता है इसलिए पूछ रहा है या उसने जो पूछा उससे नाराज़ होकर ग़ुस्सा हो रहा है? उसने बात को आगे नहीं बढ़ाया।

"सॉरी सर!"

"युअर नेम ?" अब समीर ने उससे पूछा।

तो आगे बात करना चाहता है ये! वह ज़रा ख़ुश हुआ, "यतिन ! यतिन सर!"

"बेंगॉली?" समीर मज़ाक़ कर रहा है क्या?

"नो, सर। गोवन।" उसने कहा।

"सो, यू नो। नाम पर मत जाना।" समीर ने मराठी में जवाब दिया। बड़ा होशियार और दुनिया देख चुका आदमी लगता है। अब आगे क्या

बोलकर इसे फँसाया जाये इसके बारे में विचार करते समय पीछे समीर का फ़ोन बजा।

"येस, येस। हू? जमालुद्दीन? बास्टर्ड! ओके। लैट्स टीच हिम अ लैसन। मेरे आने तक रुक जाना तुम। जो होता है बाद में देख लेंगे।"

ये समीर ज़रा झगड़ालू भी लग रहा है। बजरंग दल का होगा। मुसलमानों को 'लैसन' सिखाने की बातें कर रहा है...बड़े रौब वाला नेता भी हो सकता है। एक छोटा बैग लेकर अकेला ही आया है। रहने या घूमने आया है ऐसा नहीं दिख रहा। पैसे वाला बिज़नेस मैन होगा। एक-डेढ़ दिन से ज़्यादा रहेगा ऐसा नहीं लगता। तो फिर जब तक है तब तक इससे जितना हो सके उतना ऐंठना चाहिए।

वेर्णा हायवे पास आने तक कोई कुछ नहीं बोला।

"सर, गोवा में कितने दिन रहेंगे ?" उसने मराठी में पूछा।

"देखते हैं। अब पहले फोंडा चलते हैं।" उसने कहा।

"लेकिन, सर, होटल में—"

"उन्हें मैं बताता हूँ। तुम पहले फोंडा की तरफ़ ले चलो।" उसकी आवाज़ का रोब फिर से महसूस हुआ। पैसे वालों का रोब है ये।

"येस, सर!" और उसने गाड़ी घुमायी।

फोंडा! मन्दिरों में घूमना चाहता होगा। पिछले दिनों इसी तरह एक अमीर आया था। सुबह मुम्बई से आया। उसकी टैक्सी लेकर सीधे कवळे गया। वहाँ अभिषेक, प्रसाद वग़ैरह जो भी करना था वो किया। वहीं खाना खाया और शाम को वहीं से हवाई अड्डे से– सीधा मुम्बई। दो की जगह ढाई हज़ार उसकी हथेली में थमाकर!

"फोंडा में टीले पर नया गणपति का मन्दिर बना है। ब्यूटीफुल विव और मन्दिर भी। दिखाऊँ?" फोंडा के नज़दीक पहुँचते ही उसने पूछा।

"अभी नहीं। पहले रामनाथी ले जाओ।"

लगता है इसे बाक़ी मन्दिरों में रुचि नहीं है। रामनाथी मन्दिर के पार्किंग लॉट में गाड़ी रोकते ही उसने पूछा, "यहाँ सनातन संस्था कहाँ है तुम जानते हो?"

"हाँ !" पिछले दिनों एक दढ़ियल जोगी को उसने वहाँ छोड़ा था। देखकर ही पता चल जाता था कि वह दढ़ियल कट्टर हिन्दुत्ववादी है।

ये वैसा नहीं लगता है। लेकिन नाम की तरह ही रूप को देखकर भी हम किसी नतीजे पर नहीं पहुँच सकते हैं।

"सर, वहाँ ले चलूँ?"

"नहीं, नहीं। गाड़ी यहीं रखो। मैं अकेले ही जाकर आता हूँ।"

"सर, कितना समय लगेगा?"

समीर के माथे पर सलवटें उभर आयीं। लगता है ग़ुस्सा होने वाला है। लेकिन नहीं। उसने ठंडे स्वर में कहा, "बता नहीं सकता। लेकिन तुम आस-पास ही रहना। मेरा बैग गाड़ी में है। टेक केअर।"

पास ही में जाकर चाय पी आया और राह देखते हुए बैठ गया। बारह बजने के बाद समीर आ गया। मूड देखने पर लगा कि ख़ुश है। उसके हाथ में 'सनातन प्रभात' पेपर था। पक्का ये समीर उन कट्टर हिन्दुत्ववादियों में से होगा।

आते समय वो पिछली सीट पर बैठा था। अब आकर आगे की सीट पर उसकी बग़ल में बैठ गया। चलो! ज़रा पास आ गया है। अब और ज़्यादा पास खींचना होगा। सरसरी नज़र डालने के बाद समीर ने पेपर पिछली सीट पर फेंका। शायद सनातनियों की विचारधारा इसे अच्छी लगती होगी।

"मैं भी सनातन प्रभात लेता हूँ। अच्छा पेपर है ये।" उसने मराठी में कहा।

"तुम पढ़ते हो?" उसने कौतूहल से पूछा, "ऐसा क्या होता है उसमें?" वो शायद देखना चाहता होगा अगर मैं झूठ बोल रहा हूँ तो।

"अधिकतर हमारे धर्म के बारे में ही होता है। हिन्दुओं पर हो रहे अन्याय के विरुद्ध आवाज़ उठाने वाला पेपर है ये।" कभी इस पेपर पर से नज़र घुमाते हुए पढ़ी हुई एक ख़बर उसे याद आयी। "आपको पता है? गोवा में मुसलमानों की संख्या तीन गुना बढ़ गयी है। मस्जिदें कितनी बढ़ गयी हैं! फल-सब्ज़ी का व्यापार उनके हाथ में चला गया है। अगर हम हिन्दुओं ने एक्शन नहीं लिया तो कुछ सालों के भीतर वे ही राज्य करेंगे हम पर।"

समीर मज़ा लेकर सुन रहा था। वह बोलता गया। मोती पहाड़ी पर कैसे ट्रकभर तलवारें मिलीं, कुड़चड़े में कैसे एक रात में मस्जिद बाँधी गयी, हुबली के आतंकवादी कैसे गोवा में रहकर काम कर रहे हैं, मुसलमान लड़के कैसे

हिन्दू लड़कियों को बर्बाद कर रहे हैं...सुबह से निर्लिप्त दिखने वाला समीर अब ध्यान देकर सुन रहा था। बीच में जिस तरह के सवाल पूछ रहा था उससे तो लगता है कि ये बजरंग दल का ही होगा।

दोपहर को मड़गाँव में नये तातो फाइन डाइनिंग में खाने चले गये। समीर उसे भी साथ ले गया। जो चाहिए उसे खाने के लिए कहा लेकिन ख़ुद कम ही खाया। उसके बाद समीर उसे लेकर पास ही के कलक्टर ऑफ़िस गया। दो घंटे रुकना पड़ा। काम बहुत महत्त्वपूर्ण होगा। क्या घर या फ्लैट लेना चाहता है ? कमाई बहुत होगी इसकी।

लौटते वक़्त पुराना म्हाड्डोळ का मन्दिर दिखाऊँ क्या पूछा तो उसने मना किया। थक गया होगा शायद। वेर्णा पठार पर बाँधी हुई नयी मस्जिद दिखाकर उसने कहा, "ये नयी मस्जिद देखिये! क्या ज़रूरत थी इसकी यहाँ? अल्लाह के प्यार के लिए नहीं। मैं बता रहा हूँ, सर, इनकी निष्ठा उस पाकिस्तान के प्रति है।" मस्जिद की तरफ़ देखते हुए समीर मूँछों ही मूँछों में हँस रहा था। उसे जोश चढ़ गया। "सर, पिछले हफ़्ते यहाँ जाफ़र नाम का टूरिस्ट आया था। मैंने ही उसे गोवा भर घुमाया था। बारीक़-बारीक़ बातें पूछकर जानकारी निकलवा रहा था। साबा मस्जिद को भेंट दी तब वहाँ दो-तीन घंटे रुका था। वहाँ बहुत से लोगों से मिला था।"

"बहुत से लोगों से मतलब?"

"मैं ड्राइवर हूँ सर। ज़्यादा पूछताछ करने नहीं गया। लेकिन पक्का वे कोई षड्यन्त्र रच रहे थे..."

"कैसे कह सकते हो?"

"मेरा अन्दाज़ा है। लेकिन ग़लत नहीं होगा। जाते-जाते वह मुरगाँव का बंदरगाह वग़ैरह देखकर गया है...! हमारा गोवा मतलब...सॉफ्ट टारगेट!"

"ऐसा कहा?"

परसों ही रेड अलर्ट का समाचार पढ़ते समय उसने 'सॉफ्ट टारगेट' ये शब्द पढ़े थे। अच्छे ऽऽलगे थे। लगता है समीर को भी 'सॉफ्ट टारगेट' शब्द अच्छे लगे थे!

"हाँ सर। सॉफ्ट टारगेट! परसों ही समाचार पढ़ा था मैंने। गोवा के लिए रेड अलर्ट की चेतावनी दी है। लेकिन सरकार इसे गम्भीरता से नहीं ले रही।

सब जेबें भरने में व्यस्त हैं। मैं बता रहा हूँ, सर, अब मोदी ही कुछ करे तो बच सकते हैं।"

पणजी पहुँचने तक उसकी बातों पर और रंग चढ़ गया था। "यहाँ स्टैंड पर कुछ मुसलमान ड्राइवर हैं। ये टूरिस्ट जो गोवा आते हैं, उन्हें ये ही लेकर घूमते हैं। एक दिन मैंने कुछ टूरिस्ट लोगों को अपना नाम 'यतिन' बताया तो उनको वह 'यासीन' लगा। फिर वे मुझे ही साथ लेकर घूमे। मेरे सामने बिन्दास होकर बात कर रहे थे। मेरे पास कितनी बातें हैं, पता है सर! कल मेरी ही गाड़ी रख लीजिए। सर, सुनेंगे तो सच नहीं लगेगा, इतना—"

"अब पहले गाड़ी आज़ाद मैदान की तरफ़ लो।" उसे बताने के बाद समीर ने फ़ोन लगाया, "हैलो, एस.पी. डिसूज़ा? दिस इज़ एस.पी. समीर कसबे खान ऑफ़ स्पेशल इनवेस्टिगेशन सैल, मुम्बई। मैं अब यतिन ड्राइवर को लेकर आ रहा हूँ। उसे तुरन्त कस्टडी में ले लीजिए। इंटरोगेट करना है।" और फ़ोन जेब में रखते हुए कहा, "यतिन, गाड़ी पुलिस स्टेशन के अन्दर लो।"

□□□